Oskar Maria Graf
Minutengeschichten

Oskar Maria Graf

Minuten-
geschichten

Herausgegeben und
mit einem Nachwort von
Wilfried F. Schoeller

Ullstein

ISBN 978-3-550-08146-0

Neuausgabe, 2. Auflage 2017
© 2017 by Ullstein Buchverlage GmbH, Berlin
Alle Rechte vorbehalten
Gesetzt aus der Fairfield
Satz: L42 AG, Berlin
Druck und Bindearbeiten: GGP Media GmbH, Pößneck
Printed in Germany

Inhalt

Etwas über den bayrischen Humor   9

Minutengeschichten   37
  Niemand und Jeder   39
  Das war anno 1866   44
  In memoriam Bilgerius Wild   52
  Mach ma hoit a Revoluzion   58
  Georg Schrimpf und der Kommissar   61
  Uniformen ohne Vaterland   66
  Mein erster Vortrag   69
  Psyche – Ein Faschingserlebnis in Wien   79
  Es stirbt wer   83
  Eine alltägliche Geschichte   87
  Die verheimlichte Erbschaft   95
  Was tot ist, bleibt tot   100
  Laß hängen, was hängt   103
  Der betrogene Anstand   108
  Die Kur für böse Weiber   111
  Heimgezahlt   115
  Harmloser Zeitvertreib   118
  Der Spucknapf   123
  Aus unbekannten Motiven   127
  Inflation   132
  Einen Jux will er sich machen   134
  Die Kur   137
  Wer ist der Pfiffigere?   141
  Der reingelegte Postbräuwirt   145

Das Hochzeitsgeschenk	150
»Holde Eintracht - -«	155
Des Pudels Kern	159
Der unheilige Spuk	164
Der Rat des Weisen. Eine Sinngeschichte für plumpe Liebhaber	168
Liebes-Spaßetteln	170
Die Defloration	173
Das schiefe Maul vom toten Haunzbauern	178
Alles ist eitel!	181
Was der Hupfauerin passiert ist	184
Die Arbeiterin	186
Die Perle der Treibjagd	188
Mir fehlt nix...	191
Lustige Ereignisse in der Weimarer Republik	194
Der Nachschuß	201
Die billige Watschn	205
Münchner Definitionen	210
Auch Gaffen macht sich bezahlt	213
Andachts-Idyllen	217
Auffassungssache	224
Ein Bauernhof brennt	226
Politik	232
Heil Hitler!	235
Das »Kommunistenstückl« von Aining	239
Pech beim Herrgottschnitzen	247
Bayrische Selbsthilfe. Ein Sittenbid aus der Jetztzeit	249
Goethe im Dritten Reich	259

Das »Götz«-Zitat auf dem bayrischen Dorf	265
Ein Brief aus der Heimat	268
Der Trinkspruch des alten Schwertbichler	273
Sommerlicher Tages-Anbruch auf dem Dorf	277
Immer mit der Gemütlichkeit!	279
Zwillinge	282
Das bittere Hemmnis	287
Das unheimliche Zimmer	290
Bayern in den Vereinigten Staaten	298
Nachweise	308
Glossar	314
Lebensdaten	316
Nachwort	319

Etwas über den bayrischen Humor

In Österreich, wo ich anno 1933 und 1934 – wie eine dortige Provinzzeitung einmal geschrieben hat – durch mein öffentliches Auftreten in Form von Vorlesungen aus meinen lustigen Werken »die Zuhörer immer wieder zu Lachsalven veranlaßt« habe, ist oft die Rede darauf gekommen, was es denn mit dem bayrischen Humor eigentlich für eine Bewandtnis habe. Wenngleich nämlich das Österreichische und das Bayrische vielfach Ähnlichkeiten aufweisen, im Humor ist das nicht der Fall. Soviel ich herausgebracht habe, ist der österreichische Humor weit, weit zivilisierter als der unsrige, man könnte auch sagen, er ist »spritziger« und weniger direkt, also mehr kulant und umschreibend. Er ist gescheiter, schlagfertiger und witziger als der bayrische. All das fehlt unserem Menschenschlag. Ob das damit zusammenhängt, daß die Österreicher im allgemeinen mehr Wein und Kaffee trinken, während unser Nationalgetränk das Bier ist, weiß ich nicht. Weintrinkende Völkerschaften, habe ich mir sagen lassen, seien leichtbeschwingter, wendiger, ausgeglichener in ihrer Heiterkeit, während das Bier stumpf, störrisch, nörglerisch und auf irgendeine Weise wurstig, das heißt etwas animalisch gleichgültig macht. Der alte Bismarck, der überhaupt nur zwei Bayern hat leiden können, den Maler Lenbach und seinen Leibarzt Schweninger aus München, hat einmal gesagt:

»Der Bayer ist eine Mischung von Österreicher und Mensch.« Ganz so unrecht kann man ihm da nicht geben, wenn es auch nicht allzu freundlich klingt. Das bezeugt auch ein uralter bayrischer Witz aus den Zeiten unseres Königtums, als wir noch ein Leibregiment in München hatten und man unverheiratete Frauenzimmer aus dem Volke, insbesondere weibliche Dienstboten auf dem Land oder Köchinnen in der Stadt, die mit so einem »Leiber« oder überhaupt mit einem Soldaten ein Verhältnis hatten, schlichtweg als »Mensch« bezeichnete, was aber durchaus nicht herabmindernd gemeint war. Kurzum, auf dem Odeonsplatz in München hat der kunstsinnige König Ludwig I. zum ehrenden Andenken unserer zwei Feldherren Tilly und von Wrede die Feldherrnhalle erbauen lassen. Freilich trifft bedauerlicherweise zu, was man bei uns über diese zwei amtlichen Helden sagt, nämlich: »Der erste war ein Feldherr, aber kein Bayer, und der zweite war zwar ein Bayer, aber kein Feldherr.« Doch das nur nebenher. Die Feldherrnhalle ist ein massiver, offener, säulengetragener Viereckbau nach florentinischem Muster, zu dem eine Freitreppe emporführt, die von zwei steinernen Löwen flankiert wird. Oben, auf dem Freiplatz unter dem hohen Kuppelgewölbe, prangt auf der einen Seite die erzene Figur Tillys und auf der anderen die vom Wrede, doch in der Mitte, sozusagen als Symbolisierung der sieghaften Tapferkeit bayrischer Armeen, ragt eine weit mehr ins Auge fallende Gruppe empor: Ein raupenbehelmter Soldat, dessen Montur durch seine kriegerische Betätigung ziemlich zerfetzt ist, hält mit dem einen Arm die Landesfahne standhaft in die Höhe, den anderen Arm dagegen hat er um die runden Schultern einer klassisch geformten, etwas locker gekleideten weiblichen Figur gelegt. Der Leiber-Franzl steht eines Tages mit seiner Zenzi vor der Feldherrnhalle und schaut speziell zu dieser Mittelgruppe hinauf, indem er ernsthaft stolz erklärt: »Siehgst ös, Zenzi, so san mir Bayern – grauft, daß uns d'Fetzn runterhänga, die Fahne hoch und das Mensch auf der Seitn.«

Bis vor dem Ersten Weltkrieg noch hing bei uns in manchen Wirtshäusern ein alter Öldruck, der eine blutige Bauernrauferei darstellte, darunter stand: »Bayrische Volksbelustigung«. Diese uns in früheren Zeiten anhaftende Raufsucht hat schon lang, lang aufgehört oder vielmehr sich in ganz andere Gegenden verlagert: In den letzten Jahren der Weimarer Republik haben sich in allen Städten Deutschlands politische Gegner auf Versammlungen halb oder ganz totgeschlagen, und in der Hitlerzeit ist dies ein staatliches Privileg für die SA und die SS geworden, um unliebsame Elemente zum Schweigen zu bringen oder aus der Welt zu schaffen.

Auch das gegenseitige, herausfordernde Ansingen feindlicher Gruppen mit selbstgedichteten Spott-Schnadahüpferln vor einer Wirtshausrauferei, das ein geradezu unentbehrliches, humoristisches Requisit der Schilderungen unserer früheren bayrischen Lieblingsschriftsteller bildete, gehört längst der Vergangenheit an. Erhalten hat sich nur unsere von alters her übernommene Lust des spöttischen

Herabminderns, das »Frotzeln«. Dabei kommt unser saftig-derber, ganz und gar unromantischer Charakter deutlich zum Vorschein. Feinere Rücksichten, Empfindlichkeit uns selber oder anderen gegenüber, bleiben uns immer fremd, obgleich wir es eigentlich nie darauf abgesehen haben, den anderen wissentlich zu verletzen. Wenn ein junger, offensichtlich unerfahrener Mensch sich wichtigmacherisch an eine Sache heranmacht, heißt es meistens:

»Geh, er aa! Er aa mit dö großn Hund bieseln!«, und wenn er dann seine Blamage noch nicht einsieht oder gar siebengescheit und weitläufig erklären will, wird er mit der hämisch-gelassenen Bemerkung abgefertigt: »Jaja, dich wenn wir nicht hätten und an Löffel, nachher müßtn wir d'Suppn pfeilgrad mit dö Händ fressen.« Gegen Frotzeleien indessen gibt es eine ebenso altgewohnte Abwehr, das »Hinausgeben«, das aber eine gewisse gelernte Schlagfertigkeit verlangt, die jeden echten Bayern stets überrascht und zum Lachen bringt, obgleich ihm die dabei gebrauchten Redewendungen von jeher bekannt sind. Fängt ein älterer Mensch mit vollen, grauen Haaren an, seinen schon ziemlich kahlköpfigen Nachbarn deswegen zu frotzeln, so trifft ihn schnell der Gegenhieb. »Dö gscheiten Leut werden plattert, und d'Esel werden grau«, sagt der Kahlkopf bloß, und alle zwei lachen.

Um einem nichtbayrischen Menschen unseren Humor auch nur halbwegs begreiflich zu machen, dazu muß man im Erklären ein bißchen weitschweifig sein. Weitschweifigkeit oder, besser, das langsame, leicht umständliche Heranpirschen an das Eigentliche einer Sache, gehört zu unserer Natur. Alles Knappe, logisch scharf Umrissene ist uns zuwider. Wir sind für das Kommode. »Kamott«, wie wir es aussprechen, heißt soviel wie sich in allem gemütlich Zeit lassen und das zuträglich Behagliche voll auskosten. Meistens springt dabei sogar ein Vorteil für uns heraus, und wenn es auch nur der ist, daß ein anderer Mensch sich darüber ärgert oder nervös wird. Ein »kamotter« Mensch mag das Durchdenken, das in heutigen Zeiten so beliebte Zu-Ende-Denken nicht, er ist für das Betrachterische. Das hängt vielleicht mit unserer weltberühmten Kunst, dem »Bayrischen Barock«, zusammen, bloß, meine ich immer, daß »barock« überhaupt eine persönliche Veranlagung jedes einzelnen Bayern ist. Barock, das ist das Breitausladende, Schnörkelnd-Verquellende und immer wieder in alle möglichen, wunderlichen Details Abirrende. Es ist das sich strotzend zur Schau stellende Reich- und Prächtigtun mit viel Himmelblau und Gold, eine – um es bayrisch auszudrücken – »wamperte« Gesundheit und sich immer wieder überschlagende Fidelität, eine durchtriebene Schlauheit mit dem unnachahmlichen schlichten Einfaltsgesicht, freche Schauspielerei mit protzendem Naturburschentum, wobei – oft ganz überraschend – ungemein feinwitternde Nerven durchbrechen, die etwas von Mozart und von den Brüdern Asam gleicherzeit hervorzaubern, freilich bäuerlich derb und sogar scheinheilig frömmelnd, aber immer lugen aus irgendeinem scheinbar vergessenen Winkel jene dickbackigen, Posaune blasenden, rumpflosen, kurzbeflügelten Engel hervor wie kecke Vignetten, und ihre mit zartesten Fleischfarben übermalten prallen Gesichter sehen aus, als wären es Firmlinge, die mit gieriger Lust und hemmungsloser Wucht saftige Weißwürste mampfen. Denn wir haben es stets auf die strotzendfarbige Fülle abgesehen, nicht auf die farblose, ungewisse Tiefe. Was kommt denn, wenn man eine solche erreicht hat, schon dabei heraus? Eine sogenannte »ewige Weisheit«, die bei genauerem Anschauen nichts anderes ist als eine grundsolide Banalität, die sich von den Sprüchen der Bibel bis zu unseren alten Bauernregeln immer gleichbleibt. Daran mögen andere ihren Witz verschwenden. Der Witz ist denkerisch und rechthaberisch, er verlangt Schärfe und will treffen durch seine geschwinde, auf Wirkung bedachte Gescheitheit.

Wie gesagt, das liegt uns nicht. Bei uns hat man Humor. Das ist etwas Absichtsloses, »Kamottes«, Barockes, etwas mit vollem Behagen Ausschöpfendes, Unterhaltliches. Das zieht sich bis in unsere eigentümlich störrische Sprachart hinein, in unseren Dialekt, den kein Schriftdeutsch, das wir in der Schule gelehrt bekommen, je ausrotten wird. Unser Lehrer, selig hab ihn Gott, er ist an einem Magenkrebs gestorben, hat sich alle Mühe gegeben, diesem Übelstand abzuhelfen. Von der ersten bis zur letzten Schulklasse hat er uns immer wieder eingeschärft: »Man sagt nicht – ich habe gelitten, sondern – ich habe geläutet«, und: »Es heißt nicht – ich bin in die

Hosen geschloffen, sondern geschlüpft.« So abrupt abbrechende Worte blieben uns, wenigstens im Aussprechen, immer etwas fremd. Wenn der gute Mann auch hundertmal versucht hat, uns beizubringen, daß man einem Glück wünscht oder gewinkt hat, bei uns hieß es und heißt das immer noch »gewunschen« und »gewunken«, und wir finden es tausendmal schöner, wenn wir sagen: »Es hat geschnieben«, statt »es hat geschneit«. Das muß was mit dem Gehör zu tun haben, meine ich, und schließlich ist's auch Auffassungssache.

Jetzt merke ich, daß ich fast den Faden verloren habe. Die Rede war doch, meiner Erinnerung nach, von unserem Humor.

Bayrischen Humor gibt es allerdings zweierlei: *den*, über welchen wir Eingesessenen lachen, und *jenen*, den die Fremden an uns belachen. Der erstere beruht auf unserer scheinbaren Unlogik und auf der Langsamkeit im Begreifen. Bei der Beurteilung des letzteren bin ich nicht kompetent. Hier etliche Beispiele zum Aussuchen:

Ich klopfe in einem Münchner Mietshaus an eine Tür und frage: »Verzeihung, wohnt hier im Haus vielleicht ein Fräulein Schall?«

»Na«, verneint die Frau und besinnt sich: »Naa ...! Aber warten S', im zweiten Stock, die vermieten Zimmer...« Und nach einer sekundenkurzen Pause fährt sie wie in einer plötzlichen Erleuchtung auf: »Meinen Sie vielleicht den Herrn Baumeister?«

Oder etwa:

Ein Bayer fragt seinen Freund: »Hast jetzt du den

Much-Franzi kennt?« – »Naa«, schüttelt der Befragte den Kopf.

Darauf der erste, ohne Rücksicht auf die Verneinung: »Der ist nämlich jetz Wachtmeister worden.«

Oder:

Aus dem Schwabinger Krankenhaus kommt ein Mann mit frisch verbundenem Kopf und steigt in die Trambahn, die davor eine Haltestelle hat.

Fragt der eine den Verbundenen leger: »Kommen Sie jetz aus'm Schwabinger Krankenhaus, Herr Nachbarn?«

»Ja«, antwortet der.

»Drum!« gibt sich der Fragende zufrieden: »Drum!«

Und damit klar wird, daß wir auch feinerer Regungen fähig sind und uns stets taktvoll ans Gebräuchliche halten:

In Reichelsberg ist der Krämer Hunglinger gestorben. Etliche Verwandte aus der Stadt kommen. Droben in der Ehekammer liegt der Verstorbene im offenen Sarg. Der Pfarrer, zwei Ministranten, das Totenweib und Familienangehörige mit den Verwandten verrichten davor die letzten Sterbegebete. Inzwischen ist unten der Totenwagen vorgefahren. Der Pfarrer besprenkelt die Leiche noch mal mit Weihwasser, dann wird der Sarg geschlossen, über die Stiege hinuntergetragen und auf den Totenwagen geladen. Die Trauernden formieren sich, um, wie es Brauch ist, dem Verstorbenen das Geleit bis zum Pfarrort zu geben. Diskret tritt die Zigarrenhändlersgattin Therese Blieml aus München, eine Verwandte der Hunglingers väterlicherseits, an die tieftrauernde Witwe heran und fragt halblaut, indem sie ihr Taschentuch herausnimmt: »Wie ist jetz das, Hunglingerin …? Weint man jetz da schon vom Haus weg oder erst auf'm Friedhof?«

Und zum anderen:

In der Schule fragt der Lehrer: »Pfisterer-Johann, was bekommen wir also von der Henne?«

»Von der Henne bekommen wir Eier«, antwortet Pfisterer-Johann und wird belobigt, weil er es so schön hochdeutsch gesagt hat.

»Und was bekommen wir von der Henne noch?« forscht der Lehrer weiter, und weil der Pfisterer-Johann plötzlich verlegen wird und sich schwer besinnt, wiederholt der Lehrer die Frage freundlich aufmunternd: »Von der Henne bekommen wir Eier, sehr gut! … Aber was bekommen wir von der Henne noch?« Auf das hin drückt der Pfisterer-Johann die Brust mannhaft heraus und antwortet mit lauter Stimme: »Von der Henne bekommen wir *noch* Eier!«

Des weiteren jene schöne Sommerunterhaltung:

Ich fahre im heißen August auf einer Münchner Straßenbahn und stehe neben dem Wagenführer auf der vorderen Plattform. Ein Bekannter von mir steigt ein, und wir unterhalten uns über die verschiedenen Badegewässer in der nächsten Umgebung Münchens.

»So was Weiches und Gesundes wie das Wasser von der Amper«, rühme ich, »mein Lieber, das gibt's weitum nicht!«

»Ah, geh! Seewasser bleibt Seewasser!« widerspricht mein Bekannter eifrig: »Der Starnberger See, da gibt's nichts! Seewasser -« Weiter kommt er nicht, denn plötzlich dreht sich der Straßenbahnführer um, mißt uns gemütlich und sagt leger: »Aber das Kraillinger Bier, meine Herrn! ... Das Bier! Da schenk ich Ihna dö ganzen Wasserln dafür!«

Im übrigen kann der bayrische Humor im Gegensatz beispielsweise zum österreichischen mitunter mannhaft zotig und unzweideutig anzüglich sein, eins dagegen fehlt ihm völlig: die ordinäre Zweideutigkeit. Wir haben keinen rechten Sinn dafür, daß etwas Natürliches anstößig sein soll. Wir sagen ja auch den Ausspruch Götz von Berlichingens bei jeder Gelegenheit und in allen erdenklichen Nuancen, ohne uns dabei etwas zu denken, wir sagen ihn nicht etwa umschreibend, wir sagen auch nicht etwas wie »Auf Kirchweih laden« oder das stumpfsinnig herrenabendmäßige »Du kannst mich mal am Abend« dafür, nein, nein, wir sagen's wirklich so – naja. Sie wissen's schon! Unsere Auffassung von moralisch geheiligten Dingen ist mitunter von einer entwaffnenden Gleichgültigkeit, oder handelt es sich dabei nur um eine spezifisch bayrische Gehirnsubstanz?

Vor langen, langen Jahren stand einmal in Traunstein ein reicher Bauernsohn vor Gericht, der eine Stalldirn in der Nachbarschaft unter der Vorgabe, sie zu heiraten, verführt hatte. Er wurde verurteilt, und als der Richter, nachdem er die Dirn darüber aufgeklärt hatte, was das sei, genau fragte, wieviel sie denn für die schandmäßige Deflorierung Entschädigung fordere, besann sich die Dirn ziemlich lange und sagte, verlegen mit den Achseln zuckend: »No, drei Mark is mir gnua, wenn's dem Herrn Amtsrichter recht ist.« Das ist eine blitzartige Beleuchtung unseres Wesens in dieser Beziehung, es gibt aber noch eine andere, wobei unsere eingeborene Pfiffigkeit unverstellt zum Vorschein kommt, nämlich hier:

In der Stadt wird nachts ein Bauernbursch von einem gefälligen Fräulein zum Mitgehen eingeladen. Der Bursch schaut das einladende Ding gar nicht geschreckt von unten bis oben an und zwinkert zweideutig. »Naa, naa, Frailein«, sagt er alsdann: »Na, na! Dös, wos i will, dös könna Sie ja doch net.«

»Was? P-ha! ... Was?« fängt das Fräulein, sich schnell fassend, zu prahlen an und versucht, seine diesbezüglichen Qualitäten und Künste aufzuzählen, aber der Bursch bleibt unverblüfft und schüttelt nur in einem fort leicht lächelnd den Kopf: »Na, na, Frailein! So, wias ich möcht, dös könna Sie net! ... Ausgschlossen, daß Sie dös könna!«

Das verblüfft die gefällige Dame denn doch einige Augenblicke lang, dann aber wird sie neugierig und fragt schließlich mit der einnehmendsten Interessiertheit: »Na, Schatzerl, das ist mir doch noch nie passiert! Wie ist denn dann das, was du möchtest? ... Red doch deutlicher, Schatzi! Nur nicht genieren! Wie willst es denn dann du?«

»Umasunst, Frailein, umasunst! ... Können Sie dös vielleicht?« grinst der Bursch und geht unbekümmert weiter.

Wenn bei uns ein Kartenspieler mit ganz schlechten Karten zu seinem Partner, der alle Trümpfe in der Hand hat, gelassen sagt: »No ja, mit der volln

Hosen ist leicht stinka«, so denkt er dabei keinesfalls an die unappetitliche Realität, sondern er meint wirklich nur die Hand voller Trümpfe. Über so altgewohnte Sprüche können wir immer lachen, ihre Echtheit rührt uns an. Bei uns nennt man alles beim richtigen Namen, keine Deutlichkeit schreckt uns. Alles ist schlechthin menschlich und infolgedessen nicht allzu wichtig. Vor allem aber – bei uns ist man noch immer unangekränkelt katholisch, und das schaut so aus:

Ein alter Bauer sitzt nach Feierabend auf der Bank vor seinem Haus und schaut sinnend vor sich hin. Er sinnt und sinnt, und die andern neben ihm denken auch stumm. Auf einmal schnauft der alte Bauer kräftig und sagt aus einer tiefen Betrachtung heraus: »Hm, lacha tät i, wenn mir an falschen Glauben hättn!«

Wir alle haben seit Urväterzeiten den Katechismus auswendig gelernt, und natürlicherweise ist's brauchmäßige Gewohnheit bei uns, daß man seine kirchlichen Pflichten erfüllt, aber glauben? Glauben tun wir bloß eins: Alles, was auf der Welt ist, vergeht. Jeder Mensch muß einmal sterben, da hilft ihm alles nichts. Und weil uns das schon schier ins Blut übergegangen ist, weil wir gewissermaßen mit dieser instinktmäßigen Voraussetzung an alles herangehen, so kann man sich ausmalen, daß wir vor nichts Respekt haben, vor uns selber sowenig wie vor anderen Leuten.

»Was ist so ein Mensch schon!« hat meine Mutter selig, die eine Katholikin durch und durch gewesen ist, meistens gesagt, wenn eine aufgedonnerte Herrschaftsfrau des Sommers in unseren Bäckerladen gekommen ist und sich ganz empört über etwas beschwert hat; die gleiche Meinung hat sie geäußert, wenn man ihr von weiß Gott was für reichen Leuten und ihrem Luxusleben erzählt hat; die protzigprunkenden Bilder eines gekrönten Monarchen und sogar der heiligmäßige Papst in Rom in seinem Ornat haben sie nicht davon abhalten können.

»Hm«, hat sie in ihrer unnachahmlich altbayrischen Art gesagt: »Was ist so ein Mensch schon? Nackert ist er nackert, und wenn er gestorben ist, ist er ein Haufen Dreck wie wir.« Wenn das auch recht pessimistisch klingt – mir ist es immer vorgekommen, als komme von *daher* unser Humor. Gottgefällig ist er gewiß nicht, sondern ganz und gar von unserem kurzen Leben bestimmt, und dieses Leben nehmen wir, wie es ist und wie es kommt. Es ist von Anbeginn ein unabänderliches, langsames Zu-Ende-Gehen, ein zäh dahinrinnendes Absterben, das nach unserm Dafürhalten mit Geduld ertragen werden muß und sich leichter erträgt, wenn der Humor dazukommt. Darum ist unser Humor nie protestlerisch-aggressiv. Er ist – vom Moralischen her gesehen – charakterlos. Sein Ausgangspunkt ist das gelassene Zuschauen. Er ist »kamott«, derb, direkt und äußerst respektlos. Und so ist auch unser Verhältnis zum Herrgott. Es ist viel Heidnisch-Fetischhaftes dareingemengt, auch unser fast animalischer Hang zum Greifbaren wirkt dabei mit, denn was man uns auch von Kind auf in den Religionsstunden über die

Dreifaltigkeit »Vater, Sohn, Heiliger Geist« in den Kopf hineinreden mag, für uns bleibt die Vorstellung bestimmend und unausrottbar, daß da irgendwo im Himmel droben ein imponierend überlebensgroßer Greis mit einem riesigen grauen Vollbart und alles sehenden Augen sitzt, der sich von keinem was einreden läßt und der die Welt und uns regiert, wie er's für richtig hält. Schon allein deswegen wird ein Bayer nie die für ihn völlig abstrakte Bezeichnung »Gott« gebrauchen, er sagt stets »Herrgott«, weil in dieser Verbindung die unantastbare Autorität des »Herrn« über alle vermeintlichen Herren den gültigen Ausdruck findet. Unsere Feldkreuze mit dem leidenden Christus, die in den Kirchen und die in den sogenannten »Herrgottswinkeln« unserer Stuben, sind für uns nur fetischhafte Erinnerungszeichen, meinetwegen auch wundertätige Mahnmale des Herrn über uns, und spielen oft eine sehr sonderbare Rolle. Nicht jeder nämlich kann so mit ihm stehen wie eine arme, alte unverheiratete Tante von mir, die nach jedem guten oder schlechten Tag – so, als sitze der Herrgott in ihrer engen warmen Stube – halblaut auf ihn einredete.

»Also, das versteh ich ganz einfach nimmer! ... Mei liaber Herrgott«, fing sie ärgerlich zu raunzen an und fragte gradhin drohend: »Wenn du mich alleinige Person so sekkieren läßt vom ganzen Dorf, bloß weil ich als dumms jungs Madl zwei ledige Kinder ghabt hob und net den nächstbestn Haderlumpen heiraten hab mögen – also, mei liaba Herrgott, is das vielleicht a Recht und a Gerechtigkeit?« Und sie zählte ihm genau auf, wie sie seither ihre Pflicht und Schuldigkeit getan habe, daß ihre Kinder längst versorgt seien und ob er ihr, der alten, armen Person, vielleicht was Sündhaftes vorwerfen könne! Und so ging das weiter bis in die Winzigkeiten ihres alltäglichen Lebens. Nach einem guten Tag aber meinte sie aufgefrischter: »Also heut hast ös wieder guat gmacht, Herrgott! Heut hast amal wieder ein Einsehn ghabt mit mir ...« Sie betete nie für sich allein, das tat sie gewohnheitsmäßig in der Kirche. »Der Herrgott und ich, wir wissen schon, wie wir miteinand dran sind«, sagte sie manchmal, und das klang, als spreche sie von ihrem Ehemann und verbitte sich jede Einmischung in ihr Verhältnis zu ihm. Dieselbe Verwurzelung, nur nicht so unmittelbar und vergröberter, finde ich auch bei jenem bayrischen Gebirgler, der mit seinem Schlitten dürres Brennholz vom Berg herunterholt. Als er endlich den Schlitten voll hat und in die Tiefe schaut, kommt ihm doch ein leichter Zweifel, ob er da – vorn droben sitzend und lenkend – heil hinunterkäme. Er überlegt hin und her, schließlich nimmt er das winzige, oftmals geweihte Kreuz mit dem Erlöser von seiner Uhrkette, prüft es noch einmal nachdenklich und heftet es vorn ans rechte Horn des Schlittens. »So, also probiern mir's halt«, brummt er, hockt sich hinauf, und los geht's. Unbändig saust der Schlitten, er verliert die Gewalt über ihn, mit aller Wucht wirft es ihn herab, er rollt ein Stück weiter im Schnee, und der sausende Schlitten kracht an einen Baum. Eine Zeitlang ist's ganz still. Der Alte prüft seine Knochen, merkt, es ist ihm nichts weiter passiert, arbeitet sich aus dem Schnee und watet torkelnd auf seinen zerkrachten Schlitten zu. Da findet er das abgebrochene rechte Horn mit den Kreuzlein drauf. Er nimmt es herab, schaut es ein bißchen zweiflerisch an und brummt: »Hm, jaja, ich hob mir's drobn schon denkt, daß du kloans Mannderl den Mordsschlittn net derhaltst!«

Und nicht anders steht es mit jenem vielbeliebten bayrischen Gastwirt, in dessen umfänglicher Wirtschaft unsere Sozialdemokratische Partei vor dem Ersten Weltkrieg an jedem Sonntag nach dem 1. Mai ein großes Massenfest abhielt. Tausende kamen da aus München und weiterwärts herbeigeströmt. Um allseits zu befriedigen, mußte der umsichtige Wirt schon tagelang vorher alle Vorbereitungen treffen und den Einkauf von Riesenmengen an Bier, Würsten, Fleisch und dergleichen besorgen. Aber es lohnte sich stets. Damals gab es noch nicht die exakte Wettervorhersage wie heutigentags. Am Freitag regnete es etliche Stunden lang dünn, dann aber hellte sich der Himmel auf. Der Wirt ging leicht besorgt in der weitläufigen Stube umher und raunzte. Hin und wieder, fast mechanisch, schaute er auf das Holzkreuz im »Herrgottswinkel« und drohte leicht humoristisch: »Du, mein Liaber, mein Gschäft wennst du mir verpfuschst, nachher kracht's zwischen uns!«

Etliche Bauern am Tisch lachten leicht und hänselten ihn gutmütig: »Der Herrgott wird sich jetz grod nach dir richtn, Barthl!« Aber das wollte der gereizte Wirt gar nicht mehr hören.

Der Samstag war abwechselnd sonnig und trüb, aber warm und trocken. In der Nacht darauf nebelte es sich ein, und gegen Sonntag früh fing es erst zaghaft, dann aber immer dichter zu regnen an. Keine Hoffnung auf eine Besserung gab es mehr, zuletzt schüttete es schon gottserbärmlich. Der Wirt geriet außer Rand und Band. In seiner Berserkerwut riß er das hölzerne Kruzifix aus dem Herrgottswinkel, rannte mordialisch fluchend in die große Kuchl und warf das Kreuz mit den lästerlichen Worten ins lodernde Herdfeuer: »Jetzt konnst mi gern hobn, daß d'ös woaßt, du kloans bißl Hoiz, du! Jetz is's oa für oimoi aus zwischen üns, basta!« –

Da leuchten sie ganz grell auf, die zwei Seiten unseres bayrischen Katholischseins: das allen Naturvölkern eigene konkret Fetischistische und unsere heidnische Respektlosigkeit selbst dem Höchsten gegenüber. Aber dahinter spürt man eben doch so was wie die ohnmächtige Verstricktheit der Naturkraft mit dem, was wir das »Göttliche« nennen. Zur Illustration dieser zwei Seiten will ich noch diese uralte bayrische Schnurre hinzufügen:

Wiegelbach ist ein weltberühmter Wallfahrtsort, und besonders zu Pfingsten kommen Tausende frommer Beter aus nah und fern dorthin. Das kommt daher, weil dort einst ein Mesner ein sogenanntes »Pfingstwunder« erfunden hat, welches seither alle seine Nachfolger mit Hilfe einer zahm gezogenen Taube getreu fortsetzen.

Beim Hochamt zu Pfingsten also breitet der Hochwürdige Herr Pfarrer am Altar seine zwei Arme feierlich aus, schaut andächtig in die Höhe und bittet mit lauter Stimme: »Heiliger Geist, komm hernieder auf uns und erleuchte uns.« Und wirklich, es vergehen einige spannende Minuten – wirklich, aus einem Loch in der hochgewölbten Kirchenkuppel fliegt eine Taube langsam in die Tiefe. So was überraschend Feierliches gibts kaum noch einmal.

Vor etlichen Jahren war die Kirche wieder gepfropft voll. Die Orgel im Chor setzte aus, der feierliche Augenblick kam, atemlos gespannt schauten die Wallfahrer in die Höhe, als der Herr Pfarrer seinen frommen Spruch emporrief. Einige Minuten vergingen. Nichts vom »Heiligen Geist« kam herab. Der Pfarrer wiederholte seine Bitte dringlicher, alles wartete, und die Stille wurde schier schrecklich.

»Heiliger Geist, komm hernieder«, rief der bedrängte Pfarrer noch einmal, aber weiter kam er nicht.

»Den hot d'Katz gfressen!« schrie plötzlich der Mesner aus dem Kuppelloch ...

Für enge Frömmler mag das recht lästerlich klingen, aber schaut euch doch einmal das Innere unserer berühmtesten Barockkirchen genauer an, was da für ein sinnlich unfrommer Witz, für eine ausschweifend weltliche Phantasie, was für eine geradezu knisternd-listige Humorigkeit und unbändig saftige Lebenslust herumgeistert, dann begreift ihr vielleicht, warum auch die heiligmäßigen Sachen für uns etwas Komisches und Fideles haben müssen wie alles Lebendige. Wär's anders – wie könnten wir überhaupt katholisch sein! Das ist vom großen Bonifatius bis zur Ausformung des streng dogmatischen Kirchenkatholizismus bei uns so geblieben, und nur deswegen, weil die Kirche unsere urheidnischen Volkselemente gewissermaßen in ihr Ritual übernommen hat, ist es ihr im Lauf der Jahrhunderte so glänzend gelungen, uns unter ihr Dach zu bringen. Unser animalisches Gesundsein verträgt büßerische Zerknirschung und finstere Bigotterie nicht. All das hat für uns etwas fast Anrüchiges. Wir wittern dahinter stets etwas Unnatürliches, Gemachtes, Abstraktes, etwas – wenn ich so sagen darf – von einem unausgelüfteten schlechten Gewissen. Darum auch unser tiefes Mißtrauen gegen Religionseiferer und sonstige Fanatiker, darum unsere Verachtung der sogenannten »Betschwestern« und unser unausrottbares Gegengefühl, wenn Konvertiten aus anderen Glaubenslagern so pedantisch danach trachten, alles an unserer alteingeführten Religion todernst zu nehmen und jede kirchliche Regel nur ja recht genau zu befolgen. Mir fällt dabei immer der unvergeßliche, grundgescheite Pfarrer Johst aus meiner Dorfschulzeit ein, dem eine Zeitlang solche Betschwestern und ein Konvertit durch ihre vielen Besuche, ihren Eifer und ihr ewiges Gefrage alle Gemütlichkeit störten und der einmal in den bezeichnenden Ruf ausbrach: »Du liaber Herrgott, wenn's lauter solcherne gebert, könnt einem der ganze gute Glaubn zuwider werden!« Er war ein ungewöhnlicher Menschenkenner, der Johst, und es ist ihm sicher nie in den Sinn gekommen, sein Priestertum so aufzufassen, als sei man dazu etwa innerlich berufen. Er betrachtete es als einen ordentlichen, handfesten Beruf wie irgendeinen anderen. Deswegen verstanden wir ihn und er uns so gut; deswegen erschien er uns allen als die reinste Ausprägung des echten bayrischen Katholiken. Wahrscheinlich hat auch er sich unsern Herrgott schlichtweg so vorgestellt wie etwa meine arme alte Tante oder irgendein Bauer: als großmächtigen, allwissenden Greis, der zwar hinter all unsere kleinen Schliche und großen Lumpereien sieht, aber auch den Humor dazu hat, vieles gutmütig lächelnd zu übersehen oder hinzunehmen, ja noch mehr sogar – der, weil er zu genau unsere Irrnisse und täglichen Sorgen kennt, auch hin und wieder mit sich handeln läßt. Nur so ein Herrgott, der ein unverwirrbares Zutrauen, eine arglose Heiterkeit und ein warmes Gernhaben in uns erweckt, entspricht unserer bayrischen Art, nicht aber einer, vor dem man Angst und Furcht hat. Wir Bayern sind kein »gottesfürchtiges«, sondern ein gottanhängliches Volk. Wir wollen nicht zittern vor dem Höchsten, ganz im Gegenteil! Beim Vorbereitungsunterricht für die erste heilige Beichte schärfte uns – es war nicht mehr der gute Johst – der Pfarrer ganz besonders ein, daß wir gestohlene Sachen wieder zurückgeben müßten. Bei der Gewissenserforschung kam ich zu dem Ergebnis, daß ich sehr oft Kuchen und Schokolade in unserm Laden gestohlen hatte – und ich war recht froh darüber! So was ließ sich schließlich nicht mehr zurückgeben, also war ich einer solchen Peinlichkeit enthoben, und die zwölf Vaterunser als Buße, die ließen sich schnell und leicht beten. In meiner Einfalt, die man sicher als zynische Frivolität auslegen wird, sagte ich mir nach dieser ersten Beichte, wenn ich wieder Kuchen oder Schokolade stahl, jedesmal: »Dös kost't zwoa, vielleicht auch drei Vaterunser!«

Ich habe fast den Verdacht, daß die katholische Religion speziell für uns Bayern erfunden worden ist. Sie ist so sehr zu einem nicht mehr wegdenkbaren Teil unseres Volkscharakters geworden, daß man kaum noch unterscheiden kann, was von ihr auf uns übergegangen ist und umgekehrt.

Um noch mal auf den Pfarrer Johst zurückzukommen. Der tarockte für sein Leben gern. Wenn er dann in der Wirtsstube hockte und kurz vor Mitternacht zur Kellnerin sagte: »Wally, drei Viertel auf zwölf Uhr ist's schon vorbei, bring mir noch drei Maß Bier!« Verständnisinnig und verkniffen lachten seine Mitspieler in ihren Bart, denn am andern Tag in der Frühmesse den Leib des Herrn in sich aufnehmen, dazu mußte, dem Ritus entsprechend, der hochwürdige Herr von Mitternacht ab grundnüchtern bleiben. Kein Brotbrösel und kein Schluck Flüssigkeit durfte mehr in seinen Magen kommen. Das wußte der Johst so genau wie jeder am Tisch. In aller Seelenruhe aber trank der hochwürdige Herr nach und nach seine drei Maß aus. Das dauerte meistens bis lang nach Mitternacht. Ganz gelassen erklärte der Johst, daß der weise, allgütige Herrgott doch zugeben müsse, daß das Bier, welches einer vor Mitternacht bestellt, nichts gelte, auch wenn's erst hernach getrunken würde.

Solche Pfiffigkeiten gehören zu unserem Humor.

Sie sind, wenn man's genau überlegt, das einzig Aktive an ihm. Dieses Aktive bleibt jedesmal ganz persönlich und privat, leicht abwehrend wie etwa eine gute Ausrede, nie aber aufdringlich und moralisierend. Auf uns Bayern, die wir alle aus dem Bäuerlichen kommen, wirkt nur jener Humor, der zum Schluß irgendwie überrascht und nachdenklich macht. Nachdenklich nicht im Sinne eines »In-sich-Gehens«, sondern gewissermaßen als Erstaunen, als abruptes Überfallenwerden von einer Sache, deren Sinn uns jäh klarwird.

In meiner Schulzeit gab es einmal in unserer Gegend ein königlich bayrisches Manöver. Kriegerisch hat das für uns gar nicht ausgeschaut, eher schon krachlustig und ein bißchen fastnachtsmäßig. Denn da gab's viel zu sehen und zu hören. Irgendwo in den Feldern krachten Schüsse, Reiter galoppierten über die Wiesenhänge, Pfiffe schrillten, und bunte Soldatenrudel rannten hin und her. Das Schönste aber war, als diese Soldaten, um und um voll Dreck und Staub, aber doch heiter farbig in ihren hellblauen Uniformen, gegen Abend ins Dorf einmarschierten. Die Trommeln schlugen und Trompeten schmetterten, und an der Spitze der Kolonnen ritten drei blitzblanke, betreßte, ordengeschmückte Offiziere. Steif saßen sie auf ihren dampfenden Rössern und nickten uns leutselig herablassend zu.

Ein solcher Offizier kam zu uns ins Quartier. Sein Anblick wirkte auf uns schier wie etwas Überirdisches in der himmelblauen Montur mit den goldglänzenden Knöpfen, den breiten roten Streifen an den Hosen, den langen Reitlackstiefeln mit vernikkelten Sporen und dem blitzenden Schleppsäbel. Und der wunderschöne Helm erst, die Orden an der wattierten Brust – einfach großartig. Uns Kindern ist bei all der Pracht fast schwummelig geworden.

Kurz und laut hat der Herr Offizier geredet und so befehlshaberisch, daß uns fast angst und bang geworden ist vor ihm. Kurzum, mit einem Wort: eine gebieterische Erscheinung! Daß wir nicht alle aufs Knie vor ihr gefallen sind, wundert mich heute noch.

Damals habe ich schon manchmal nachts in der Bäckerei mitarbeiten müssen. So um zwölf herum ist auf einmal der Herr Offizier mit verschlafenem Gesicht und unordentlich zerzaustem Haar, in einem Trikothemd, bloß notdürftig bekleidet mit seiner schönen, diesmal aber vielzerfalteten Biesenhose und ausgelatschten Pantoffeln über die Stiege heruntergekommen. Ganz verdattert war er und hat ziemlich dringlich nach dem »Abtritt« gefragt. Mir hat es im Augenblick das Wort verschlagen. Wie entgeistert habe ich in einem fort auf die Brusthaare, die aus dem Trikothemd von dem Herrn Offizier hervorgelugt haben, geglotzt und auf den kugelrunden, gespannten Bauch.

»Na, na, Kleiner!« so hat der Herr noch verstörter, ja schon fast wehleidig gefragt, und geschlottert hat er wie ein Hund im Schnee: »Na, Kleiner, so sag doch geschwind mal, wo euer Häuschen ist!« »Da! Da hinten, draußen überm Hof, Herr -«, habe ich gesagt, aber weiter bin ich gar nicht gekommen. Wie der Wind ist der Herr Offizier an mir vorbeigeschossen, und hinaus ist er durch die hintere Tür, schier wie ein jäh davonhuschender Geist. Im Moment ist mir gewesen, als wie wenn mir einer den Bierschlegel auf den Kopf gehaut hätte – denn der glanzvolle Held, die noch vor kurzem überirdische Erscheinung, und sie muß dahin gehen, dahin, wo wir alle hin müssen, wenn Not am Mann ist...

Und zum guten Ende jene unvergeßliche kleine Episode, bei welcher ich viel nützliches Mißtrauen gewann und den meisten Respekt verlor:

Bei uns im Haus ist von jeher viel gelesen worden. Ich mag damals etwa zehn Jahre alt gewesen sein, als mir ganz plötzlich der ganze hintergründige Sinn von dem, was man gemeinhin »Geschichte« nennt, aufgegangen ist. Nämlich damals habe ich gerade die Geschichte der beiden Feldherren Tilly und Wallenstein gelesen. Mein Vater – ich muß sagen, er hat sein Leben lang nur immer flüchtig die Zeitung überlesen, und von Geschichte hat er nicht das mindeste gewußt –, mein Vater hatte die merkwürdige Gewohnheit, daß er sich, wenn ich so ein Buch ausgelesen hatte, den Inhalt von mir immer erzählen ließ. Auf das hin machte er mir stets eine Belehrung.

Ich habe ihm also die gewaltigen Taten mit großer Begeisterung erzählt, aber – sonderbar – als ich fertig gewesen bin, hat mein Vater leicht lächelnd den Kopf geschüttelt und ziemlich wegwerfend gesagt: »Ah, was die nicht alles schreibn! 's Papier ist ja geduldig! ... Dös ist doch alles gar nicht wahr, Oskar! Dös ist doch ganz anders gwesen!«

Da bin ich stutzig geworden.

»Der Tilly«, sagt mein Vater drauf, »der hat nämlich im Böhmischen drübn viel Holz ghabt, und der Wallenstein noch weit mehrer bei uns im Bayrischen ... Wegen dem sind sie ins Streiten kommen, die zwei ... Der Krieg ist nachher gleich beinand gwesen!«

Baff und enttäuscht habe ich ihn angeschaut, denn in meinem Buch war davon doch gar keine Rede gewesen.

»Ja«, habe ich endlich ein bißchen zaghaft und zweifelnd gefragt: »Ja, Vater, nachher glaubst du, daß die zwei bloß wegen dem Holz Krieg geführt haben?«

»Bloß wegen dem Holz, verlaß dich drauf«, hat mein Vater genickt: »So mir nichts, dir nichts führt man doch keinen Krieg!«

Das hat mir gar nicht gefallen, aber schließlich – meinen Vater habe ich doch für gescheiter gehalten als mich. Von da ab bin ich nachdenklich geworden, und seither, wenn ich so ein Geschichtsbuch gelesen habe, das von großartigen Staatskonflikten und Kriegen erzählte, ist mir immer der Satz eingefallen: »So mir nichts, dir nichts passiert doch so was nicht... Es muß doch was dahinter sein!«

Ich muß zugeben, es war immer bloß »das Holz«. Es hat nur jedesmal einen anderen Namen gehabt...

Minutengeschichten

Niemand und Jeder

Voraus ist zu bemerken:
Niemand und Jeder haben einmal wirklich als Menschen auf der Welt gelebt. Ihre Geburt und ihr Sterben vollzog sich wie die Geburt und das Sterben jedes Erdenkindes, und die Beschreibung ihrer Person ist nur langweiliges Zeitvergeuden, sintemalen ich der Meinung bin, daß man die Phantasie über seine Helden eher dem Leser überlässt als dem Papier. Nur die Entwicklung der beiden käme also in Betracht. Und das ist der eigentlich springende Punkt dieser notwendigen Voraussetzung.

Niemand wurde geboren und starb, wie eben niemand stirbt. Er wohnte nie und nirgendwo. Er belästigte keinen Menschen, er lebte sagenhaft und doch so alltäglich wie niemand sonst auf der Erde. Deshalb vielleicht stieg sein Geist, als er begraben war, aus dem Grabe, sozusagen als Fluidum und verbreitete sich über alle menschlichen Hirne. Und so geschah es, daß wir heute den Begriff Niemand haben. Sela...

Anders Herr Jeder. Das war ein ganz feixend-beweglicher Mensch. Er war überall zugegen, sprach trotz seiner Hohlköpfigkeit überall das große Wort, aber er hatte eben immer eine Art, daß er nicht anzugreifen war. Er wußte alles und wußte gar nichts, denn er sagte nur das Längstbekannte eines jeden.

Deshalb vermehrte er sich von der ersten Stunde seiner Geburt bis in alle Ewigkeit so unheimlich, daß man ihn überall trifft, wo Menschen sind.

Und das ist das wesentliche Unterscheidungszeichen dieser zwei merkwürdig uninteressanten Fälle: Der eine starb und war in jedem, und der andere wurde geboren und war in jedem, ist in jedem, solange Menschen sind. Gegenseitig also vollenden sich die beiden nur.

Fertig... –

Möge der etwas geschicktere Leser sich einen philosophischen Schluß aus dieser belanglosen Erzählung zusammenreimen. Genug!

Es folgt also Numero zwei:

Nun kann sich kein sehnender Blick mehr im Himmel verlieren. Alles ist weiß, weiß und endlos. So was wie ein Mondsee oder ein Sternmeer schläft als verwelkte Erinnerung an laue, lichtene Sommernächste im Hirn. Alle Türen speien Dampf, wenn man sie öffnet. Alle Fenster hängen auf Halbmast. Über schneeverwischte Straßen reiten Laternparaden ins Dickicht des Geflocks. Ich schreite ziellos. Menschen gehen an mir vorbei, geduckt, beschneit, als schämte sich der Schnee über ihr Aussehen und bedeckte sie alle, damit eine einzige, objektive Gleichlichkeit herauskäme. Da –

Vor mir, auf Steinwurfsweite entfernt, schwebt eine weiße Gestalt, schweigend und gerade, wie eine ausgelöschte, wandelnde Kerze. Ich folge ihr. Warum weiß ich nicht. Gedankenlos. Ich empfinde nur, daß sie grader geht als all die geduckten Leute an mir vorbei und daß sie am Ende zu Menschen geht. Vielleicht tanzen? Aber es handelt sich hier weder um eine Frau noch um einen Mann. Ich werde ganz langsam neugierig.

Und so rinnen denn mit dem Weiterschreiten alle Gassen und Straßen in mein Denkland und wissen nicht mehr weiter. In solchen Augenblicken oder Stunden erfühlt vielleicht der Mensch, so denke ich, das Einsamsein aller lebendigen Dinge. Lebendigen Dinge? Gibt es lebendige Dinge? Ja, denn irgendwer sagte einmal: »Alle Dinge werden durch dich, o Mensch, lebendig.« Wie geschickt!

Ich aber kann sagen: »Es gibt kein lebendiges Ding in solchen Winternächten!« Da ist alles gestorben und schläft verdorrt unter schneeiger Hülle. Kein Ding hat Kontur, alles ist unfaßbar weiß, geisterhaft weiß. Schnee, endloser Schnee. Und funkelnde Fenster auf Halbmast. Und –

Und da vorn die weiße Gestalt, die kerzengerade - - -

Wo denn? Wo? Wo? –

Um mich ist winterliches Ödland. Keine Stadt mehr, nichts, gar nichts! –

Sonderbar. Auch kein Weg ist hier und keine Fußspur. Wie plötzlich mein Herz stillsteht, wie mein Blut ins Hirn peitscht...

Nein, nochmal nein! Hier ist weder Weg noch Stadt, noch ein Tanzlokal oder sonst was. Nur Schnee, Schnee, Schnee.....

Niemand...

Da stöhnt es. Mir rieselt kalter Schweiß den Rükken hinunter. Atem stockt, wie weitausgeholt eine weiche, wie aus undenkbaren Fernen kommende Ätherstimme:

»Verfolgst du mich noch immer?«

Ich stehe, rufe eisig: »Ja!« Doch klingt es tonlos, als fiele ein Stück Eis aus unbekannter Höhe zur Erde und zerschelle.

Wieder fragt es: »Warum tust du das?«

Ich sinne. Dann entkommt es mir wohlüberlegt: »Weil ich wissen möchte, wer du bist!«

Und wieder wie verzeihend: »Warum wollen die Menschen immer alles wissen?«

Ich stocke. Dann: »Um weiterzukommen.«

Erst ist's ein Lächeln, aber eines, das arglos, fast mütterlich klingt.

Dann kam diese Antwort, die über den weiten Schnee zitterte wie sänftigende Glättung: »Weiterkommen? Wohin denn? Der Wissende kommt nicht weiter, das merke! Wissen kann niemand und jeder. Niemand und jeder kann leben ohne Wissen. Obwohl ihr alle soviel vom Wissenden erwartet, hat er niemals mehr gesagt als das, was war und was ewig sein wird. Und dieses wißt ihr alle. Nur er findet das Wort dafür.« –

Da hielt ich nicht mehr zurück, und meine Knie zitterten: »Was sollen wir denn dann tun?«

Und mit diesen Worten erstarb die Stimme: »Glauben, was niemand glaubt, und wissen, was jeder weiß!«

Ich griff an meinen schweißtriefenden Kopf: »Niemand und jeder!«

Alles schwieg, alles war weit, weiß und endlos......
Durch die Fenster starrten schneebedeckte Hausdächer. Heute müssen alle Schritte unhörbar sein.

Aus fernem Himmel sank blasser, gläserner Tag ins Gemeng der Häuser: Niemand und jeder gehen um, keinen Weg wissend, nichts, als – daß es Winter ist und weiß und schneeig....

Das war anno 1866

So war's damals. Mein Vater selig hat's mir gewiß tausendmal erzählt: Der Postillion, der täglich von Pfriembach über Riemling und Fleschting nach Rauschenbach fuhr und immer bei unserer Posthalterei anhalten mußte, brachte eines Tages königliche Erlässe für den Bürgermeister Hirlinger mit. »Dringend! Zur sofortigen Bekanntmachung!« stand in großen, fetten Lettern auf den langen braunen Umschlägen. Der Posthalter Renkmair musterte sie interessiert.

»Z'Rauschenbach sogn's, an Kriag gibt's! An Bundesrat sans inanand kemma«, sagte der Postillion.

»Soso … Jaja, dös werd scho so wos sei«, meinte der Renkmair und deutete auf die Umschläge. Gleich darauf ging er zum Bürgermeister ins Oberdorf hinauf.

»Do, dös is von Ministerium kemma … Häng's no glei naus a's Kastl«, sagte er zum Hirlinger. Der öffnete die Briefschaften. Interessiert besahen sich die beiden die auffällig gedruckten Verordnungen, die die sofortige Mobilmachung im ganzen Lande verkündeten. Der Gendarm Blinzlinger, der eben in die Stube eintrat, war beinahe beleidigt, als man ihm diesmal so wenig Aufmerksamkeit entgegenbrachte. »Kriag is erklärt! Braucht's es net lang lesen! Hängt's es no naus, dös is d'Mobilmachungsorder«, sagte er darum unvermittelt und sehr laut.

»Wos sogst...?« rief in diesem Augenblick die Hirlingerin, die im Türrahmen auftauchte, und ging vollends in die Stube.

»Da Kaisa und da König vo Preißn hobn si z'kriagt! ... Da Preiß wui nimma parriern ... Drum geht's o gegn dö Hammin«, erzählte der Blinzlinger und setzte, befriedigt über den schönen Eindruck, hinzu: »Ois muaß einrucka, wos militärpflichti is...« Er hatte seinerzeit im Dänischen Krieg als Freiwilliger gedient und bei Düppel mitgefochten. Der Posthalter, die Hirlingerin und der Bürgermeister schauten ihn an.

»Wegn Schleswig-Holstein wird's hoit hergeh«, meinte der Renkmair jetzt: »I hob scho so wos ghärt...«

»Und weil dö Saupreißn oiwai dös erst Wort redn mächtn an Reich!« ergänzte der Gendarm.

»Dö Sauteifin, dö graislinga! ... Kriagn net gnua, ha ...? Fanga oiwai wieda o!« bekundete die Hirlingerin.

»Aba dösmoi san ma nimma so dappi und lossn üns d'Köpf derschlagn wegn iahnern notinga Schleswig-Hoistein, iahnern lumpertn Gmüasgartn, iahnern lumpertn – dösmoi gibts a strengs Gricht!« erläuterte der Blinzlinger.

»Ja – na häng's no glei naus, dö Verordnunga«, meinte die Hirlingerin in bezug auf die Ministerialerlässe zum Bürgermeister, und der ging aus der Stube, vor ans Gartentürl, zum Gemeindekasten und heftete die Blätter hinein. Der Kragerer fuhr gerade vorbei mit einem gebogenen Mistwagen und trieb die Ochsen an.

»Kriag is!« schrie ihm der Bürgermeister zu.

»Kriag? ... No ja, solln no a so furtmacha!« brummte der mißmutig und kümmerte sich nicht weiter um den Schreier.

»Dei Franzi muaß doch fort?!« rief, ärgerlich über diese Gleichgültigkeit und zutiefst in seiner Bürgermeisterwürde verletzt, der Hirlinger.

»Freili ...! – Waar ja net ganz, wenns net oiwai daherkemmertn, wenn dö meist Arbat do is, dö Hammin, dö Großgoschetten ...!« gab der Kragerer zurück und schrie seine Ochsen an: »Hüa! Hüa! Kratn verreckte! Hüa ...!«

Beleidigt schlug der Bürgermeister das Kastentürl zu und tappte ins Haus zurück.

Hingegen, als Zeichen, daß es diesmal keine Flausen mehr gab, gingen der Raffinger-Feschl und der Franzi in Sonntagsgewändern mannhaft die Dorfstraße herauf, auf die Bätzwirtschaft zu.

»Gib üns a Bier, Bätz! ... An Kriag geht's!« schrien sie schon von weitem, und der Wirt, der gerade das nasse Laub zusammenfegte, drehte sich um und fragte neugierig: »Wos? ... An Kriag? ... ja, do hot ma doch nia wos ghärt? Und ös müäßts jetz furt... Ja, wia kimmt denn jetz dös ...?«

Sichtlich zufrieden, mit gelassenem Schritt, ging kurz darauf der Posthalter aus dem Bürgermeisterhaus. Vor dem ehemaligen Baurhammerhaus, das schon seit langer Zeit einem Konrektor Kernaller gehörte, blieb er stehen und schaute auf ein offenes Fenster im ersten Stock. Mit aller Hast stieß Kernaller eine große schwarze Fahne heraus und band sie – so schnell es nur ging – ans Fensterkreuz. »Dö deitsche Rindviehcha! Dö deitsche ...!« knurrte er boshaft, und sein verbissenes Gesicht grinste verzerrt hinter dem Glas. Flugs reckte er seine zwei Fäuste und verschwand wieder. –

Kernaller war Schwabe, stand 1848 nicht weit von der Heckerschen Richtung und entwich dazumal nur mit knapper Not dem Hochgericht. Man sah ihn oft wochenlang nicht, und das Baurhammerhaus schien ständig unbewohnt zu sein. Einen düsteren, ruinenhaften Eindruck machten die dunklen, dichtverstaubten Fenster.

»Politikus« hieß man aus einem unbekannten Grund den Konrektor im Dorf. Er rannte höchstenfalls einmal schaun ums Haus in die Holzschuppe und verschwand dann wieder. Ständig trug er einen schwarzweiß karierten, sehr zerschlissenen Schlafrock, riesige Pantoffeln, und tief in seinem Genick saß ein rotes Türkenkäppi mit einer schwarzen Quaste.

Der Krieg war wirklich ausgebrochen. Der Renkmair allein hatte eine Zeitung. Zu ihm, in seine Wirtschaft kamen jeden Sonntag die ganzen Bauern. Da wurden Schlachten geschlagen. Man sah fröhlich die Preußen vor den ungestümen Bayern und Österreichern wie Fasangockel bei der Treibjagd herlaufen.

»Derwischn wenns'n, an König von Preißn und sein plärrmailertn Bismarck, na werdn's oi zwoa aufghängt!« erzählte der Schmied Banzer.

»Jaja, dös loßt si denka, daß do streng hergeht, wenn's dö zwoa kriagn«, bekräftigte der Müller-Silvan.

»Noja! ... Wos müaßns' aa ofanga, dö vorlautn Hammin, dö vorlautn!« drauf der Renkmair gelassen.

»I wenn a so oschaffa kunnt«, räsonierte der Kragerer, der noch immer ärgerlich war über dieses Kriegführen so mitten in der ungelegensten Zeit: »I wenn a so Herr war...! I tat dö hoha Herrn oisamm vor mein Mistwogn spanna und an Trapp müassertn's laafa, daß iahna Zunga bis ins Knia obi raushängert! ... Do vergangertn iahna glei dö Mais mit dera Kriegfüahrerei...!«

»Jetzt do hoscht aa wieda net recht! ... A so konn ma aa wieda net redn! ... Solcherne Sachern hobn iahnerne politischn Hintertürn ... Do kinna mir net mitredn«, meinte daraufhin der Posthalter und setzte mit Nachdruck hinzu: »Aba dös is gwiß, daß's dösmoi um richtige Intressn geht, wenn amoi da Kaiser ois Militär ausrucka loßt?! ... I sog amoi sovui, wenn si dös ganz Deitschland gega dö gschroamailertn Preißn stellt, nachha is's Ernst...«

»Ja no ... dös loßt si denka ... dös loßt si denka ...« murmelte der Hirlinger sachlich.

Der Raffinger stellte den Krug hin: »Mei Feschl hot gsogt: Ois bringers um! Koan Pardon gibt's!«

»I hob mir's scho oiwai denkt ... Mit dera Bundesrats-Streiterei kimmt's no amoi richti zon Kracha ... Jetz hobn mir's scho aa ...« sagte der Bürgermeister abermals.

»Foische Hund sans doch, dö Preißn«, bekundete

der Renkmair: »Hobn einfach ogfangt und Hannova und Sachsn überfoin und nachha erst d'Kriegserklärung gschickt! ... Hahah ..., host jetzt sowos schon gsehng ... hmhm ...«

»Hintervotzige Luada, hintervotzige ... Dös san richti Luthrische«, brummte der Kragerer.

»Der oit König selig, der hätte koan Kriag gmacht! ... Der hot's Streitn nia ming«, warf der Müller-Silvan hin.

»Na, waar er a Rindvieh gwen, daß't ös hoaßt«, alterierte sich der Raffinger sofort: »Aufs Mai naufscheißn loß ma üns jetzt nachha vo dö Saupreißn, vo dö windinga! ... Do konn ma net gnua umbringa, dö Pollaken, dö luthrischn! ... Dö hobn überhaaps koan Glaabn, dö hobn bloß a Botzn! ...«

»Dös sog i ebn aa ... den ganzn Glaabn hobn's ogschafft ...«, beschloß der Schmied Banzer die Debatte.

So ging es alle Tage.

Langsam aber kamen in Renkmairs Zeitung ausweichendere Notizen. Da hieß es immer: »Die achte Bundesarmee konzentriert sich und steht in fester Abwehrstellung.« Man hörte nichts von einer richtigen Schlacht. Mehr noch, der Posthalter kam einmal aus der Stadt und sagte: »Schlacht sois steh, hob i ghört...«

Dann erfuhr man von Schlappen der achten Bundesarmee. Von »taktischen Notwendigkeiten« schrieb die Zeitung etwas. Kein Mensch verstand es, aber ein Mißtrauen fing langsam an.

»Dös is's ebn! ... Dö Hundspreißn, dö verrecktn,

dö frogn überhaaps net noch'n Rächt! ... Dö schiaßn einfach, dö Lackln«, schimpfte der Raffinger.

Hingegen einige österreichische Generalstabsberichte waren so gehalten, daß man wieder allgemein mutig wurde.

»In d' Foin lockers ös jetz ... Und da wui ma oisamm masakriern«, erläuterte der Posthalter: »Der Feldzeigmoaster Benedek is koa Dumma! ... Der hot a ganz's Johr hinstudiert an den Schlachtplan ...«

Und immer wieder sah man die Preußen umzingelt und nahe an der Vernichtung. Berlin wurde in der Renkmair-Stube schon gebrandschatzt.

Wie das schon von jeher, früher und jetzt noch bei uns ist, man läßt sich nicht so leicht irritieren.

»Waffenstillstand is erklärt! ... Dös hot a schlauch gmacht, der Benedek ... Do loßt er jetzt dö Preißn 's Feir einstelln, nachha schiaßt er, wos der Zeig hoit«, erklärte der Renkmair: »Dös werd der letzt Schlog ... Do gehnger's oisamm z'grund, dö Preißn ...«

Aber man hörte nichts dergleichen. Der Benedek schoß nicht. Die Flechtinger wurden kleinlauter. Kleinlauter wenigstens in bezug auf das Siegen. Desto grimmiger aber gegen die Preußen.

Nichtsdestoweniger begann man scharf zu schimpfen auf die »Führung« der Bayern, überhaupt auf das ganze Kriegführen, das keine Resultate zeigte. –

Beim Konrektor Kernaller hing noch immer die schwarze Fahne heraus. Einige sagten schon ganz offen: »Ganz rächt hot er ghabt, der Politikus!... Der hots voreh gsehng, daß's schiaf geht mit den Kriag ...«

Zerfetzt vom Wind, durchnäßt vom Regen, wie ein

trauriger Strunk, hing die Fahne herab. Eines Tages fiel sie dem Gendarm Blinzlinger auf. Das sei ja der reinste Hochverrat, meinte er, als ihm der Bürgermeister Hirlinger so halbwegs klarmachte, wie man in Flechting über dieses Fahnenheraushängen denke. Und strammen Schrittes ging er durch das Vorgärtl, auf die Haustür Kernallers zu. Scheu und lauernd schauten einige Dörfler zu.

»Auf da! Auf, he! ... He!« schrie der Gendarm, und mit grämlicher Miene öffnete der Konrektor.

Jetzt sammelte man sich vor dem Baurhammer-Haus. Wie die heilige Hermandad in eigener Person kam der Blinzlinger wieder heraus.

Bald darauf sah man, wie der Kernaller schnell die Fahne hineinzog und hinter dem Fenster grimassierte.

»Isch no viel z'wenig für dö deitsche Rindviehcha, dö deitsche! ...«, entfuhr es seinem zähnefletschenden Mund.

»Ja, ja ... rächt hoscht! ... I hobs oiwai gsogt!« schrie der Kragerer hinauf, und als er nichts mehr sah, wandte er sich griesgrämig um und murrte abermals: »Oiwai hob i's gsogt ... Dö hoha Herrn ghärertn a ran Mistwogn gspannt... na waar ma net in den Scheißkriag kemma ...!«

In memoriam Bilgerius Wild

Bilgerius Wild aus Huglfing in Bayern, seines Zeichens Korbflechter im Zivilleben, im Krieg einfacher Infanterist – dieser unvergeßliche Bilgeri war der urwüchsigste bayrische Feldsoldat, den der Weltkrieg je gesehen hat. Ich muß bemerken, daß Name und Ortschaft keineswegs erfunden sind. Bilgeri ist bei uns ein weitverbreiteter Vorname, und Huglfing liegt in der bayrischen Hochebene. Man sagt beispielsweise bei uns, wenn man eine Ortschaft herabmindern will: »Bachhausen, Huglfing, Ninive, Amen!«

Das aber nur nebenbei.

Also gut. Bilgerius Wild war von keiner Schulweisheit getrübt. Er konnte weder schreiben, noch lesen, noch rechnen, und von den weltlichen Ereignissen hatte er eine Vorstellung wie der Ochs von der Apotheke.

Was ihn aber nicht hinderte, ein echter Humorist zu sein.

Er ist zugrunde gegangen beim Rückzug aus Frankreich anno 1918. Der ganze Krieg samt seinen Kugeln, Granaten, seinen Schrecknissen und seinem Gas hat ihm nichts anhaben können. Bilgeri erlitt – man kann's nicht anders sagen – den tragischen Tod des Humoristen. Ehre seinem Andenken.

Hier einiges von ihm.

1. *Was ist des Deutschen Vaterland ...?*

In den Drecklöchern von Flandern lag man. Ausnahmsweise schoß es nicht. Man machte Witze, spielte Karten und unterhielt sich.

»Host es ghört, Bilgeri? – Berlin hot Deutschland an Krieg erklärt!« ruft der Greinberger Max dem dösenden Kameraden zu. Einige lachen und mustern Bilgeri. Der hebt wie angeweht von einer stoischen Traurigkeit den Kopf, schaut und sagt fast mitleidig: »Jaja! ... Foits nur oisamm her üba dös arm Deutschland ...!«

2. *Zucht und Sitte*

Das Bataillon lag in den Vogesen. Herrlichstes Etappenleben. Bilgeri war Diener des seligen Hauptmanns Bauer, welcher von seinen Leuten sehr geliebt wurde. Vielleicht deswegen, weil Bauer ungewöhnlich viel Alkohol vertrug und zu Zeiten eine geradezu gewinnende Legerität an den Tag legte. Einmal beispielsweise schossen die Franzosen tatsächlich herüber. Die Ruhe der ganzen Etappe war weg.

»Ja Herrgott, was is denn jetz dös!« stellt Bilgeri seinen Vorgesetzten zur Rede. »Mir schiaßn doch aa net num! Mir lossn eahna doch aa a Ruah ... Jetz do, Herr Hauptmann, do muaß eingriffa werdn ... Dös geht denn nachher doch scho net...«

Hauptmann Bauer ist vollkommen seiner Meinung. Er braust, er knirscht. Er legt feldmarschmäßige Uniform an und befiehlt Bilgeri dasselbe.

»Marsch!« sagt Hauptmann Bauer, und beide steigen den Berg hinan, der Franzosen und Deutsche trennt. Forsch tappen die zwei dahin, alle sehen ihnen nach. Genau so kommen sie wieder zurück.

»Was hobts denn gmacht?« erkundigten sich die Kameraden beim Bilgeri.

»Nix! Gornix«, berichtet dieser wahrheitsgemäß. »Drobn auf'm Berg sogt der Baur ›Stillgestanden!‹ ... Nachher hot er obi gschaugt zu dö Franzosn und hot eahna a Faust umigmacht... ›Bande, zuchtlose‹, hot er umigschrien, und nachha san ma wieda oba 'n Berg ...«

Tatsächlich schoß die »zuchtlose Bande« die ganze Zeit nicht mehr herüber.

»Zucht und Sitte« waren überhaupt beliebte Dinge für den Hauptmann Bauer. Als katholischer Mensch mit haltbaren Moralbegriffen schätzte er fromme Leute in seinem Bataillon. Infolgedessen befleißigte sich natürlicherweise Bilgeri, so fromm wie nur möglich zu sein. Das entsprach vielleicht auch seiner Veranlagung. Religion war das einzige, was er in der Schule gelernt hatte. In der Instruktionsstunde fragte man ihn: »Wer ist der deutsche Kaiser?«

»Pius der Zehnte«, drauf Bilgeri.

Hingegen diese echte Frömmigkeit wirkte sich in bezug auf den Hauptmann Bauer auch einmal schlecht aus. Er hatte zwei Hennen und einen Gokkel. Bilgeri hörte einmal eine rührende Feldpredigt, in der der Pfarrer gar energisch gegen die zunehmende Zuchtlosigkeit des deutschen Kriegers wetterte und insbesondere den Hang zur Unkeuschheit bei den Mannschaften schwer rügte.

Geläutert kam Bilgeri von der Predigt heim, und am andern Tag – war der Gockel des Herrn Hauptmanns verschwunden. Weg war er, unauffindbar.

»Bilgeri! ... Wo ist der Gockel?« stellte Bauer seinen Diener.

»Der is – gefallen, Herr Hauptmann«, erwidert der.

»Gefallen?! ... Was soll denn das heißen? Hast'n etwa du umbracht und –«

»Jawohl, Herr Hauptmann!« leugnet der wackere Bilgeri nicht. Er gibt zu, den Hahn abgemurkst und mit Kameraden gefressen zu haben. Hauptmann Bauer gerät außer Rand und Band, schimpft, feixt, droht, bellt.

Bilgeri läßt alles auf sich niedergehen. Er ist nicht bewegt, er bereut allem Anschein nach auch kein bißl.

»Diebstahl! Gemeinheit!« schreit Bauer. Endlich erklärt auf seine bayrische epische Weise Bilgeri den Grund seiner Tat.

»Der Herr Pfarra hot predigt; Unkeischheit im Feldheer is dös oiairga«, sagt Bilgeri ohne Wimperzucken: »No – und i bin a religiösa Mensch, Herr Hauptmann... I hob mas z'Herzen gnomma ... Und wenn wir scho keisch bleibn müassn, denk i mir, nachha braucht der Gockel aa net oi Tag auf seine Hennan ... Wos der Mensch net derf, brauchts Viehch aa net...«

Was wollt man gegen einen solchen glaubensstarken Menschen machen?

Bilgeri siegte. Nichts geschah ihm.

3. Tragikomisches Finale

Krieger sind vom Leben gekommen, teilweise heroisch, heldenhaft wiederum und schrecklich traurig. Kugeln kamen geflogen und fanden ihre Opfer, Granaten zerrissen Menschen, Gas erstickte sie, im grausigen Nahkampf unterlag einer als Held in der Luft oder im Wasser.

Bilgeri ging an seinem Humor zugrunde. Weiß Gott, man kann's nicht anders nennen. Er hatte stets den Hang, wenn die Stimmung aller den Tiefstand erreichte, zur allgemeinen Erheiterung etwas beizutragen. So starb er denn, wirklich: für alle!

Auf dem fluchtartigen Rückzug anno 18 machte das Bataillon Rast. Rundum war die Landschaft verwüstet. Wehklagen, Schimpfen, Umfallen, Fluchen. Jeder war zerrieben, jeder mutlos und muffig.

Es schien die Sonne. Wurfweit vom Rastplatz war ein ziemlich großes Granatloch. Gutding bis zur Hälfte vollgeregnet. Bilgeri geht hin und mustert den Trichter, kommt zurück, gürtet ab, wirft Schießprügel und Tornister weg und zieht seinen verschmierten Waffenrock aus.

»Wos is denn?« fragen die Kameraden, lachen lahm und gleimen ein wenig auf. Sie wissen, Bilgeri gibt eine Vorstellung. Er sieht ganz danach aus.

»Wos is?« sagt er: »No wos wird's sei!« Jeder kratzt

sich, keiner kann ruhig stehen und sitzen, jeder wird zernagt von Läusen.

»D'Franzosn hobn üns Herr wordn«, sagt Bilgeri: »Aba, daß man eahnere Läus aa no hoambringa, dös gibts ja nachha doch schon net!... Do paßts auf, wia i dö Viehcha an Garaus mach ...« Er steht.

»Eins-zwei-drei-hopp!« schreit er fidel, macht einen Anlauf und saust mit aller Gewalt kopfüber in das Granatloch. Patsch! peitscht das Wasser hoch auf. Alle lachen, schauen – und auf einmal versteinern sich ihre Gesichter. In der Pfütze steckt – die zappelnden Füße über der Wasserfläche – der Bilgeri. Einige schreien, rennen zu Hilfe, die Füße zappeln noch einmal – aus ist's. Der Bilgerius Wild aus Huglfing in Bayern hatte seinen Heldentod gefunden. Man zog die Leiche raus. Man wusch das verlehmte Gesicht. Es lächelte noch.

Alle zogen den Helm ab, jeder beugte den Kopf traurig. Einer war einen humoristischen Tod gestorben, einen echt bayrischen...

Mach ma hoit a Revoluzion

So um dö Augustmittn anno 1918 is's aa bei üns in Bayern langsam rebellisch wordn. Da damalige Weltkrieg hot z'lang daurt, und jeda Mensch hot scho hoibwegs gspannt, daß er für uns verlorn is. Aufn Land draußn hot si dös scho desweng zoagt, weil Tog für Tog ausghungerte Leut aus da Stodt rauskemma san und bei dö Baurn Lebnsmittl ghamstert hobn. Mehrer und oiwai mehrer sans wordn und zletzt is's a reine Landplog gwesn.

Und dö Leut hobn natürlicherweis aa oiahand verzoit, wia schlecht ois a der Front steht und daß mir jetz ganz und gor verlorn san. Loßt si denka, wia auf dös hi überoi gschimpft wordn is üba den damischn Kaisa und ünsern saudumma Köni, der wo si auf so an bluatign Schwindl eiloßn hot. Und ghoaßn hot's überoi, d'Soldatn soin einfach hoamgeh und dö Herrn alloa eahnern Krieg füahrn loßn. Weita aba, ois daß gschimpft und räsoniert wordn is, is aufn Land draußn nix passiert. Ganz anders aba is's z'Minka zuaganga. Do is Politik gmacht wordn, und dö hot jetz aa ganz anderst ausgschaugt wia früahrer. Jetz nämli san dö Sozi obnauf kemma, weils in oan furt an Landtog und in ihrer Zeitung verlangt hobn, daß a Friedn gmacht werdn muaß und zwar sofort. Do hot glei a jeda Mensch gsogt, er is aa a Sozi.

Aba wias in da Politik oiwai is, do wui oana den andern übatrumpfa und nachher gibts Streitigkeitn. Kurzum, do hobn si dö Radikaleren vo dö Sozi vo der oitn Partei losgsogt und hobn a eigne »Unabhängige Sozialistische Partei«, dö USP, gründt. Dö hot bei uns z'Minka da Kurt Eisner, a Redakteur und a ganz a großartiga Redner, gfüahrt.

Der hot net bloß verlangt, daß auf der Stell an End gmacht werdn muaß mitn Kriag, sondern aa, daß der Kaisa und da Köni und oi deitschn Fürschtn obgesetzt werdn müassn, weil mir Repablik wolln und an Demakratie, wo jeder mitredn derf. Dös hot dera Partei sofort an Massn-Zualaaf brocht, und dö oit »Sozialdemokratische Partei« hot fast gor nix mehr goltn.

Um dieselbige Zeit is amoi an Mathäserbräu z'Minka a große Massnversammlung vo der »Sozialdemokratischen Partei«, da SPD, ghoitn wordn. Dös mog gwesn sei an Oktoba anno 18ne, wo si scho ois auf ünsa Revolution zuagspitzt hot. Do is's scho arg staatsgfährli zuaganga. Da ganze Riesnsaal vom Mathäserbräu is gstopft voi Leut gwesn und d'meistn davo san USPler gwesn, dö wo bei der Red vom SPD-Redna in oan furt krawalliert hobn.

I bin domois mit mein oitn Freind, an Gstödl-Sepp, hintn auf da Redna-Tribüne ghockt, wei mir sunst koan Plotz mehr kriagt hobn. Von dem ewign Krawalliern und von dö vuin Zwischnruf da USPler is da Redna oft drauskemma und hot zletzt fast nimmer weitergwißt. Dö massnhaftn Leut an Saal san scho so aufghetzt gwesn, daß jedn Augnblick a bluatige Riesnrauferei hätt gebn könna.

59

Do sogt der Sepp zu mir: »Herrgott, du do muaß doch wos gschehn, sunst kracht's! ... I schaug do nimma zua!« Er nämli is, seit i eahm kennt hob, a grundtreus Mitglied der SPD gwesn und hot do Unabhängigen absalut net leidn kinna, aba er hots glei gspannt, daß dö a große Gfahr san.

Kurzum, wia jetzt vorn da Redna so laut, wie er konn, auf Hochdeutsch in dö Massn neischreit: »Für uns als demokratische Sozialisten ist ein Zusammengehen mit den diktatorisch eingestellten Unabhängigen einfach unmöglich. Wir Sozialdemokraten waren immer für Evolution und nicht für Revolution!« und wia auf amoi dö ganzn Massn scho sturmreif aufspringa, do siehch i mein Freind Sepp vorn an der Rampn von der Rednatribüne.

Aufrichtn tuat er si mit seine zwoa Meter und schreit üba oi Köpf weg mit seina fettn, ganz und gor »machtvollen« Stimm: »Mach ma hoit a Revoluzion, daß a Ruah ist ...«

Georg Schrimpf und der Kommissar

Immer schon hatte mein Freund, der Maler Georg Schrimpf, den Ausbruch einer Revolution prophezeit. Als sie im November 1918 kam, stürzte er sich in sie etwa wie ein kühner Taucher, der unbedingt vor allen anderen Konkurrenten auf den Grund kommen möchte. Mit erstaunlicher Schnelligkeit wußte er alle radikalen Schlagworte und Lenin-Zitate. Er verschlang alle Broschüren, stellte immer wieder neue politische Prognosen, und jeder »Bürger« kam ihm verdächtig vor.

Jeden und jeden Tag wanderte ich mit ihm durch die bewegten Straßen der Stadt, in die vielen lauten Versammlungen. Er sollte eigentlich gemalt haben. Es ging ihm schon ganz gut, er hatte mit der »Galerie Goltz« einen Vertrag, der ihm ein monatliches Fixum garantierte, und er sollte in einigen Wochen Bilder für eine Ausstellung liefern. Er malte nicht mehr, er rührte keinen Zeichenstift mehr an. Immer aber, wenn er in die Nähe der »Galerie Goltz« kam, drückte er den Hut oder die Mütze etwas tiefer ins Gesicht, duckte sich förmlich und schlich schnell vorüber. Er glaubte ernsthaft, sein Kunsthändler stünde den ganzen Tag hinter einem Fenster oder in der offenen Türe und hielte nach ihm Ausschau.

Wenn er dann diese vermeintliche Gefahrenzone

glücklich passiert zu haben schien, rieb er sich diebisch die Hände, und dann fing er an, sich über alle Kunst und Künstler lustig zu machen, die jetzt überhaupt keinen Zweck mehr hätten. Beim Januarstreik 1918 waren wir beide wegen Verbreitung illegaler Literatur verhaftet und vierzehn Tage in Polizeigewahrsam gehalten worden, jetzt, als die siegreiche provisorische Revolutionsregierung Eisner, den wir alle von den geheimen Versammlungen her kannten, ausgerufen war, kam Schrimpf zu mir und wollte den Polizeikommissar, der uns damals stets verhört hatte, aufsuchen.

»Verstehst du, wir gehn hin ... Wir klopfen gar nicht an die Tür«, erhitzte er seine Phantasie dabei: »Wir gehn einfach in sein Zimmer ... Paß auf, der wird ja nicht schlecht erschrecken ... So, und dann sagen wir, ah, guten Tag Herr Fuchs, gehn S' amal weg, wir möchten uns hinsetzen! So, dann hocken wir uns recht breit hin und sagen, wenn er recht verdattert ist, marsch, holen Sie uns eine Maß Bier, aber sofort, marsch! Und wenn er kommt, sagen wir, das ist ja viel zu schlecht eingeschenkt, da haben Sie ja schon was rausgesoffen, Sie – Sie – Dreckschlawiner, Sie windiger! Ja, haha, das sagen wir, und dann muß er noch mal ums Bier laufen ... Grad schwitzen muß er dabei, der Spitzel, der ekelhafte... Geh weiter, gleich gehn wir hin... Hahaha, das gibt eine Gaudi.«

Und auf dem ganzen Weg fielen ihm immer phantastischere, unsagbar komische Dinge ein, unter anderem wollte er den Fuchs, der einen roten Spitzbart hatte, ein ganz klein wenig daran zupfen. »Gar nicht grob, bloß so ... Und dann sagen wir zu ihm, lassen Sie sich Ihren blöden Bart wegnehmen, Sie lächerlicher Kerl, Sie ... In der Revolution ist so ein Bart verboten ... Da paß auf, wie klein der wird, wie der lauft...«

Wir trafen aber auf der Polizei keinen einzigen Beamten mehr, nur Eisnerleute. Das freute Schrimpf zwar, aber er bedauerte sehr, daß er um seinen Spaß gekommen war.

Um auch etwas ernsthaft Revolutionäres zu tun, beteiligte er sich sehr eifrig an dem damals ins Leben gerufenen »Rat geistiger Arbeiter«, der im Landtag seine Sitzung abhielt. Da wurden, um die Künstler zu unterstützen und zu gewinnen, fortwährend Sozialisierungsmaßnahmen irgendwelcher Akademien diskutiert. Man kam aber nie zu einem Resultat, weil meistens alle durch- und gegeneinander redeten. Einmal führte ein junger, energischer Mensch mit blonden Haaren den Vorsitz und sagte sehr bestimmt: »So kommen wir überhaupt nicht weiter... Ich schlage vor, bis morgen bringt jeder einen schriftlich fixierten Vorschlag.« Schrimpf ging heim und zermarterte sich die ganze Nacht das Hirn. Jeher war er außerstande, etwas schriftlich zu formulieren. In der Frühe endlich fiel ihm etwas ein.

»Nymphenburger Schloß«, schrieb er auf einen winzigen Zettel, mehr nicht. Dieses Schloß war ehemals königlich bayrischer Besitz, es sollte nach Schrimpfs Meinung den Malern für Atelierzwecke zur Verfügung gestellt werden, aber aufschreiben konnte er diese Gedanken nicht, er schrieb, wie gesagt, nur schlicht hin: »Nymphenburger Schloß.« Dieser harmlose Zettel wurde ihm später, als die gegenrevolutionäre »weiße Garde« die Münchner Räterepublik niederschlug, zum Verhängnis. Als er von wildgewordenen Bürgerwehrlern und Polizisten als Roter verhaftet wurde, fand man diesen Zettel. Schrimpf hatte schon fast darauf vergessen, um was es sich bei dieser Notiz handelte, aber der Polizeikommissar, der ihn verhörte, ließ nicht locker.

»Sie wollten also das Nymphenburger Schloß für sich, was?... Ja, so sind diese Herren Roten ... Professor spielen und gleich das nächstbeste königliche Schloß her, was?« höhnte er und hob triumphierend den winzigen Zettel.

»Ich hab überhaupt nichts wollen!« bestritt Schrimpf, aber die Polizei konstruierte aus diesem Titel die schrecklichsten Dinge, einmal, daß es in die Luft gesprengt werden sollte, einmal, daß es den Malern für Heime zur Verfügung gestellt werden sollte. Wochen und Wochen blieb Schrimpf in einer sehr gefährlichen, äußerst üblen Haft, und es drohte ihm obendrein noch als vermeintlichem Mitglied der Sozialisierungskommission für kulturelle Angelegenheiten eine Verurteilung zu mehreren Jahren Gefängnis oder Festung. Doch er blieb ungebeugt, im Gegenteil, von Verhör zu Verhör wurde er kecker.

»Also das Nymphenburger Schloß! Das hat Ihnen in die Augen gestochen, was?« stichelte der Kommissar wieder einmal und maß ihn scharf: »Sie brauchen sich gar nicht so dumm stellen! Solche Brüder kennen wir ... Da steht schwarz auf weiß – Nymphenburger Schloß!«

»Nymphenburger Schloß?« erwiderte Schrimpf ungeschickt. »Das sagt doch gar nichts! Ich hätt ja genausogut hinschreiben können ›Starnberger See‹ oder ›Stiller Ozean‹ ... Und wenn Sie schon immer behaupten, ich hätt gern Professor werden wollen – bei einer Revolution gibt's doch überhaupt keine Titel mehr! Da verstehn Sie eben nichts von der Revolution!«

»Aber Sie! Sie ganz bestimmt, ja –« fuhr ihn der Kommissar an.

»Ich hab mich eben informiert darüber«, antwortete Schrimpf frech und war sicher erstaunt über seine Schlagfertigkeit.

»Soso, informiert heißt man das, soso! ... Sie geben also zu.« Er bezichtigte Schrimpf wiederholt der Verschwörung gegen die Staatsgewalt, der gewaltsamen Amtsanmaßung und der übelsten Bereicherungsabsichten unter dem Schutz der Revolutionsregierung.

»Regierung gibt's doch bei einer Revolution gar nicht, bloß Volksbeauftragte!« erklärte Schrimpf.

»Erlauben Sie sich keine solchen Frechheiten, Sie! Volksbeauftragter, jaja, wir wissen schon, das haben Sie werden wollen!« keifte der Kommissar.

»Gar nicht! Ich bin ja Kunstmaler! Das ist doch ein Privatberuf!« meinte Schrimpf. Es war nichts mit ihm anzufangen. Kein Verhör führte zu irgendeinem belastenden Ergebnis. Er wurde schließlich ohne Prozessierung entlassen.

Uniformen ohne Vaterland

Als nach der verfassunggebenden Nationalversammlung in Weimar unsere Republik halbwegs zusammengekleistert war, traf ich einmal einen mir von früher her bekannten Uniformhändler, der es durch seine Servilität schon im Frieden zum Hoflieferanten gebracht hatte. Er hatte seinen Laden im besten Geschäftsviertel der Stadt und verkaufte, wie er sich stets mit gewissem Stolz auszudrücken pflegte, »alles, was sich für einen repräsentablen Militärsmann gehört«. So zum Beispiel Helme, Mützen, Lackstiefel, Handschuhe, Schützenschnüre, Achselstücke für alle miliärischen Ranggrade, Embleme und dergleichen. Dem guten Mann erging es ebenso wie jenem Grabsteinfabrikanten, welcher nach Beendigung des Krieges sein gut florierendes Geschäft ruiniert sah: Er erlitt einen passablen Nervenschock, als er erfuhr, daß die siegreiche Entente unsere Militärmacht derart einschränken wollte, und vor allem, weil er annahm, in der Republik höre das schöne Dasein der von ihm belieferten Offiziere völlig auf. Was tat er?

Bei Ausbruch der Revolution schloß er seinen Laden und entfernte eiligst die Hoflieferantenwappen auf seinem Auslagenfenster. Er begab sich zunächst einmal in die Schweiz, erholte sich von seinen Erschütterungen in Davos, während in München die Rätediktatur herrschte, und kehrte erst wieder zurück, als die Regierungstruppen »Ruhe und Ordnung« hergestellt hatten.

»Der Pflicht gehorchend, nicht dem eignen Triebe«, öffnete er sofort seinen Laden wieder und konnte unbehelligt seine Geschäfte machen. Nach zirka zwei Wochen klebte auch das stolze Hoflieferantenwappen wieder auf seinem Auslagenfenster und niemand schritt dagegen ein, die »Kundschaft«, welche soeben die verhaßten Roten niederkartätscht hatte, kam ebenso schnell wieder.

Diesen wackeren Mann also, der gern Schach spielte und im Cafehaus als witziger Unterhalter einigen Ruf hatte, fragte ich eines Tages in jener Zeit, was nun eigentlich die Herren Offiziere zu tun gedächten, ob sie der Republik genauso dienten wie der Monarchie, oder ob sie größtenteils bürgerliche Berufe ergriffen?

Der Uniformhändler schaute mich beinahe verständnislos an und gab mir folgende Aufklärung: »Ein Offizier bleibt immer Soldat. Alles andere schert ihn nichts.« Ich verstand nicht und fragte erstaunt: »Soldat, ob Königreich oder Republik? Ja, wie verhält sich denn das? Wie läßt sich denn sowas mit der Ehre eines königstreuen Offiziers vereinbaren? Er gab seinen Schwur dem König und jetzt schwört er ebenso leichtfertig auf die Republik? Das ist mir nicht recht verständlich.«

Der Mann blinzelte boshaft herum und stellte fest, daß ihn keiner weiter hören konnte. Dann beugte er sich tiefer in den Tisch und sagte halblaut zu mir: »Ich will Ihnen was sagen. Ein Offizier will nichts anderes als avancieren. Wenn diese Möglichkeit in der Republik gegeben ist, erklärt er sich für sie. Tut sie das nicht, kann er nicht von Rang zu Rang klettern, ist er ihr Feind. Das ist das ganze Geheimnis. Ich bin Geschäftsmann, ich sollte eigentlich nichts sagen, aber, mein Gott, man hat manchmal menschliche Momente.«

Er lächelte, ich lächelte und merkte mir diese durch Erfahrung gewonnene Erkenntnis eines gewiegten Geschäftsmannes.

Damals aber, als wir so zusammensaßen, stieg hinter diesem runden Kopf des Uniformhändlers gleichsam etwas wie eine grausige Vision auf. Und mir fiel plötzlich wieder der Grabsteinfabrikant ein, der ob des plötzlich hereinbrechenden Friedens verrückt geworden war! Verrückt deshalb, weil nicht täglich Hunderte und Tausende krepieren mußten!!!

Und ich frag mich so im Nachdenken, ob der schlaue Uniformhändler nicht geradezu entsetzlich recht gehabt hat! ...

Mein erster Vortrag

Als kaum siebzehnjähriger Lausbub bin ich von zu Hause weg. Älter bin ich wohl geworden inzwischen, aber – unrühmlich sei's gestanden – derselbe Lausbub bin ich geblieben. Freilich ohne das Niedliche, welches man sich gemeiniglich dabei vorstellt. Im Gegenteil: Ich glaube, daß meine mehr unfreiwilligen Streiche den meisten Leuten auf die Nerven gegangen sind. Aber, ich weiß nicht wieso und warum, es war einfach immer so: Was an mich auch herankam, alles endete irgendwie belustigend für mich. Niemand kann aus seiner Haut heraus. Ich wasche unschuldsvollst meine Hände in dem Bewußtsein, es eben nie so schlimm gewollt zu haben.

Da fällt mir beispielsweise meine erste Vortragsreise ein. Das war im November anno 1921. Ich war nach langer Zeit wieder einmal in Berlin. Mein erstes Buch sollte dort herauskommen.

Als ich aus München weggefahren war, hatten mir einige Schwabinger Bekannte, die in Hannover zu Hause waren, versprochen, in ihrer Heimatstadt einen Vortrag für mich zu arrangieren. Sie hielten auch Wort. Eines Tages bekam ich in Berlin ein Telegramm: »Alles besorgt. Gleich abfahren. Übermorgen Vortrag.«

Ein Eilbrief erreichte mich etliche Stunden drauf.

»Plakate kleben seit vorgestern. Wohnen kannst Du bei meinem Schwager. Er ist hier sehr angesehen. Wir holen Dich vom Bahnhof ab. Fahre aber, bitte, sofort ab«, hieß es darin.

Nun ist es aber bei mir immer schon so gewesen: Kursbuchlesen kam mir vor, wie eine verzwickte mathematische Rechnung entziffern. In die Eisenbahn setzte ich mich seit jeher auf gut Glück. Mußte ich umsteigen, verwechselte ich stets die Züge. Einmal sollte ich nach Berlin, dummerweise aber landete ich damals in Frankfurt, fand es alsdann dort auch ganz schön und kam mit Ach und Krach nach zirka einer Woche wieder in München an.

Damals in Berlin nun sah ich viele alte Freunde wieder, locker gewordene Beziehungen wurden wieder aufgenommen, richtig warm wurde ich mit der Zeit in dieser Millionenstadt, und es gefiel mir so gut, daß mir das Hannoverische Telegramm gar keine Freude machte. Und überdies – weiß der Teufel, ob ich überhaupt dort richtig ankam!

»Dumm! Saudumm!« klagte ich meinem Freund Pegu, der dazumal gerade als Wanderbursch herumvagierte und mich in Berlin traf.

»Weißt du was? Fahr mit!« trug ich ihm an. »Die Fahrt bis nach München wird mir sowieso ersetzt. Hin und zurück … Außerdem gibt's noch das Vortragshonorar, da kommen wir wunderbar aus!«

Mein Freund schlug bedenkenlos ein. Auf der Stelle schickten wir ein Telegramm nach Hannover: »Ankomme heute abends mit Kammerdiener. Unterkunft mit zwei Betten besorgen.«

Wir liefen noch herum und borgten Geld für Fahrkarten. Mittags saßen wir bereits im Zug, verzehrten vorläufig einmal alles, was wir in Berlin an Eßbarem gekauft hatten, und setzten uns alsdann wie waschechte Kavaliere in den Speisewagen. Wir fielen etwas auf. Denn wenn auch ich einigermaßen kultiviert angezogen war – mein Freund trug eine Manchesterbluse und eine ebensolche Hose, hatte kein Hemd an und keine Kopfbedeckung, außerdem steckten seine nackten Füße in sogenannten Barfuß-Sandalen, die nur aus einer Sohle und Lederriemen bestanden. Man hätte ihn für einen Naturapostel halten können. Im übrigen rauchten wir, was das Zeug hielt, und vertranken unser letztes Geld mit der nonchalantesten Gleichgültigkeit.

»Du glaubst, wir kommen sicher an?« erkundigte ich mich hin und wieder und deutete unsicher durchs Fenster: »Da – jetzt fahren wir ja direkt schnurgerade südwärts. Ich lach ja, wenn wir plötzlich in München aussteigen.«

»Verlaß dich drauf, Oskar! 's ist ein direkter Zug«, tröstete mich mein weltgewandterer Freund und lächelte barmherzig.

Ich war baß erstaunt, als es tatsächlich stimmte. Diejenigen aber, welche uns in Hannover erwarteten, waren noch verwunderter. Elisabeth – eben jene Schwabinger Kunstgewerblerin, die meinen Vortrag erwirkt hatte – stand mit ihrem baumlangen, fortwährend genierten, schwarzhaarigen Mann da und rettete sich wenigstens noch in ein verzeihendes Lächeln.

»Na, es wird schon werden ... Das ist ja originell!« sagte sie und betrachtete uns nicht weiter mißliebig.

Hingegen da stand ein untersetzter, etwas dicklicher Mann mit weißem Gesicht und einem Schnurr- und Spitzbart à la Napoleon III., in dunklem, sauber gebürstetem Samtkragenüberzieher und einem schwarzen steifen Hut auf dem Kopf; und wiederum hingegen, da stand dessen Frau mit sauersüßer Miene, absolut honett bürgerlich angezogen, bieder durch und durch.

»Mein Schwager, meine Schwester!« stellte Elisabeth vor, und die zwei maßen uns schier wie ekelerregt.

»Freut mich! Freut mich außerordentlich, Herr Gastgeber!« stellte ich mich und meinen Freund vor: »Sie müssen entschuldigen – mein Kammerdiener besorgt die geschäftlichen Dinge für mich.«

Elisabeths Mann kratzte sich fort und fort an der Schläfe. Peinlich berührt schüttelte er ab und zu den Kopf.

»Nun kommt schon ... Bei uns könnt ihr essen!« stupste uns Elisabeth vorwärts. Ein wenig wortkarg verließen wir den Bahnhof.

»Es ist jetzt sechs Uhr! ... Na, nach dem Vortrag sieht man sich ja«, verabschiedete sich der Schwager. Desgleichen seine Frau.

»Mensch! ... Mensch, Oskar, was hast du denn da wieder gemacht! Na, ich danke schön! Unser Schwager ist ja schwer pikiert«, meinte Leo, Elisabeths Mann. Sie aber, dieses unvergeßlich blondlustige Geschöpf, redete alle seine Einwände nieder. Sie fand diese Abwechslung höchst amüsant. Sie zeigte uns die großen Plakate an den Säulen. Ich strahlte, als ich meinen Namen so groß gedruckt sah.

»Und den schönsten Saal haben wir ... Den Rathaussaal!« sagte Elisabeth: »Piekfein!«

»Du bist ein Goldkind!« belobigte ich sie.

Leo indessen meinte zweiflerisch: »Na, wenn bloß man die Kosten rauskommen, können wir von Glück sagen ...«

»Freilich – kennen tut deinen Namen hier niemand«, klärte mich Elisabeth auf: »Aber – es wird schon werden!« Sie war *ein* Optimismus und steckte an. Das Vorstellen und Essen bei ihren Eltern verlief steif, aber doch gezwungenermaßen liebenswürdig. Ab und zu, bemerkte ich, sah Elisabeths Mutter fragend auf die Tochter, als wollt sie sagen: »Na, nette Bekannte hast du! Dichter? ... Hm, Landstreicher sind das.« Der alte, ergraute Vater machte eine undurchdringliche Miene. Pegu und ich befleißigten uns der größten Bescheidenheit, was uns in Anbetracht unserer überreichlichen Sättigung während der Bahnfahrt nicht weiter schwerfiel.

»Wir werden natürlich auch kommen!« sagte zum Schluß Elisabeths Mutter, und ihr Mann nickte.

»Wird mir eine ganz eine große Ehre sein, gnä' Frau«, quittierte ich jovial geschmeichelt. Wir zogen uns in Elisabeths Zimmer zurück und unterhielten uns noch ein wenig.

»Fünf-, na, siebenhundert Personen faßt der Rathaussaal bestimmt«, meinte Elisabeth.

»Wat ... Fünfzehnhundert!« bestritt ihr Mann.

Mir wurde ein wenig schwummelig. Pegu lächelte halbwegs und brümmelte: »Na ja, wenn so zwei bis drei Prozent kommen? Immerhin ...«

»Quatsch! ... Wir haben doch so Propaganda gemacht!« ärgerte sich Elisabethchen ein wenig. Sie musterte uns wieder und lachte hellauf: »Wunderbar! ... Mein s-steifer Schwager und ihr als seine Gäste!«

Wir rüsteten uns zum Vortrag. Pegu suchte meine Manuskripte aus und trug, wie ein echter Kammerdiener, meine Mappe. Wir gingen durch die dunkle, wenig lebhafte Stadt und stiegen schließlich Steintreppen hinan, befanden uns am Ende in einem riesenhaften Saal mit langen, gähnend leeren Stuhlreihen, wir schlüpften in das »Künstlerzimmer« hinter der Bühne und warteten. Elisabeth wurde nervös, ihr Mann kratzte sich unablässig an den Schläfen, Pegu legte hin und wieder das Ohr an die Tür und sagte: »B-bssst! Ich hör, es kommt einer!«

Leo ging in den Saal hinaus, blieb lange und kam endlich wieder.

»Es sind bis jetzt vierzehn Leute da«, meldete er.

»Hm! Aber es kommen sicher noch welche! S-sicher!« tröstete Elisabeth sich und uns.

»Aber es ist bereits halb neun Uhr«, meinte Leo. Er ging wieder. Ein Diener kam und erkundigte sich diskret, ob ich nun anfangen wolle, Wasser sei schon auf dem Vortragstisch.

»Ja, bitte ... Wieviel Leute sind denn jetzt da?« fragte ich.

»M-hm, ungefähr zwanzig Personen ... Zwanzig

S-stück«, gab er Auskunft und Elisabeth wurde blaß. Stumm ging sie in den Saal hinaus. »Na, mach's gut«, sagte sie, bevor sie die Türe zuzog. Dreiviertel neun Uhr wurde es. Leo kam und drängte zum Anfängen. Pegu gab mir die Mappe, ging, und ich erschien kurz darauf auf dem Podium. Der Anblick war – ja, wie war er eigentlich? Ich mußte plötzlich lachen. Es war zu seltsam!

Ganz hinten saßen etwelche, in der Mitte, weit auseinander, wieder fünf oder sechs und ganz hervorne Elisabeths Eltern und Verwandte. Jeder hatte sich genau auf den Platz gesetzt, den seine Eintrittskartennummer bezeichnete. Einen Moment sahen alle gespannt auf mich. Ich mußte noch mehr lachen, setzte mich, lachte wieder – aber alles blieb steif, fast beleidigt stumm. Nur Pegu in der ersten Reihe gluckste in sich hinein.

»Wollen sich die Herrschaften, bitte, etwas familiärer zusammensetzen ... Wir sind ja ganz unter uns«, sagte ich belustigt. Nichts zu machen, die Leute glotzten zögernd.

Ich winkte den hintersten mit der Hand: »Na, ein bißl weiter vor, Herrschaften... Es kostet nicht mehr deswegen! Gehn S' nur vor!« Stockstumm und unbeweglich blieb es. Ich brach in ein höllisches, dröhnendes Gelächter aus. Es schallte im hohen, weiten, gähnend leeren Raum wie das Gurgeln eines Wildbaches. Kein Hannoveraner verzog den Mund.

»Na, nachher lesen wir halt!« sagte ich endlich und trug lyrische Gedichte vor. Aber mitten drinnen mußte ich wieder lachen, es schüttelte mich,

ich konnte nicht anders, brach plötzlich schnaufend ab und las irgendeine lustige Episode aus meinem Leben. Ich brüllte, ich fuchtelte, ich lachte – es war, als beredete ich eine tote Wand. Ich sah auf einmal in die weit verstreut dasitzenden Leute hinein. Es kam mir alles so dumm, so irrsinnig vor. Meine Lippen plapperten wie mechanisch. »Schluß!« sagte ich auf einmal und schnellte in die Höhe. Prompt kam das kärgliche Klatschen, und würdevoll gingen die Besucher aus den Bankreihen zur Garderobe hinaus. »Wir warten auf der Straße!« rief mir Elisabeth halb flüsternd zu, und zuletzt saß nur noch mein Freund Pegu lächelnd da, räkelte sich in die Höhe und schaute ironisch auf mich.

»Da stehst du machtlos vis-à-vis!« sagte er lustig. »Gelesen hast du wie eine meckernde Ziege … Ich hab Leibschmerzen vor Lachen.«

»Heiliger Bimbamus! Sowas von Ernst hab ich mein Lebtag nicht gesehen!« antwortete ich und ging mit ihm ins Künstlerzimmer. Da stand schon ein Herr – ganz zugeknöpft und ernst – und bezahlte Reisekosten und Honorar aus.

»Hat's gefallen?« fragte ich übermütig.

»O doch! Doch! Es war sehr interessant«, sagte der und verabschiedete sich.

»Was tun wir? Hauen wir gleich ab oder bleiben wir bei dem steifen Schwager über Nacht?« wandte ich mich an meinen Freund. Der zuckte mit den Achseln.

»Geld haben wir ja!« meinte ich.

»Bleiben wir schon! Dem Elisabethchen können

wir doch keinen Verdruß machen«, beschloß endlich Pegu die Debatte.

Auf der Straße trafen wir nur noch Elisabeth und ihren Mann.

»Mein Schwager und meine Eltern sind heimgegangen ... Leo bringt euch nach Hause«, sagte sie. Wir tranken bis tief in die Nacht hinein und wurden ausgelassen lustig.

»Na, du wirst ja was erleben morgen ... Mein Schwager ist sehr geizig... Sicher lassen sie sich gar nicht sehen, aber paß auf, auf dem Tisch steht das Frühstück sehr reichlich... S-speck und Honig und Weißbrot und Schwarzbrot, alles ... Bloß ist alles genau angezeichnet, damit man sieht, wieviel ihr eßt«, erzählte sie. Wir schliefen göttlich gut, und am anderen Morgen war alles, wie sie prophezeit hatte. Ihre Schwester wünschte uns einen guten Morgen und führte uns in das behaglich geheizte Wohnzimmer. Sie entschuldigte sich und ging.

Wunderbar war gedeckt. Der Kaffee duftete. Der Speck, die Butter – alles war so einladend. Wir taten uns keinen Zwang an und vertilgten das meiste. Aber alles eben doch nicht.

Mir kam plötzlich, als die Kanarienvögel in ihrem Bauer auftrillerten, eine skurrile Idee.

»Weißt du was? Wir müssen unserem holden Gastgeber doch ein kleines Andenken hinterlassen!« sagte ich und flüsterte hastig: »Bist du fertig? ... Ja? Können wir gleich abhauen? Gut!« Ich nahm einen Stuhl, stieg darauf und öffnete das Vogelhaus. Tirilierend flogen die Vögel heraus. Auf und davon liefen wir. Bis Würzburg fuhr Pegu mit. Noch da angekommen, hatten wir Lachkrämpfe.

Elisabeth selber hat uns unsern Streich nicht übelgenommen. In Hannover aber hat sich seither nichts mehr gerührt von wegen Vortraghalten.

Immerhin erfuhr ich, daß die ausgelassenen Vögel alles auf dem Tisch Übriggebliebene zerpickt haben und wahrhaft erschütternd wirkten, wirklich! Nicht so etwa wie meine herausgelachten »Dichterworte«.

Psyche – Ein Faschingserlebnis in Wien

Weil sich fast alle Leute über mein rüpelhaftes Benehmen auf den Faschingsfesten beschwert haben und weil es allgemein geheißen hat, ich täte überhaupt nicht wissen, was sich gehört, darum habe ich mich jetzt mit einem hier weilenden norddeutschen Akademiker, einem Doktor phil., angefreundet, welcher mich seither mit viel Geschick darin unterwiesen hat, was ich auf solchen Festen tun und lassen muß, um keinen Anstoß zu erregen. Wirklich wahr, aber: Nichts ist von Dauer.

Neulich bin ich mit meinem Mentor schon hineingesaust. Nämlich wir sind bei einem lustigen Ball beim Wimberger gewesen und haben zwei reizende, stramme Wiener Mädchen kennengelernt. Diese hinwiederum waren auch sofort von uns eingenommen, weil wir so gebildet getan und geredet haben. Mir ist das ja schon ein bißl arg schwer geworden und geärgert habe ich mich auch insgeheim, weil wir ewig Bier, Wein, Kaffee und Würstl und Luftschlangen zahlen haben müssen, aber die Mädchen sind absolut nicht zugänglicher geworden. Mein Freund aber hat gemeint, »es sei schon alles in Butter«.

Schließlich haben wir die Mädchen mit einem Taxi heimgebracht und am andern Tag hat sie mein

Freund zu sich in die Pension zu einem Kaffeeplausch eingeladen.

»So ne Mächens müssn zart anjefaßt werdn, Ossi«, hat mein Freund auf dem Heimweg gesagt.

»Guat«, habe ich darauf erwidert, »nachher verlaß ich mich halt auf dich ... Es wird sich schon rentiern morgn.«

Richtig und pünktlich am andern Tag sind auch die zwei Mädchen gekommen. Die zwei Zimmer von meinem Freund waren ja ganz passabel elegant, und wie das Stubenmädchen den Kaffee serviert hat, das hat einen sehr schönen Eindruck gemacht. Zuerst ist es sehr steif hergegangen, denn mein Freund hat immer so gewählt dahergeredet von den modernen Abendkleidern, von der Schönheit Wiens, vom Schubert, der wo da gelebt hat, und alsdann sogar vom Beethoven. Die Mädchen haben ganz selten dazwischengeredet, meistens nur gelächelt. Es wird ihnen, vermut ich, wie mir gegangen sein. Werden auch nichts von dem Zeug verstanden haben.

Schließlich hat mein Freund den Damen Zigaretten angeboten, aber sie haben alle zwei abgelehnt.

»So, Sie rauchen nicht?« sagt mein Freund kulant und setzt philosophisch dazu: »Wenn ich ehrlich sein soll – ich bin zwar kein Anhänger Hitlers – aber meiner Meinung nach paßt Rauchen wirklich nicht zur weiblichen Psyche.« Ich habe saudumm dreingeschaut, aber sofort bemerkt, daß die beiden Damen mit einemmal sehr verlegene Gesichter bekommen haben. Zwei oder drei Sekunden hat die Unterhaltung gestockt. Auf einmal sehe ich, daß die zwei

Damen gleicherzeit rot werden und sich fragend ansehen.

Sag ich, weil mir das alles auffällt, sag ich: »Fräilein?« »Fräilein?« sag ich: »Ihnere Psyche muß aber schon mehrer mit der Zeit gehen.« Ich habe dabei recht nett gelächelt und mich insgeheim über meinen gelungenen Ausspruch gefreut. Hingegen da ist auf einmal das eine Mädchen, das mollerte, wo mit meinem Freund in einem fort beim Wimberger getanzt hat, ganz ärgerlich aufgestanden und hat gesagt: »Sie!«

»Bittschön?« hab ich angegeben und war halbwegs baff über ihre Aufregung.

»Sie!« sagt sie: »Mir habn keine Psyche, daß Sie's wissen! Solche Ausdrücke möchtn wir uns schon verbetn habn, gelln S'!« Und gleich ist ihre Freundin auch aufgestanden und ebenso aufsässig geworden.

Sie wissen schon, meinen die beiden Damen, was wir da meinen mit dieser »Psyche«, wir sollten uns nur nicht so unschuldig stellen.

»Per Psyche können S' mit Flitscherln redn, Herr, aber net mit uns, daß Sie's wissen!« schimpft die erste, und da – weil mein preußischer Freund wie auf den Kopf geschlagen dreinschaut – habe ich das Wort abermals ergriffen und sag: »Aber, bitt Sie, entschuldign's, gnä Fräilein! ... Psyche, das ist doch die Seele... Die Seele! Entschuldign's!« Aber ich bin gar nicht mehr weitergekommen. »Ha, tjaja, uns machen S' nix vor, Herr ... Wir kennen uns schon aus mit Ihrer Seele!« schreit da die mollerte Tänzerin und winkt ihrer Freundin: »Geh weiter, Wally, hier wirds gmischt!« Und beleidigt sind sie auf die Tür zu. »Ja! Ja? Ja, aber Fräilein? Meine Gnädigste!« will ich die Situation retten. »Hörn Se! Meine Damen, hörn Se doch ... Ich bitt Se, mein Freund hat wirklich recht! Es stimmt, es stimmt wirklich – Se-ee-seele!« hat mein norddeutscher Mentor gestottert, aber schon sind die Damen in ihre Mäntel geschlupft und die Mollerte reißt die Tür auf und wirft höhnisch hin: »Hahaha, p-wfff! Seele? ... Seele, sagt er für so was! Nein, nein, Herr, wir sind net aufs Hirn gfalln, absalut net!« Und – eins, zwei, drei – draußen waren sie.

Ich hab mich auf das hin sofort von meinem preußischen, akademischen Berater getrennt, denn wenn ein Mensch einen so belehrt, wie soll man denn da weiterkommen?!

Es stirbt wer

Für kranke Leute hat man bei uns nicht viel übrig, und am allerwenigsten für solche Personen, die zu ungelegener Zeit krank werden. Darin gleichen wir auf irgendeine Weise unseren Vorfahren, den alten Deutschen. Nämlich von denen haben wir auch in der Schule gelernt: »Ein krankes Kind wurde gleich bei der Geburt getötet und Bresthafte oder sonstige Kranke waren verachtet und suchten von selbst den Tod.« Das wäre – wenn's einmal arg ist mit einem solchen Kranken – nach unserer Meinung auch das gescheiteste. –

Es läßt sich also leicht denken, daß der Zeiselberger von Buchberg unbeschreiblich ärgerlich wurde, als sich die Bäuerin mitten in der Erntezeit hinlegen mußte und jeden Tag schlechter wurde. Es wäre ja vielleicht noch nicht so schlimm gewesen, hätte man die Ernte unter Dach und Fach gehabt oder wäre wenigstens eine Tochter da gewesen. Aber so? Drei Mannsbilder – der Bauer, der Ottl und der Michl – im Haus? Und zu dieser Zeit, wo keine »Dirn« aufzutreiben ist und kein Mensch im ganzen Dorf daheimbleiben kann, noch weniger bei anderen Leuten den Haushalt zu führen und ein Krankes zu pflegen! – Wie gesagt, der Zeiselberger war über dieses Kranksein direkt beleidigt. Und auch der Bäuerin war es höchst zuwider. Sie war nicht im mindesten so zimperlich, daß sie sich wegen jedes Bauchwehs niederlegte. Im Gegenteil, seitdem der Ottl auf die Welt gekommen war, hatte sie zwei offene Kindsfüße, die sie Jahr und Tag »fatschen« mußte. Aber an ihrer Arbeit kannte man nichts von diesem Leiden.

Die Zeiselbergerin versuchte es darum schon am dritten Tag, aufzustehen. Sie mußte sich aber gleich wieder niederlegen. Es half nichts. Der Ottl mußte mitten am Nachmittag nach Isselfing zum Hofrat Eberdinger hinüberfahren und ihn holen. Der Eberdinger kam und sagte zum Zeiselberger nach der Untersuchung: »Rotlauf! ... Da müßt's schon schauen, daß immer wer am Bett bleibt! Aufstehen gibt's nicht.«

»So ... Rotlauf? Tja, mir hobn aba net recht vui Zeit, daß ma do oiwai a Kamma naufstehna«, murmelte der Bauer: »Dös geht it rächt, Herr Hofrat, wenn sovui Arbat auf'n Feld is ...«

»Tja! Das müßt's eben einrichtn«, meinte der Doktor achselzuckend und fuhr wieder ab. Diese Auskunft erboste den Zeiselberger bis ins Innerste. Unschlüssig blieb er vor dem Bett sitzen und machte ein Gesicht, als ob ihm ein Ochs hineingetreten wäre.

»Der hot leicht z'redn, der damisch Kerl, der damisch!« räsonierte er: »Der hot ja koa Arbat! ... Der sitzt si in sei Wagl nei, fahrt rum und schaugt dein'n Haxn o und kommandiert! ... So mächt i's aa amoi hobn ...« Und noch verbissner fuhr er fort: »Mißn sich einrichtn? Mißn sich einrichtn?! Wia ma nu so dappi daherredn konn… Der tuat ünser Heu net rei, der läppert Teifi, der läppert! … Herrgott, i woaß's net, daß's gor a so trapfte Leid gibt, so trapfte!« Beiläufig stocherte er mit dem Zeigefinger seine Zehen aus, schlüpfte dann wieder in die Pantoffeln und fragte die Bäuerin: »Brauchst mi denn? I moan, in'n Bett liegst doch guat?«

»Geht's no naus ins Feld…« erwiderte diese, scheinbar als wollte sie selber Ruhe haben, und brummend ging der Zeiselberger aus der Kammer und wieder aufs Feld. Bis in die Nacht hinein werkelten die drei herum, und jedesmal, wenn sie eine Fuhre daheim hatten, schaute einer zur Kranken hinauf. Der Ottl brachte ihr ein Bierkrügl voll Zukkerwasser, weil es sie so dürstete. Vor der letzten Fuhre keuchte sie, und der Zeiselberger richtete ihr das Kissen höher hinauf und gab ihr ein nasses Handtuch für über den Kopf.

»Jetz san ma ja glei fürti… Jetz brauchst üns ja vorläufi nimma, oda?« fragte er wieder, und sie schüttelte nur schwach den Kopf und hauchte: »Gehts nu zua …«

Nach Feierabend, als der Michl in die schon dunkle Kammer trat, rührte sich nichts mehr. Er ging gleich wieder heraus und zog vorsichtig die Tür zu.

»Schlafa tuats«, sagte er in der Stube drunten. Man hockte sich hungrig um den großen Tisch und löffelte die Brotbrocken aus dem Milchweigling.

Erst als kurz nach der Stallarbeit der Zeiselberger ins Bett ging und mit der Kerze über die Kranke leuchtete, merkte er, daß sie tot war. Er blieb einen

Augenblick ganz stockstarr stehen und riß die Augen weit auf.

»Tha! … Jetz is dö tot? Tha … jetz dös is guat, tha!« murmelte er mehr erstaunt als erschüttert: »Tha! Ja … jetzt is dö tot? … Hmhmhm …« Benommen schüttelte er den massigen Kopf. Dann ging er und holte den Michl und den Ottl.

»Jetz hob i's doch oiwai gfrogt, ob's üns braucht… Tha! … Und jetz stirbt's auf amoi a so dahi… thahahm«, brummte er unablässig, und als die Buben zu weinen anfingen, wurden auch seine Augen naß. Er faltete die Hände, besprenkelte die Verstorbene mit Weihwasser und schüttelte noch immer den Kopf: »Jetz – stirbt – dö – auf amoi a so dahi… thahm – ha-hm …«

Eine alltägliche Geschichte

Wissen möchte ich, wie die zwei Kammererleute von Aining zusammen leben und hausen würden, wenn der Kämmerer nicht stumm wäre. Jaja, stumm. Er kann wirklich seit seinem sechsundzwanzigsten Jahr kein Wort mehr herausbringen, und heute ist er schon gleich sechzig.

Außer seinen zwei älteren Schwestern, die kurz nacheinander in schöne Anwesen einheirateten, ist der Kammerersepp der einzige Sohn gewesen und hat den Hof bekommen. Nach seiner Militärzeit kam er heim und nahm das Regiment im Haus in die Hand. Der alte Kämmerer kränkelte schon einige Zeit, mußte sich schließlich ganz hinlegen und verstarb bald darauf. Mit der alten Mutter weiterzuhausen, das ging auch nicht recht. Die sagte es selber. »Sepp«, sagte sie oft und oft: »Sepp, jetz werds Zeit, daß d'a junge Bäurin herbringst... I paß bloß no unter oit Eisn. Mit mir is's nix mehr.«

Der Sepp suchte und fand. Ein halbes Jahr später heiratete er die Gütlerstochter Kreszenz Gmeinwieser von Wimbling. Eine Heirat war das, eigentlich gar nicht nach Bauernbrauch. Ewig gilt die Regel: »Wo was ist, muß noch was dazu.« Die Kreszenz aber brachte bloß eine magere Kuh und eine arg notige Aussteuer mit. Beim Kämmerer hingegen war viel da. Zwanzig Stück Vieh im Stall, vier Rösser, achtzig Tagwerk Wiesenland und sechzig an Waldung. Über ein solches Glück konnte die Kreszenz lachen. Und sie lachte auch – das heißt, alle zwei, sie und der Sepp lachten Tag für Tag. Kreuzfidel fing dieser Zusammenstand an, denn die zwei jungen Leute waren direkt höllisch vernarrt ineinander, und so etwas kommt bei Bauern nur ganz, ganz selten vor. Man kann schon eher sagen: gar nie.

Die Aininger schüttelten den Kopf über eine solch kindische Verliebtheit. Sie waren einfach baff. Mitten in der Feldarbeit oft – ohne sich vor den Knechten und vor der Dirn zu schämen – umhalsten sich die jungen Bauersleute und küßten sich zärtlich. »Geh, geh, geh! … Dös is doch no nia do gwen!« brummten die Nachbarn auf den andern Feldern und Äckern: »Geh, jetz do schaugts!« Sie glotzten wie nicht gescheit. »Jaja«, meinte alsdann irgendein spöttisches Maul: »Jetz brennts hoit no guat, dös frisch Feir … Aba warts nu, wenn amoi Kinda daherkemma, nachha werds gor schnell auslöschn.«

Im Gegenteil aber, als nach einem knappen Jahr das erste Kind zur Welt kam, wurde das verliebte Feuer der zwei Kammererleute schier lodernd. Richtig wie ein Turteltaubenpaar neckten sich die zwei den ganzen Tag, gaben sich Kosenamen, und die Altbäuerin wunderte sich oft und oft: »Nana, seids ihr ös zwoa komische Ehleitln! Na, seids ös übermüatig! Bei mir und mein Sepp selig hots dös gor nia net gebn.« Dennoch waren ihre Augen dabei mutterglücklich, denn die Kreszenz war nicht nur eine lustige Person, sie wußte auch, was Arbeit heißt, war flink, blitzsauber und grundgut. Sie verstand anzuschaffen, und die Dienstboten folgten ihr willig. Auf die Altbäuerin hielt sie was, auf sich erst recht und am allermeisten auf ihren Mann. Keiner konnte klagen über sie.

Das Allerdrolligste aber war – jeden Samstag nach der Arbeit rasierte die junge Bäuerin ihren Sepp selber. Hinten um den Ecktisch in der geräumigen Küche hockten die zwei Knechte und die Dirn und unterhielten sich. Die Altbäuerin saß unter dem Licht und strickte an einem Strumpf oder paßte auf das schlafende Kind auf, die Pendeluhr tickte gemächlich, und vorn am Herd, auf einem Holzschemel, saß der Bauer mit eingeseiftem zurückgelehntem Kopf und lachte gurgelnd. Die Kreszenz wetzte unterdessen wie der geübteste Bader das blitzende Rasiermesser auf dem straffgezogenen Riemen, lachte genauso glücklich, und zuletzt lachten alle miteinander.

Allerhand Späße flogen hin und her, und weil der lustige Bauer nicht immer stillhielt, gab es mitunter leichte Schnitte. Das trug natürlicherweise wiederum zur allgemeinen Belustigung bei. Alsdann fing die Kreszenz gutmütig zu schelten an, und einmal bei so einer Gelegenheit packte sie den Sepp fest beim Haarschopf und drohte scherzhaft: »Herrgott Million! Mannsbild, narrisches! Glei schneid i dir d' Gurgel o, wennst jetzt net glei stad hoitst.« Sie wollte gerade noch die eine Halshälfte von unten herauf glatt rasieren, hatte das Messer schon angesetzt, aber der junge Kämmerer riß auf einmal hell lachend seinen Kopf nach vorn, und da sauste das scharfe Messer tief in seinen Kehlkopf. Der Schnitt war so unglückselig, daß der Bauer überhaupt keinen Laut herausbrachte und bloß stumm nach vorn fiel. Die Kreszenz schrie gräßlich auf und verlor alle Fassung, das Messer glitt auf den Steinboden, und ein dicker Blutstrahl zischte in großem Bogen aus dem Hals des Bauern. Die Knechte sprangen jäh auf, die Dirn drückte mit beiden Händen ihre Augen zu und plärrte, die Altbäuerin starrte eine Zeitlang totblaß.

»U-u-u-oh! Sepp! Holts schnell an Dokta!« brachte die Kreszenz gerade noch heraus, und schwarz wurde es ihr vor den Augen, sie brach zusammen. Die Knechte hoben den Bauern auf, die Alte band dicke Tücher um seinen Hals, das Blut rann und rann. Man legte den Verwundeten ins Bett. Ein Knecht radelte sofort nach Wazenhofen hinüber und kam mit dem Doktor im Auto zurück.

Die junge Bäuerin saß auf dem Bett und wimmerte in einem fort: »Sepp! Sepp! Heiliga Herrgott, Sepp, Sepp!« Sie schien den Verstand verloren zu haben. Mit Gewalt mußte man sie von ihrem Mann losreißen. Der Doktor verband den Bauern noch einmal notdürftig und nahm ihn gleich mit ins Krankenhaus nach Wazenhofen hinüber.

Jetzt war auf dem Kammererhof mit einmal alles anders. Zuvor war jeder Tag voll Lustigkeit, jetzt nur noch eine einzige Traurigkeit.

Der Kämmerer konnte gerade noch vom Verbluten gerettet werden. Lange, lange lag er zwischen Tod und Leben da, und als er endlich gesund wurde, hatte er die Stimme verloren. Er war, wie man so sagt, nur noch »ein halberter Mensch«.

»Bittet, so wird euch gegeben werden«, lautet ein Wort aus dem Evangelium. Also ists uns von Jesus Christus selber überliefert. Die junge Kammerin ließ Messen lesen, sie stiftete für das Kloster Ammenbach eine große Summe, sie bat unseren Herrgott soviel, wie nur ein Mensch bitten kann. Man kannte sie nicht mehr. Ein trauriges, zermürbtes, zerstoßenes Geschöpf war aus ihr geworden. Einmal während des Hochamtes, kurz vor der Wandlung – unheimlich klang es durch die fromme Stille –, hörten die Beter die Bäuerin plötzlich laut und einfältig jammern: »Lieber Herrgott im Himmel droben, gib meinem Sepp das Reden wieder! Heiliger Herrgott, hilf uns!« Die Leute sahen erschreckt auf, die Heilige Handlung war gestört. Etliche Weiber brachten die Wimmernde vorsichtig aus der Kirche. Es hieß allgemein, sie sei nicht mehr recht im Hirn.

»Bittet, so wird euch gegeben werden!« heißt es doch. Der Kämmerer blieb stumm. Der Herrgott war taub. Das Glück war weg auf dem Kammererhof, das Unglück hatte sich gewissermaßen für dauernd eingenistet. Die junge Bäuerin verkümmerte sichtlich. Ihre dralle, gesunde Figur magerte ab, schnell zeigten sich die ersten grauen Strähnen in ihrem Haar, faltig und alt wurde ihr Gesicht, trüb ihre ewig verweinten Augen. Sie ließ nicht nach. Sie machte große Wallfahrten mit ihrem Mann, bestrich mit dem heiligen Wunderwasser solcher Orte seinen Mund. Der Sepp trank dieses Wasser auch. Sie fuhr mit ihm zu allen möglichen Spezialärzten in die Stadt, sie versuchte es mit der Sympathieheilkunde, sie ließ Gesundbeterinnen für ihren unglücklichen Sepp beten, wieder und wieder mußten die Klosterschwestern von Ammenbach Andachten abhalten. Die Kreszenz betete, wo sie ging und stand. Sie vergaß vor lauter Frommsein fast die Arbeit und sogar ihren Mann selber. Die Leute sagten. »Zuvor is s' narrisch gwen in der Liab, jetzt is s' narrisch mit'm Beten! A so geht's a net!« Die Bäuerin ließ nichts unversucht.

Am Herrgott läßt sich nicht herumdeuteln. Die Kammererin glaubte an ihn, wie man meistens bei uns auf dem Lande an ihn glaubt. Er ist wirklich die letzte Zuflucht. Wenn keiner helfen kann, zu ihm schreit die Kreatur auf: »Hilf mir! Gib mir!«

Irgend einmal mußte dieses beharrliche Bitten doch erhört werden! Irgend einmal mußte Hilfe kommen. Wozu wäre denn sonst der Herrgott? Wozu seine Allmacht?

Die Zeit verging.

Die Bäuerin wird sicher oft insgeheim gedacht haben: Was in Gottesnamen habe ich denn für Schlechtigkeiten gemacht, daß mir, daß uns ein solches Unglück passieren mußte!? Und sicher, ganz sicher, wird sie auch gefunden haben, daß weder sie noch ihr Sepp unrechte Menschen waren. Es läßt sich denken, daß sie manchmal ganz und gar irr, schier schon verbissen, nicht mehr recht an die himmlische Hilfe glaubte. Ihr Gesicht zeigte das mitunter. Etwas zweiflerisch Böses brannte vielleicht in ihr. So was wie eine regelrechte Wut auf den Allmächtigen.

Aber was half es? Nichts, gar nichts!

Und weil es so war – wie geht es doch einem Menschen, der auf irgendeine Weise in eine rettungslose Lage gerät und nach den ersten, wilden Anstrengungen sieht, es gibt wirklich gar keinen Ausweg mehr? Er wird matt. Er verliert die Kraft. Ja, er verliert die Kraft – aber er findet sich darein.

Die Bäuerin schaute ihren Sepp an. Der werkelte jeden Tag herum, denn außer seinem Stummsein fehlte ihm ja nichts weiter. Sie schaute ihn wieder an. Er stand vor ihr, stumm und ruhig. Sie bekam zitternde Kiefer, sie wollte reden, brach ab und weinte. Sie schüttelte so, als wenn unaufhörlich unsichtbare Peitschen auf sie einschlügen, den verwirrten Kopf und heulte. Sie wußte nicht mehr weiter.

Der Sepp machte ein gutes, ernstes Gesicht her. Dann strich er mit seiner schweren, derben Hand etliche Male über ihren zuckenden Kopf. Er tat's oft, wenn sie so daherwimmerte. Alsdann machte er sich wieder an die Arbeit. Er hielt wie ehedem das Haus und den Hof, die Äcker und Felder, die Dienstboten und das Vieh zusammen.

Die Bäuerin arbeitete auch wieder. Was blieb denn andres übrig? Langsam, ganz langsam ließ ihre verstörte, heftige Frömmigkeit nach. –

Schau du einmal hinein zum Kämmerer, schau dir jetzt die zwei alten Leute an! Und die vier festen Bengel, die jetzt schon groß sind! Wundergemütlich lebt die Familie zusammen. Es hat also gar kein »Gegeben werden« gebraucht.

Oder will unser Herrgott vielleicht das »Gegeben

werden« so aufgefaßt wissen, wie sich's beim Kämmerer entwickelt hat? Gut also, wenn's einer glauben will, alsdann ist's auch recht…

Die verheimlichte Erbschaft

Am zwanzigsten Sonntag nach der Predigt, welche sich auf das Thema »Wenn ihr etwas in meinem Namen bitten werdet« bezogen hatte, schloß der Pfarrer eine schwerkranke Person ins Gebet ein. Droben auf der Boulabn, wo sich stets die alten Bauern aufhielten und üblicherweise neben ihren frommen Verrichtungen Neuigkeiten und Handelschaften beredeten, lugte jeder auf den leeren Platz vorne in der ersten Reihe, und während sich jetzt alle schwerfällig und geräuschvoll von ihren Sitzen erhoben, sagte der Ehringer vom Reinmoos zu seinem rechten Stuhlnachbarn, den Siemserer von Aining: »Jetz wui er, glaab i, doch sterbn, da Hintermoar.«

»Soso, reißts'n jetz glei gor, an Barthl«, gab der Siemserer Antwort. Drunten im Kirchenschiff leierten die Weiber und Kinder das Vaterunser herunter, darum konnte man sich hier heroben legerer unterhalten. Die Köpfe beugten sich zusammen, und rundherum redete man vom sterbenskranken Austrägler Bartholomäus Mangst, Hintermeierbauer von Reinmoos.

»Noja, er hot mir scho lang nimmer gfoin«, meinte der Grodler in bezug auf den Kranken: »Waar ja aa koa Wunda, wenn er sterbn taat, der Barthl. Dö

Junga lossn'n ja frehling derhungern … Do is's gescheita, er stirbt.«

»Ganz gelb is er scho, und hebn und trogn muaß ma'n«, erzählte hinwiederum der Ehringer: »Lang, moant da Dokta, macht er's nimma … Hmhm, um nix kümmern sie si, dö Junga… Wia er si noch net Sündn fürcht, der Maxi… Net amoi so viel is er, daß er sein krankn Vater a Stückl Fleisch oder a warme Suppn auffischickt… Pfui Teifi!«

»Der?« warf der Hufnagl hin: »Da Maxi? … Der, glaab i, bindt si, wenn's amoi a Fleisch gibt, frehling an Brocka a Gobi hi und schluckt's obi und reißt's wieda rauf, daß er an Geschmoch hot und doch nix braucht.«

Eben wollte der Siemserer wieder was sagen, aber jetzt hörten die Weiber drunten mit dem Vaterunser auf, und die Mannsbilder kamen daran mit dem »Gegrüßt seist du, Maria«. Langsam fielen die brummigen Bässe rundherum ein.

»– und bist voll der Gnaden«, erfüllte das monotone Männerbeten den Raum der ganzen Kirche.

»Glück bringt eahm der Geiz aa it, an Maxi«, warf der Ehringer seinem Nachbarn hin, und der nickte mit seinem dicken Kopf.

»Der Herr ist mit dir. Du bist gebenedeit unter den Weibern, und gebenedeit ist die –«, murmelte es weiter.

»I glaab schier, daß er si aus lauter Irga z'tod gsuffa hat, da Barthl… Er und sei Oite san oiwei guate Leutln gwen«, meinte der Siemserer, während er weiterplapperte: »Frucht deines Leibes, Jesus. Amen.«

Ja, es war wirklich ein Elend, seitdem die alten Hintermeiersleute übergeben hatten. Oberhalb der Stube hausten sie. Die darunterliegende Stube war sowieso im Winter geheizt, im Holzplafond war ein Loch.

»Do kimmt Hitz gmua auffi«, meinte der Jungbauer sackgrob. Zitternd und schlotternd hockten die Altbauersleute droben um dieses Loch, um und um waren sie eingewickelt, und wenn es gar nicht mehr zum Aushalten war, kamen sie scheu in die Kuchl hinunter. Die Altbäuerin versuchte sich nützlich zu machen, legte die Kinder trocken und wiegte sie in den Schlaf, spülte ab und kochte den Sautrank auf, der Alte tappte ohne ein Wort in den Stall und kratzte den Mist aus den Viehständen oder ging in die Holzhütte hinter und spaltete Scheite, bloß um nicht zu frieren, bloß um auch wieder was zu tun, bloß um die Zeit herumzubringen.

»Nana, mir braucha enk it«, verbat sich die muffige Jungbäuerin solche Mithilfen oft und oft, weil sie fürchtete, den Alten was zu essen geben zu müssen, aber mein Gott, wenn man ein ganzes Leben lang von früh bis spät gerackert hat, verträgt man eine solche Untätigkeit nicht. Ebenso offen sagten die Alten zu den Jungen: »Ös brauchts ja nix z'essn gebn ... Drobn bei uns is's gor so langweili ...«

Die Langeweile, ja, das war's, was den alten Hintermeier umbrachte. Zweiundzwanzig Mark mußte der Jungbauer jeden Monat den Austräglern in bar bezahlen. Dieses Geld nahm der Alte – und versoff es stets ohne Rücksicht auf das Gejammer seiner Alten. Aber es war auffällig, daß er auch sonst die stärksten Räusche heimbrachte. Woher, witterten die mißtrauischen Jungbauern, hat der Planer das Geld? Die alte Hintermeierin barmte auch und fragte bei den Wirten rundherum, ob er denn auch immer alles bezahle, ihr Barthl.

»Ja, ja, do feit si nix bei eahm«, gab der Bruckenwirt Auskunft.

»Nana, Schuidn macht er nia net«, sagte der Unterbräu von Aining genauso. Jetzt, weil es offensichtlich ans Sterben ging, kam auch einmal der Maxi in die Kammer hinauf, ans Bett des Kranken. Seltsam, sehr seltsam war das, wie er auf einmal interessiert und fast warm fragte: »Wia geht's dir denn, Vata?« und ihm zwei frischgelegte Eier brachte.

»Mir? ... Mir geht's zwida, Maxi«, sagte der Alte und schnaufte schwer. Seine Augendeckel waren meist halb zugeklappt, und ewig standen dicke Schweißperlen auf seinem tausendfältigen, wachsgelben, eingefallenen Gesicht. Diesmal aber schielte er einige Sekunden lang auf seinen scheinheiligen Sohn.

»Nana«, keuchte er: »Nana, ös brauchts it raufkemma... I hinterloß enk koan rotn Pfennig... I hob nix.« Soweit war er immer noch bei sich, daß er spannte, weswegen sich's der Junge auf einmal so angelegen sein ließ. »Eigrobn is ja dei Pflicht und Schuidigkeit... Dös muaßt scho du zoin«, sagte er wiederum. Auch die alte Hintermeierin verstand jetzt und sagte genauso: »Nana, gor nix hobn ma – gwiß wohr.« Sie log nicht. Der Maxi ging wieder und machte ein ziemlich benommenes Gesicht.

Und dann, drei Tage vor Pfingsten, starb der alte

Hintermeier. Der Maxi mußte notgedrungen zum Pfarrer und wollte das einfachste und billigste von einem Begräbnis erhandeln. Aber der hochwürdige Herr Pfarrer ließ sich gar nicht weiter darauf ein und sagte ziemlich spöttisch: »Das, Hintermeier, is scho gmacht.« Eine prachtvolle Leich gab's. Der Veteranenverein marschierte auf, die große Glocke läutete, und der Gesangverein sang den Sarg ins Grab. Die jungen Hintermeierleute waren nach der Messe gleich wieder heimgegangen. Mit bittersüßen Gesichtern. Der Bruckenwirt zog die alte Hintermeierin nach dem Mittagessen in die geräumige Küche und sagte fidel: »So, Hintamoarin, an Kaffee und Kuacha gibt's aa no ... Ois hot er no zoit, da Barthl ... Und do, dös, sogt er, soit i dir gehn noch der Leich, aba 's Mäu soist hoitn.« Er übergab ihr einen vieleingewickelten Strumpf. Ganz baff wand die Alte das Packl auf. Vierzehn Friedensgoldstücke und an die dreihundert Mark waren drinnen. Ein Zettel lag dabei, drauf stand: »Ich hape es nücht Sagen mögen. Du wärst zerscht nicht stad gwen ... Jetzt ist es gleich, awer küb den Jungen nix. Ewigkeit amen, Barthl.«

Die alte Bäuerin glotzte etliche Augenblicke dumm drein. Der Wirt und die Wirtin lasen den Zettel.

»Ja, da Barthl!« riefen sie zugleich: »Is oiwei a gmüatlicha Mensch gwen ... Hintamoarin, aba du sogst fei nix, gell!«

Sie schwieg sich auch wirklich aus, die Hintermeierin. Sie lebte genau noch so weiter wie zuvor, bloß, daß sie öfter wallfahrten ging und sich's dabei gutgehen ließ.

Was tot ist, bleibt tot

In Allkirchen, einem lieblichen Pfarrort im Altbayrischen, ist der Totengräber krank geworden, so krank, daß er nach einer kurzen Woche gestorben ist. Ein Totengräber ist eine gewichtige und notwendige Persönlichkeit. Erstens gräbt er nicht nur jedem Verstorbenen das Grab und kriegt dafür seine fünf Mark, nein, er muß auch in den zwei oder drei Nächten, wo der Tote aufgebahrt im offenen Sarg im Leichenhaus liegt, Wacht halten. Das ist – unter uns gesagt – gewiß keine grad anheimelnde Beschäftigung. Trotzdem, der Schuster Gleimmoser hat schon lang auf den Posten gewartet. Mit Müh und Not hat er sich seit jeher durchs Leben gefrettet. Er also war ganz zufrieden und froh über das Sterben vom Totengräber, denn sofort hat ihn der Pfarrer zum Nachfolger ernannt.

Bloß – der Schuster Gleimmoser ist nie nicht ein Held gewesen. Was aber übernimmt ein bettelarmer Mensch nicht alles, wenn er sich dabei was verdienen kann? »Ja, Gleimmoser, also kannst gleich das Grab graben und mußt heut nacht die erste Wacht halten«, sagt der hochwürdige Herr Pfarrer Meixner.

»Ja, jawohl, Hochwürdn«, erklärt sich der Gleimmoser bereit. Er tut, was ihm geheißen. Die Nacht kommt. Voller Angst ist der Schuster. Hm, denkt er sich, daß die Zeit eher vergeht, nimmst dir gleich dein Werkzeug und dem Haunigl sein kaputtes Paar Schuh mit und sohlst sie.

Beklommen kommt er ins Leichenhaus, stellt seinen Schemel hin, hockt sich drauf, fängt zu arbeiten und zu hämmern an. Sein Herz schlägt wie eine Trommel. Er kann die Stille nicht vertragen. Er werkelt auf Hautsdrein und traut sich nicht aufzuschauen. Zwischendurch aber geht ihm doch immer wieder durch den Kopf: »Geht so nebenher, der Verdienst, Jakl! Fünf Mark sind dir gewiß!« Und freut sich.

Plötzlich, wie er grad einmal ein bißl aufschnauft, rührt sich was. Eiskalt überrieselt es den Gleimmoser. Vor Schreck fällt ihm der Hammer aus der Hand. Starr hockt er da und schaut.

Nochmal rührt sich was.

Der Gleimmoser glaubt, er zergeht. Unwillkürlich greift er nach seinem Hammer und schaut auf den Sarg, in welchem unter Blumen und Kränzen sein Vorgänger, der Alois Weglehner, liegt.

Schaut – und sieht auf einmal, daß der »tote« Loisl den Kopf hebt, sich wirklich und wahrhaftig aufrichten will und sogar schon ganz lebendig ächzt.

Um Gottes willen!

Zwischen Angst und Schrecken durchfährt es den Gleimmoser: Also wiederum keinen Nebenverdienst und womöglich nicht einmal die fünf Mark, heiliger Herr Jesus!

Und das alles im Hirn und im Blut, umspannt der verzweifelte Schuster Gleimmoser, der wo – wie gesagt – nie nicht ein Held gewesen ist, seinen Hammer, zieht aus, haut und schreit heiser:

»Na! Na, Loisl, dös gibts ganz einfach net! Wos tot is, bleibt tot, basta!«

Es ist nicht überliefert, was weiter passiert ist, bloß das eine läßt sich denken: Der ehemalige Totengräber Alois Weglehner ist wirklich endgültig gestorben dabei. –

Laß hängen, was hängt

Die Indianer, Tibetaner, Indier, die Neger Zentralafrikas, die Türken und Araber, die Hunnen und alten Deutschen, die Briganten Italiens und die Kriegervereine aller Länder hatten oder haben noch ihre herkömmlichen Racheschwüre. Wie es sich unter solchen wilden Völkerschaften gehört, klingen diese Schwüre größtenteils pathetisch, kommen sozusagen aus dem Allgemeinen und sind berechnet für die Allgemeinheit des jeweiligen Feindes.

Auch einen bayrischen Racheschwur gibt es, aber dieser Spruch ist keineswegs – sagen wir – »volklich«. Er ist absolut privat und bezieht sich immer auf den Einzelnen. Und wenn er auch weniger drohend klingt, das eine zeichnet ihn vor allen anderen Racheschwüren aus, ihm folgt früher oder später immer die Rache selber. Der bayrische Racheschwur heißt: »Wart' no ...!«

Hüte Dich, geliebter Leser, vor ihm. Trifft er Dich aber dennoch, dann gib genau acht. Hörst Du früher oder später einmal ungefähr so etwas wie: »So, daß d'Dirs mirkst!« oder »Krippi, verreckter, jetz host d'ös ...!« dann sei zufrieden, denn dann – Du wirst es ja schließlich merken – ist die Rache gewissermaßen an Dir vollzogen und zum Abschluß gelangt.

Und weil wir gerade beim »Wart' no!« sind, fahren wir also weiter.

Beim Hastreiter in Murling heißt man's seit Vaterszeiten »beim Hungerbauern«, und woher das kommt, ist kurz erzählt:

Der erste Hastreiter, an den ich mich erinnern kann, hat sein Leben lang ohne Grund alte Hafendeckel, verrostete Nägel, Schrotpatronenhülsen, Knöpfe, Lumpen und Papierfetzen, kurz und gut alles, was er auf dem Boden liegen sah, aufgehoben, heimgetragen und in Säcken hinten im Stadel aufgestapelt. Er konnte es ganz einfach nicht vertragen, daß man etwas wegwarf. Als er starb, nach der Letzten Ölung, machte er ein dermaßen elendiges Gesicht, daß der Pfarrer es nicht übers Herz bringen konnte und ihn fragte: «Hastreiter? I siehch Dir's o, Du host no wos aufm Herzen! Sog's, Hastreiter...!«

Der Hastreiter, gewissenhaft, wie er war, hat sich noch einmal umgedreht und geantwortet: »Scheißli! Scheißli, Hochwürden! ... Wenn i nimmer bin, n-na-na werfen's ja glei ois weg ...!«

Und dann war's aus mit ihm. Der Silvan, sein Ältester, hat sich diese letzten Worte zu Herzen genommen. Er war der Vater, auf und nieder. Sein Spartrieb ging noch weiter. Ging er, wo auch immer, seine Notdurft verrichtete er stets nur in seinem Abtritt oder auf *seinen* Grundstücken. Darauf war er direkt erpicht.

»Ünsa Mist is für ünsre Gründ ...! Narrisch bin i und dung woanderst!« sagte er bei jeder Gelegenheit, wenn er beispielsweise nachts vom Wirtshaus heimging und den Drang hatte, seine Blase auszuleeren oder sich auf andere Weise leichter zu machen. Und auch von seinen Kindern und von seinem Weib verlangte er dies. Und man hielt's auch so. Ein Hastreiterdreck blieb in der Familie.

Unglaublich schier, wie dieser rechtschaffne Silvan saudumm ums Leben gekommen ist. Und eben hier spielt der bayrische Racheschwur eine Rolle.

Es läßt sich leicht erklären, daß der Silvan kein Freund von Dienstboten war, und noch weniger von gutbezahlten. Was ihn aber am meisten wurmte, war, wenn so ein Knecht viel aufs Essen hielt. Da wurde er ungemütlich.

Kurz und gut, der Silvan Hastreiter selig nahm den Huglberger-Michl als Knecht, der hatte ein Magenleiden und konnte das meiste nicht vertragen. Auf sowas konnte man sich einlassen.

Anfangs ließ sich die Sache auch ganz gut an. Der Michl brachte einfach nichts hinunter, höchstens einen Teller Suppe, schließlich eine halbe Schmalznudel und sonntags ein Stück Fleisch, das ihm die Hastreiterin auf die Seite der hölzernen Platte parat legte, an der er saß.

Auf einmal aber wurde es anders. Wie das bei kranken Leuten öfters der Fall ist, nämlich, daß sie herumdoktern und herumdoktern, so auch beim Michl. Die alte Kohlhäuslerin von Walchstatt behandelte ihn mit »Sympathie«, und das half merkwürdigerweise. Der Michl bekam allgemach einen besseren Appetit und griff auf einmal geradezu erschreckend zu beim Mittagessen. Der Hastreiter wurde zusehends verdrießlicher über diese »Saukur«.

»Geh, jetz friß no wieda recht nei, daß d'Dir an Mogn ganz und gor verdirbst!« knurrte er den Michl an und versuchte es vorläufig mit wohlmeinenden Belehrungen:

»A so a Mogn, wenn er amoi so heruntn is, der vertrogt doch net glei aufamoi soichane Haufa Fresserta …! Dös macht ma doch noch und noch! Z'erscht a bißl wos, nachha a bißl mehra und so furt! … Sowos loßt si doch net üba's Knia obrecha, Rindviech, dappigs! … Werst es scho sehng, do gehts Dir wia an oitn Hannigl! Der hot a so a Leidn ghabt … auf amoi hot er an Appatit kriagt und hot recht neigfressen … wos is's na gwen?… Na hot er an Mognkrebs kriagt und is elendig z'Grund ganga … Dös gleich passiert mit Dir!«

Aber der Michl blieb unbelehrbar. Der Silvan mußte immer deutlicher werden. Er wurde auch grober.

»Dös gibt's ganz einfach net!« schimpfte er jetzt: »I hob Di doch net zum Fressen eingstellt! … Wos glaabst denn Du!«

Und da brummte der Michl zum ersten Mol: »Wart' no…!« Nämlich, jetzt war's nicht mehr schön auf seinem Dienstplatz. Aber so mir nichts, dir nichts mag man schließlich auch nicht wechseln. Der Michl hielt also aus. Der Hastreiter wurde tagtäglich mürrischer.

Am Antlaß-Sonntag gab es ausnahmsweise beim Hastreiter von dem Kalb, das der Petzinger von Buchberg zum Schlachten gekauft hatte, Braten.

Der Hastreilter aß mit vollstem Appetit, die Hastreiterin ebenfalls, der Lois genau so und die Vev auch. Der Michl hatte sein Stück aufgegessen und wollte noch eines aus der Reine fischen, aber der Hastreiter schnappte es ihm weg, obgleich der Michl seine Gabel schon hineingespießt hatte.

»Loß hänga, wos hängt, sog i!« knurrte er den Knecht an. Der Michl sagte nichts weiter. Er ging in den Stall hinüber nach dem Essen, und als der Loisl hinüberkam, brummte er zum zweiten Mal: »Wart's no...!«

Am andern Tag – die Ernte war herinnen – machte man sich ans Umdecken des nicht mehr ganz dichten Ziegeldaches. Der Loisl, der Hastreiter und der Michl stiegen hinauf. Und da kam der Hastreiter ins Rutschen. Der Michl stand sicher in der Dachrinne, vor ihm stand der Loisl und wollte den heruntersausenden Körper seines Vaters aufhalten. Grade noch konnte ihn der Michl wegreißen.

»Loß hänga, wos hängt!« brüllte er und – Prrsch-Patsch! tat's drunten auf der Straße. Einige Male warf sich der Hastreiter noch, dann blieb er reglos liegen.

Der betrogene Anstand

Zwischen unserm Pfarrdorf Sessenbach und Wimpfing, auf einem ziemlich umfänglichen Buckel mit schöner Fichtenwaldung, steht das Schloß Hebendorf, das dem alten Baron von Achtersheim gehört. Die von Achtersheims sind in unserer Gegend schon über dreihundert Jahre von Generation zu Generation ansässig und sind seit jeher sehr beliebt. Sie gehören zu jenem legeren altbayrischen Adel, der weiß, was ihm zusteht, und der gar nichts von Hochnäsigkeit oder sonst einer Überheblichkeit den Leuten gegenüber an sich hat.

Auf Schloß Hebendorf ist es uralter Brauch, daß jedes Jahr zu Ostern zwei Dorfarme aus der Pfarrei in der blitzblanken, großen Küche gespeist werden, und zwar wird ihnen dabei entweder eine gerecht geteilte Ente oder jedem ein Brathendl vorgesetzt, dazu Salat mit etlichen Dampfkartoffeln und ein Maß Bier. Hernach kommt der alte Baron persönlich in die Küche, drückt jedem fünf Mark in die Hand, gibt ihm eine dicke Zigarre mit auf den Weg und wünscht ihm ein fröhliches Osterfest.

Diesmal ist der Häusler Lauchinger, der sieben Kinder hat, und der Arznerhans mit seinem steifen Fuß an die Reihe gekommen. Schön manierlich haben sich die zwei an den weißgedeckten Tisch gesetzt, alsdann hat ihnen die Köchin zwei knusprige Brathendl gebracht, hat den Salat und das Bier für jeden dazugestellt, einen »guten Appetit« gewünscht und sich wieder vorne am großen Herd in der weitläufigen Küche zu schaffen gemacht. Leider aber – diesmal war das eine Hendl klein und das andere groß. Ein bißl benommen haben die zwei Geladenen dieses Unglück betrachtet.

»Hm«, macht der Lauchinger halblaut, schaut rundherum, ob die Köchin auch nichts hört, aber die scheppert da vorn am Herd, scheppert und scheppert, daß dies nicht der Fall sein kann.

»Hm«, sagt also der Lauchinger wiederum, »jetz dös is ja dumm, Hans ... Nimm du z'erscht.« Halb flehend und halb mißtrauisch hat er den Hans angeschaut. Als einfacher Mensch, wenn man bei so feinen Leuten eingeladen ist, da benimmt man sich bescheiden, wie sich's gehört.

»Nana«, meint der Hans auf das hin höflichweis. »Nana, Lauchinger, du bist der ältere von uns zwoa ... Nimm du z'erscht.« Recht hart und verlegen geht das ein paar Mal noch so hin und her, aber schließlich überredet der Lauchinger den Hans doch – und was tut der? Er greift zu und nimmt sich das größere Hendl. Der Lauchinger stutzt und wird blaß.

»Aba, aba, Hans!« bringt er endlich vorwurfsvoll heraus. »Also du woaßt scho gar net, wos si ghört! ... Du bist doch ganz wos Unkultiviverts! ... Mir san doch bei feinere Leut eingladn! Verstehst denn dös net?«

»Wia dös?« fragte der Hans unschuldig und schaut ihn dumm an. »Wos host d' denn auf amoi, Lauchinger?«

»No«, fangt der vorsichtig zu raunzen an, damit es nicht gehört wird. »No, is dir denn dös a Art und Manier! Z'erscht sogst du zu mir: Nimm du z'erscht! I loß dir gnädi an Vortritt, weil i woaß, wos si ghört – und jetzt nimmst du pfeilgrod dös größere Hendl! Als erster nimmt ma doch ewig dös kloanere!«

Der Hans begreift das durchaus nicht.

»So, hm«, sagt er. »So? ... Ja, do muaß i jetz scho dumm frogn ... Hättst jetz du als erster dös kloanere Hendl gnomma?«

»No, selbstredend! ... Natürli!« belehrt ihn der Lauchinger; »ich hob doch an Anstand!«

»Ja, no nachher is's ja guat«, gibt ihm der Hans saukalt zurück und fängt gemütlich zu essen an. »Du host doch sowieso dös kloanere Hendl ...« Ganz giftig hat der Lauchinger was drauf sagen wollen, aber in dem Augenblick hat sich die Köchin vorn umgedreht und gefragt: »Schmeckt's?« Und gleicherzeit haben die zwei geantwortet: »Ausgezeichnet, Frau Köchin, ausgezeichnet!« Ingrimmig hat der Lauchinger das Hendl in sich hineingegessen. Es steht dahin, ob es ihm so geschmeckt hat wie dem Hans.

Die Kur für böse Weiber

Die Hinaglin mag kein Mensch in ganz Berbelfing. Sie ist in der ganzen Nachbarschaft als Bißgurn bekannt. Ihre Kinder sekkiert sie, die Dirn kujoniert sie, und am meisten hockt sie ihrem Mann auf. Darum, so heißt es im weiten Umkreis, sauft der Hinagl so unmäßig. »Er schwemmt jedsmoi sein Verdruß weg«, verzeihen ihm die Leute, wenn er mit einem Brandrausch im Wirtshaus hockt. Er wird ja nicht aufsässig dabei, er läßt jedem Gast seine Ruhe. Hingegen wenn er heimkommt, da hat er auf einmal die richtige Schneid und läßt seinem bösen Weib nicht das letzte Wort, da trumpft er auf und schimpft und flucht, daß es die ganze Nachbarschaft hört. – Neben ihrer unguten Bissigkeit aber ist die Hinaglin auch sehr bigott und immer die erste in die Kirch hinein und die letzte heraus. »Sie werd ihrer Beterei scho notwendig hobn«, spötteln die Leute insgeheim, aber andere wieder meinen, sie will bloß nicht, daß sich jemand bei ihr auf dem Kirch- und auf dem Heimgang anschließt, weil sie keinen Menschen leiden kann. Hingegen neulich ist ihr doch der Gspensertoni unerwartet begegnet, und – anders war's nicht mehr zu machen – sie sind langsam ins Reden gekommen. Der Toni, das weiß jeder, ist ein durchtriebener Spitzbub, aber jeder hat ihn gern, erstens weil er etwas vom Vieh- und Menschenkurieren versteht und zweitens weil er oft auf einen Jux verfällt, über den das ganze Dorf oft wochenlang lacht.

»Ja, grüaß di Good, Hinaglin«, redet der Toni die Hinaglin alsogleich allerfreundlichst an. »Gehst aa scho hoam? Pressiert's dir so ...«

»Jaja, i muaß schon«, gibt die Hinaglin drauf Antwort. »Wenn i net überoi dahinter bin dahoam, nachher gschiehcht doch nix.« Das paßt dem Toni grad recht, und gleich gibt er sich mitleidig und sagt: »Jaja, Hinaglin... Du host aa nix Schöns auf der Welt. Früah und spat aufpassn und rackern und Verdruß, bis d' ins Grob nei muaßt.« Den Ton hört die Hinaglin gern, der geht ihr ein wie Öl einer heißgelaufnen Maschin. Sie wird zugänglicher, und weil ihr der Toni noch ein paar solcherne Freundlichkeiten sagt, wird sie vertraulicher. Ja, meint sie, es wär ja alles recht und schön, arbeiten und rackern tat sie ja gern, aber halt mit so einem besoffnen Mann, mit ihrem nichtsnutzigen Xaverl! Erst gestern sei er wieder mit einem Rausch heimgekommen und einen Krach hat er gemacht, rein zum Schämen.

»Und wenn i bloß dös Geringst sog, werd er noch wilder, der Hammi, der saugrobe«, klagt sie. »Ganz krank macht er mi noch ... Is denn jetz do gar net zum helfa?«

»Zum helfa?« tut der Toni interessierter. »Ja, is er denn gor a so grob, dei Xaverl?«

»Und wia ... I fürcht mi glei oft vor eahm«, jammert die Hinaglin jetzt bereits. Der Toni hat sie mitleidig angeschaut, so mitleidig, daß sie ganz und gar weich geworden ist. Fast weinerlich hat sie gejammert, und da sagt der Toni: »Jaa, Hinaglin, zum helfa is do scho, aba mei Gott, dö Gschicht is net gor billig, und ma muaß si genau danach richtn, sunst hilft's net...«

»Soso... Helfa konnst du mir do? An Xaverl kanntst du sei saumaßigs Fluacha und Streitn abgwöhna... Ja, du, wenn dös gang, Toni, preisschindn tat i fei do gor net«, ist die Hinaglin drauf eingegangen, und nachdem ihr der Toni das Wort abgenommen hat, sie darf bei keinem Menschen was darüber verlauten lassen, ist sie mit ihm in sein Häusl gegangen. Der Toni hat eine Zeitlang in seiner winzigen Kuchl herumgemacht und ist alsdann mit einem Flaschl voll kristallklarer Medizin dahergekommen: »Garantiert, Hinaglin, dös hilft... Schmeckt noch gor nix, is leicht zum nehma... Bloß, du muaßt es, dös is dös wichtigste – du muaßt es solang in dein Maul bhoitn, bis der Xaverl mit seinem Rausch im Bett liegt und schnarcht, verstehst mi?... Bloß koan Tropfa voreh verschlucka... Do dro muaßt du di haargnau dro hoitn, Hinaglin... Und jetza kriagert i hoit zehn Mark... Wie i gsogt hob, billig is's net, dö Medizin...« Mit süßsaurem Gesicht hat die Hinaglin ihre zehn Mark hingelegt und ist gegangen.

Und wirklich und wahrhaftig, das nächste Mal, wie der Hinagl-Xaverl mit seinem Rausch heimgekommen ist, da hat man nichts mehr gehört, nicht einen Ton! Zwei- und dreimal hat die Hinaglin noch eine Doppelflasche von der Wundermedizin geholt, und dabei geblieben ist sie. Kein Fluchen und lärmendes Streiten haben die Nachbarn nach dem Heimkommen vom Xaverl mehr vernommen, und langsam ist's ruchbar worden, wie der Toni die Hinaglin kuriert hat. Wie schon, aber mit was, das nicht. Nämlich nichts hat er ihr für ihr teures Geld gegeben als jedesmal eine Flasche klares Wasser. »Wenn a so a Bißgurn s'Mäi voll hot, muaß stad sei«, hat er viel später einmal, wie die Hinaglin schon unter der Erde gelegen ist, kreuzlustig gestanden.

Heimgezahlt

»Und«, hat der hochwürdige Herr Pfarrer Probst den Anzinger-Toni im Beichtstuhl gefragt, »und den Fasttag hast du immer schön gehalten, Toni, ja? Da hast du durchaus nichts zu beichten? Oder hast du's bloß vergessen?« Der Pfarrer Probst ist ein recht umgänglicher, gemütlicher Geistlicher, aber als Beichtvater, da versteht er keinen Spaß. Da bohrt er sich mit seinem Ausfragen hinein in den letzten Winkel von dem Inwendigen eines Beichtenden. Und er kennt seine Leute. »Laß dir nur Zeit, Toni«, sagt er. »Denk nur genau nach, ob du dich da gar nicht einmal versündigt hast... Du weißt, vor unserm Herrgott kann keiner was verheimlichen ... Laß dir nur Zeit, Toni.« Geduldig wartet er und läßt kein Aug vom Toni. »Na, Hochwürdn«, sagt der endlich kopfschüttelnd, »na, in dera Hinsicht, do konn i mi absalut an nix Sündhafts erinnern.«

»Soso? Gar nicht, soso?« wird auf das hin der Herr Pfarrer deutlicher. »Soso? ... Und wer hat denn am vorigen Freitag beim Bichler in der Wirtstubn zur Brotzeit einen Preßsack gegessen, Toni? Wer denn?«

Das macht den Toni baff. Etliche Augenblicke lang verschlägt es ihm direkt das Wort.

»Ja-aa«, meint er schließlich, »ja, a Preßsack, dös is doch koa Fleisch net.«

»Nein-nein, mein Lieber, unser Herrgott läßt da nicht handeln! Das gibt's nicht!« weist ihn der Pfarrer Probst streng zurecht. »Ob Preßsack oder Wurst am Freitag, du hast dich versündigt, basta! Fleischspeis bleibt alles, ganz gleich, wie's hergerichtet ist, verstanden?«

»A Preßsack –« will der Toni bagatellisieren, aber da ist beim Pfarrer Probst nichts zu machen. Noch strenger sagt er: »Fleischspeis ist Fleisch, Toni, mach keine Ausreden! Gibst du zu, daß du dich versündigt hast oder nicht? Bereust du deine Sünde?«

»Noja, nacha muaß i hoit«, brummt der überführte Toni kleinlaut, und nachdem ihn der Probst noch gehörig zurechtstaucht, ob er vielleicht glaubt, unser Herrgott verlangt zuviel von ihm, er soll nicht so lästerlich vorlaut sein, erteilt er dem bockigen Sünder die Absolution und gibt ihm als Buße zwölf Vaterunser auf.

Das hat, unter uns gesagt, den Toni geärgert, und er hat sich's gemerkt. »Gor so gnau hätt ers net nehma braucha, der Pfarrer ... Is ja sowiaso fast lauter Sulz gwen, der Preßsock beim Bichler ... Dö poor Fleischbrocka drinn, geh! ... Sowos konn doch net gleich woaß Gott wos für a Sünd sei«, hat er nach dem Heimkommen seine Alte angebrummt. Ein kleiner notiger Häusler ist er, der Anzinger-Toni. Zwei magere Geißen hat er, und einen schmalen Torfstich. Der bringt bloß was ein, wenn im Herbst die Leute für die Winterheizung ein Fuder bestellen. Mehr als drei Fuder Torf bringt er nicht heraus aus dem moorigen Boden, und da muß er beim Reblechner den Wagen und einen Ochsen zum Leihen nehmen, damit er den Leuten ihn hinfahren kann.

So kleine, arme Leute unterstützt der gute Pfarrer Probst, wo er kann. Darum bestellt er auch beim Toni immer ein Fuder Torf. Auch diesmal hat er es so gehalten. Wie der Toni sein Fuder vor der Holzhütte im Pfarrhausgarten ableert – nein, das ist der sonst so gute Torf nicht, jeder Brocken zerfällt, und naß und schwer ist das Zeug.

»Also, Toni!« sagt der Pfarrer Probst kritisch und zerwurzelt so einen feuchten braunen Brocken. »Also, was bringst du mir da für einen Ausschuß daher? Das ist doch kein Torf, Toni!«

»So, Hochwürden... Koa Torf is dös net?« meint der Toni und tut ganz unschuldig verwundert.

»Nein, durchaus nicht!« fährt ihn der hochwürdige Herr verärgert an. »Mit Respekt gesagt, Toni – reiner Dreck ist das! Torf ist das nie und nimmer!«

»So, Hochwürden, soso«, meint da der Toni, hält ein und schaut saukalt hinab auf den zornigen Pfarrer: »Wenn dös koa Torf net is, Hochwürden, nachher is der Preßsack auch koa Fleisch net!«

Harmloser Zeitvertreib

Bekannter noch als der Fingerer ist der Pichelsberger-Michl in unserer Pfarrei. Er hat überhaupt nichts als Dummheiten im Kopf. Spötteln, die Leute zum Narren halten und lügen wie gedruckt, das kann keiner besser als er. Kein Mensch ist vor ihm sicher.

Neulich läuft ihm der zehnjährige Perschl-Irgl in die Hände und flennt und hält seinen verbundenen Backen. Ein echtes Bayerngemüt, wie der Michl eines ist, fragt er interessiert: »Wos host denn, Irgl, ha…? … Host Zahnweh, ha?«

»Ja … dös ganz Mäu tuat ma weh …!« winselt der Irgl und macht ein wehleidiges Gesicht dabei.

»Paß auf, dös werdn ma glei hobn, Irgl … Geh weita«, sagte der Michl, und der Irgl ging mit ihm in den Obstgarten vom Lederer. Eine bissige Februarkälte war an dem Tag.

»Wos wuist denn, Michi …? … Wos suachst denn?« fragte der Irgl, als der Michl mit ihm so durch die Obstbäume ging, grad als wie wenn er den allergrößten heraussuchen wollte.

»Jaja, loß dir nu Zeit… So jetza, jetz«, sagte darauf der Michl endlich und blieb vor dem großen Frauenbirnbaum stehen: »Jetzt paß auf… Do steigst jetz nauf, bis i sog: Hoit! Und nachha sogst mir ois gnau noch... na werst glei sehng, wia schnell ois dei Zahnweh gor is ...«

Der Irgl stieg also auf den Frauenbirnbaum, bis ganz hinauf. Es fror ihn, daß er schlotterte da droben. Er winselte und jammerte.

»Hoit!« schrie der Pichelsberger-Michl drunten, und der Bub schaute herab. »Aiso gnau! ... Wos i sog ...!«

»Ja-ja ...!« gab der Irgl wehleidig zurück, und darauf schrie der Michl ganz langsam, grad wie wenn er das Litanei-Beten anfinge: »Mir tuat der Zahn weh.«

»Mir tuat der Zahn weh«, kam's von droben jammernd. Schon wieder fing der Irgl das Weinen an.

»Mir tuat er nimma weh ...« rief darauf der Michl abermals, und stotternd und schlotternd gab der Irgl zur Antwort: »Mi-i-hir tu-at a ni-i-himma weh ...«

»No, na steigst owa, Irgl«, sagte kurzerhand der Michl und ging weiter. Plärrend und belfernd schrie ihm der Irgl nach, aber wenn der Pichelsberger-Michl einmal nicht mehr hören mag, dann mag er ganz einfach nicht mehr.

II

Gemütsaufwallungen kommen nur bei unseren Kindern vor. Beispielsweise, wenn eins in einen Glasscherben hineingetreten ist und recht plärrt, oder wenn so ein »Bankert« zu weinen anfängt, weil er nicht mehr weiter weiß in dem Gedicht, das er zur Christbaumfeier oder beim Veteranentag aufsagen soll.

Nun ja, und daß die Weiber bei einer Beerdigung

weinen, das gehört sich ja schließlich, das heißt natürlich, wenn selbige zur Familie des Verstorbenen gehören. Das hat man immer schon gemacht. Und so mag man dann auch nicht sein, daß man bei einer solchen Gelegenheit einfach stockstarr hinsteht und nichts dergleichen tut, als wie wenn eine Leiche ins Grab kommt. Das geht nicht. Da macht man eben das gewöhnliche Trauerversammlungsgesicht und betet die üblichen Vaterunser, wie es der Brauch ist. Damit hat sich die Geschichte gehoben.

Aber das, was unsere Sommerfrischler seit neuester Zeit immer daherreden, das mit ihren Nerven, sowas gibt es bei uns nicht. Nerven, nervös! Das ist schon wieder sowas Neumodisches, so eine richtige Faulenzerkrankheit!

Da kommst du grad recht zu den feinen Leuten! Die haben alle Daumen lang ihre neuen »Sekten«. Die erfinden immer wieder was Neues, daß sie recht stinkfaul sein können und eine Ausrede haben. Dumm sind die ja soweit nicht!

Aber der Hauptmann-Hungersberger-Tochter, der hat es die Reblinger-Urschl ausgetrieben mit ihren Nerven! Erstens einmal spinnt die Hauptmann-Hungersberger-Vera nach unserer Meinung schon lang. Den ganzen Tag tut sie Klavierspielen in der Lehrer-Villa drüben und schreit dazu, als wie wenn sie wer gestochen hätte, rennt ein anderes Mal wieder herum von Haus zu Haus wie eine läufige Sau und redet auf die Leute ein, sagt, sie hat Kopfweh und Nervenschmerzen und dies und das. Du kennst dich direkt nicht mehr aus, wenn sie zu reden anfängt.

Und zweitens ist sie so saudumm und so kindisch wie die Nacht finster. Sie ist also einmal zur Reblinger-Urschl gekommen, die Vera, und fängt da an zu jammern und zu winseln, weil sie sich in die Hand geschnitten hatte.

»Ach, um Gottes willen! Was mach ich denn? ... Was mach ich denn, Fräulein Urschi! Was mach ich denn bloß! ... Schrecklich, dieses Bluten! ... Ich werd ohnmächtig! ... Schauen Sie bloß her, Urschi?«

Du kannst ihr sagen, was du willst, glauben tut sie alles, die spinnerte Hauptmannstochter. Die Reblinger-Urschl schaute mit pfiffiger Interessiertheit auf die verwundete Hand. Ein Schnitt war es, nicht der Rede wert.

»Hmhm, hobn's Iahna gschnittn, Frain Vera ... hmhm, dös is aba dumm, hmhm«, sagte die Urschl: »Do? ... Do müaßn's a Soiz draufstrahn, Frain Vera ... Dös huift ... Recht guat neistreicha ... Do vergehts glei...«

Auf der Stelle lief die Vera hinüber ins Lehrerhaus und streute Salz auf die Wunde. Die Reblinger-Urschl lachte wie besessen, als sie die damische Hauptmannstochter schreien hörte, und erzählte es dem Michl und der Reblingerin und die lachten ebenso. Gleich die Tränen kamen der Reblingerin.

»Herrgott, is dir dös a damische Matz, a dappige, ha- haha!« brummte der Michl, und die ganze Woche hatte man was zu lachen beim Reblinger. Von da ab verbot der Hauptmann Hungersberger der Vera das Von-Haus-zu-Haus-Laufen, und heuer im Sommer war sie nicht mehr zu sehen.

III

Irrtümlicher- oder böswilligerweise glaubt man woanders von uns immer, daß wir zur Schlagfertigkeit zu langsam sind. Mitunter aber kannst du das schönste Gegenteil davon erleben. Da geht es dir genau so wie dem Amplezer-Ferdl neulich beim Moderbräu.

Beim Moderbräu ißt man bekanntermaßen das beste Gulasch vom ganzen Gau. Die Wirtin kocht selber und ist eine »rasse« Persönlichkeit. Die wenn was sagt, das sitzt.

Der Amplezer-Ferdl bestellte sich also ein Gulasch, brockte sich sein Brot hinein und fing das Hinunterschlingen an. Richtig wie ein gieriger Hund schlampt er alles hinein. Er beugt sich über den Teller, schaut nicht mehr hinum und herum, hört und sieht nichts mehr und frißt.

Auf einmal, wie er mitten im schönsten Aufgabeln ist, geht im Gulasch ein Fetzen von einem Abspüllumpen her. Die Moderbräuwirtin stand gerade am Küchenschiebfenster, und der Ferdl zog den Fetzen extra auffällig mit der Gabel in die Höhe.

»Hja-a! ... Do schaug! ... Do is ja glei gor a Putzhodern drinn! ... Glaabstn, i friß Putzhoderngulasch!« fing er großmäulig zu spötteln an.

Aber zu der Moderbräuwirtin, da gehören andere Leute her als der Amplezer-Ferdl.

»Ja wart! Seiderne Tüachen tua i da jetz na nei, Rüappi, plärrmailerter! ... Weilst es du bischt!« gab ihm die zurück und schlug das Schiebfenster zu.

Der Spucknapf

Die meisten von uns älteren Münchnern erinnern sich gewiß noch daran, daß zu Königszeiten in den Wirtsstuben unserer besseren Gasthäuser noch runde, emaillierte Spucknäpfe existiert haben.

Dem Wopfner-Wiggl von Huglfing, der wo schon gutding über die Fünfzig gewesen ist und seit Jahr und Tag im Sommer ein schreckliches Hautjucken mit darauffolgendem nassem Ausschlag bekommen hat, weswegen er nie ein Weiberts zum Heiraten kriegen konnte – dem Wiggl haben die Leute geraten, er soll zum Doktor Berger nach München, einem weitbekannten Spezialisten für solcherne Krankheiten, hineinfahren, der heilt ihn sicher. Hübsch lang ist es hergegangen, bis sich der Wiggl auf das eingelassen hat, denn er ist noch einer von den sozusagen Uralten gewesen, und das nicht etwa seinem Alter, sondern seinem ganzen Gusto nach. Beim Militär haben sie ihn seinerzeit nicht brauchen können. Da ist er damals nach Weilheim zur Musterung gekommen, weiter aber nie. In der großen Stadt München ist er überhaupt nie gewesen, er hat eigentlich bloß Huglfing und wieder Huglfing und die Wirtschaften drumherum gekannt. Gelebt hat er seither, wie so ein notiger Kleinhäusler mit einer einzigen Kuh und einem kleinen Wiesengrund eben lebt. Im Sommer hat er sich – weil es selbigerzeit noch keine Mähmaschinen gegeben hat – als Akkordmäher bei den Bauern verdingt oder als Taglöhner in der Sandgrube vom Vierholzer gearbeitet.

An den Sonn- und Feiertagen ist er ins Hochamt gegangen, wenn jemand gestorben ist, auf dessen Leich, nachher ist er zum Unterwirt oder zum Bärenwirt hineingegangen, hat seine sechs bis acht Maß Bier getrunken und hie und da auch bei einem Haferltarock mitgespielt, aber bloß, wenn es um Pfennige ging. Ostern und auf Maria Lichtmeß hat er gebeichtet und kommuniziert, wie es sich für einen gutkatholischen Menschen gehört, basta.

Es läßt sich also denken, daß das Nach-München-Fahren und zum Doktor Berger zu gehen für ihn eine aufregende, schwierige Sache war. Indessen, alles wickelte sich einfacher und besser ab, als wie er sich es vorgestellt hatte. Der Doktor Berger war ein recht legerer Mensch, er hat ihm eine Salbe und etwas zum Einnehmen verschrieben und gesagt, damit muß sein Jucken und Ausschlag weggehen, garantiert. Die Krankheit, hat er gemeint, sei ja weiter gar nicht so arg, und er hat schon viele Patienten ausgeheilt mit seiner Salbe und den Pillen. Wenn die Untersuchung auch bare zehn Mark gekostet hat, diese Aussichten haben den Wiggl recht erleichtert, und wie er auf die Straßen gekommen ist, hat ihn das ganze Treiben um ihn herum viel couragierter gemacht wie beim Wegfahren aus Huglfing. Außerdem hat es aus jeder Wirtschaft, wo er vorbeigekommen ist, anheimelnd nach Gesottenem und Gebratenem gerochen und er hat einen argen Hunger und Durst gehabt. Kurzerhand ist er in so ein Wirtshaus hinein, hat sich an einen blühweiß gedeckten Tisch gesetzt, seine Pfeife aus dem Maul genommen und gewohnterweis auf den Boden gespuckt. Der befrackte Kellner ist dahergekommen, hat ihn ein bißchen sonderbar angeschaut und gefragt, was er wünscht.

»A Suppn und an Schweinsbrotn mit an Knödl und an Gurkensalot«, bestellt er, der Wiggl. Der Kellner notiert. Komischerweis aber ist er auf das hin in eine Ecke gegangen und hat ohne ein Wort dem Wiggl den blankweißen, runden Spucknapf auf den Fußboden hingestellt. Ganz kurz hat der Wiggl auf das weiße Ding, alsdann auf den feinen Kellner geschaut und schnell noch gesagt: »Und a Maß Bier, gelln S', Herr …«

»Bitte schön«, sagt der Kellner und notiert wiederum. Dem Wiggl hat es im Hals ein bißl gekratzt, und er beugt sich auf die andere Seite und speibt auf den Boden. Aber – sonderbar – da nimmt der hochnäsige Kellner doch schon wieder das blankweiße Haferl und stellt es vor den Wiggl auf diese Seite. Der hat gestutzt, kennt sich nicht recht aus, schaut auf das Haferl, alsdann wieder auf den Kellner, und weil derselbige gar so saudumm dreinschaut, sagt der Wiggl schier drohend: »Sie, Herr? Jetz wenn Sie dös Haferl net boi wegstelln, nachher speib i Eahna fei pfeilgrod eini, daß Sie's wissen!«

Und was sagt da der überspannte Frackmensch, was?

»Na, hoffentlich!« sagt er und geht stracks weg vom Tisch.

Da hat sich der Wiggl überhaupt nicht mehr ausgekannt, ist geschwind aufgestanden und hinaus zum Lokal. –

Aus unbekannten Motiven

Ich habe die Erinnerung an einen alten Schauspieler nie verloren. Ich lernte ihn damals kennen, als ich 1917 vom Kriegs- und Militärdienst entlassen worden war und kurz darauf eine Aushilfsbeschäftigung als Vorsortierer bei der Münchener Hauptpost fand. Er war ein ruhiger Mensch und hatte bereits die Fünfzig hinter sich. Auf der schmächtigen, kleinen Figur saß ein mächtiger, angegrauter Gnomenkopf mit weit wegstehenden Ohren. Aus den tiefgelegenen Höhlen schauten zwei melancholische, dennoch fast kalte graue Augen.

Ich habe zwei Erlebnisse mit ihm gehabt. Einmal, als ich in die Hauptpost trat, stand er dicht am Fenster, hatte ein kleines, rundes Taschenspiegelchen in der Hand und betrachtete sich darin. In der anderen Hand hielt er ein abgebranntes Streichholz und bestrich sich damit vorsichtig die Augenbrauen. Als er sich entdeckt sah, wandte er sich um und sagte mit seltsam bitterer Ruhe: »Schauspieler sind Huren. Sie müssen gefallen und treiben die Putzsucht ihr Leben lang.« Ich konnte vor Verwunderung nicht gleich etwas erwidern. Er steckte unterdessen rasch seinen Spiegel in die Westentasche, warf das Streichholz weg, zog etliche Male an seinen vorderen Rockschößen und sagte mit ironischer Würde:

»Entschuldigen Sie, ich habe ganz vergessen, daß ich bei der Post angestellt bin.«

Etliche Jahre später war ich Dramaturg und saß nun Tag für Tag in einem ziemlich vollgestopften Büro mit einem Buchhalter am gleichen Tisch. Als ich einmal morgens die Briefe der engagementlosen Schauspieler durchsah, fielen mir einige Rollenbilder auf. Ich betrachtete sie genauer und erkannte den Mann von der Hauptpost wieder. Kurz und sachlich bot er sich als Chargenspieler für Dienerrollen an.

Der Direktor sah die Fotografien und ebenfalls den Brief. »Hm. Er hat ein interessantes Gesicht. Aber, mein Gott, Diener brauchen wir nicht«, sagte er achselzuckend.

»Der war mit mir vor drei Jahren bei der Hauptpost als Vorsortierer«, erzählte ich.

»So, kann er etwas?« fragte der Direktor. Ich mußte lachen über diese komische Frage und berichtete bei dieser Gelegenheit meine Begegnung von damals. »Schreiben Sie ihm. Am End läßt sich was machen mit ihm.« Und ich tat es. Ich freute mich darüber. Einige Tage darauf kam Heinrich Wollgast, wie der Mann hieß, auf unser Büro. Er war sichtlich bestürzt, als er mich hier antraf, verbarg dies aber sofort wieder hinter seiner stolzen, verschlossenen Miene. »Wir kennen uns«, sagte ich, und das schien ihn zu ärgern.

»Ja, ja! Wir hatten schon einmal das Vergnügen«, sagte er gewählt und abweisend. Ich ließ dieses Thema fallen.

Sein Gesicht war sehr gealtert, und ich wette, daß er nur deshalb den Hut aufbehielt, weil es ihm unangenehm war, daß jemand seine grauen Haare sah. Auch als der Direktor hereinkam, lüftete er ihn nur ein klein wenig. »Habe ich mit Herrn Direktor Felber die Ehre? Mein Name ist Wollgast«, sagte er würdig, drückte Felber weltmännisch vornehm die Hand und ging mit ihm in dessen Zimmer. Der Buchhalter hob den Kopf und sah mich fragend an.

Schüchtern sagte er: »Der Herr paßt, glaub ich, nicht für uns. Der ist, mein ich, viel zu stolz für uns.«

»Und zu alt«, sagte ich. Ich meinte es nicht wörtlich. Wollgast schien mir vielmehr eine jener aussterbenden Mimengestalten zu sein, die ihrem ganzen Lebensgestus, ihrem Denken und Fühlen nach in die Hagestolzenzeit gehörten. Seine hochmütige Verschlossenheit hing sicher mit einer beinahe ererbten Vorstellung zusammen, der Künstler stehe über allem, genau wie der Geistliche, der Adelige oder der König. Das konnte der Buchhalter selbstverständlich aus meiner Antwort nicht herausgehört haben. Darum erwiderte er: »Ja, ja, zu alt ist er auch für uns ... Na, wie alt wird er sein? Fünfundfünfzig sicher?«

»Ja, das ist er gut«, sagte ich, gespannt, wie die Unterredung mit dem Direktor ausgehe, und horchte hin und wieder. Durch die verschlossenen Türen aber konnte man nur ein undeutliches Gemurmel hören. Endlich kamen die beiden wieder in unser Büro zurück. Wollgast hatte noch immer den steifen Hut auf dem Kopf und sagte in herablassendem Ton zu mir: »Meine Rollenbilder schicken Sie bitte an meine Hausfrau zurück. Hier ist die Adresse.« Damit gab er mir eine Visitenkarte. – Sein Name war sonderbarerweise durchgestrichen. Er wandte sich kurz und förmlich an den Direktor, lüftete den Hut und verabschiedete sich: »Guten Tag, Herr Direktor. Es war mir ein Vergnügen, Sie kennenzulernen!«

Vom Buchhalter und mir nahm er keine Notiz und ging zur Tür hinaus. Der Direktor blieb horchend stehen, bis die Schritte draußen verhallt waren. »Ein ausgespielter Mann! Tragisch, tragisch, so was!« sagte er. Und so, als schüttle er ein Unbehagen ab, zuckte er mit den Achseln und meinte wiederum: »Na, es gibt schwerere Fälle heutzutag ...«

Etliche Tage später stand in der Zeitung, daß sich ein Schauspieler Wollgast in der Isar ertränkt habe. Der Direktor, dem ich die Notiz zeigte, meinte, so was sei eigentlich einen Roman wert. Ich vergegenwärtigte mir noch einmal das Bild dieses Menschen. Ich erinnerte mich an die Worte »Schauspieler sind Huren«, und es rollte gleichsam das ganze Leben dieses Sonderlings vor mir ab: Sohn besserer Eltern mit geringen Mitteln, Schauspielerschüler, Herumgeworfensein in allen möglichen Provinznestern, Not und Elend, immer Dienerrollen, sicher allmählich überzeugt von seiner mangelhaften Begabung, nachdenklich werdend, klüger als seine erfolgreichen Kollegen, die ihn mit Herablassung behandeln. Er hat Unglück und Pech, die Zeit läuft ihm gewissermaßen unter den Füßen weg, allmählich steigert er sich in Haß und gänzliche Menschenverachtung hinein, wird irgendwo aus der Bahn geworfen und versucht es noch einmal bei uns. Dieses Mißlingen zeigt ihm, daß er überflüssig geworden ist. Er geht ab, stolz und verschlossen, ohne Begründung oder, wie die Zeitung schrieb, »aus unbekannten Motiven ...«

Inflation

Inflation, das hieß in unserer Bauerngegend: »Ünser Sach steigt im Wert.« Zu damaliger Zeit lernten wir recht unterhaltlich die ausländischen Währungen kennen und das Kurszettellesen.

»A so a Zeitung is a Kapital...!« sagte sich jeder.

Die Mark fiel, der Dollar stieg. In den Zeitungen stand jeden Tag, daß Deutschland am Ruin angelangt sei und – unter uns gesagt – Du hast Dich nicht ausgekannt, war jetzt der »sell gschroamäulert« Poincaré oder die Revolution oder die »preißische Regierungsbagasch« schuld.

»Noja... D' Schiaba und d' Judn hobn ois in dö Händ und wirtschaftn in iahnane Säck nei!... Ehvor net richti durchgriffa werd, werd's net anderscht, der Saustoi ruiniert üns no oisamm!« sagte dazumal bei jeder Gelegenheit der Ehringer von Atzing. Er hat seine vierzig Stück Vieh und den größten Hof, vollkommen schuldenfrei. Und jeder war seiner Meinung.

»I gib überhaaps nix mehr her für dös lumpert Papiergeld«, sagte sich jeder: »I sog amoi sovui, wenn's a so furtmacha mit iahnan Regiern, nachha kriagn ma ja doch an Staatsbankrott, aber d'Sach bleibt d'Sach und da Dollar bleibt an Wert...!«

Der Ehringer hat sich alle landwirtschaftlichen

Maschinen neu gekauft. Beim Lermer haben die vier Töchter neue Nähmaschinen und Fahrräder bekommen, der Leixner-Xaver hat einen Bechstein-Flügel gekauft und eine Biedermeier-Einrichtung, weil alles so schön poliert war. Der Schlemer-Wastl war einmal in der Stadt und kam und sagte beim Unterwirt: »Is ja weida koa Schodn... Und s' Geld is sicha oglegt...Jetz i hob mir zwoa Miethäusa kaaft...«

Und daraufhin wurde es allgemein üblich, daß man sich in der Stadt Miethäuser zulegte.

»Woaß der Teifi! ... Dö Sach gfoit ma net mit dera Regiererei... Mi kinna's gern hobn mit ihnan Entwertn... Ich deck mi ei, na is gsorgt für meine Kinda... Und selba mächt ma doch schlieaßli aa amoi sein Ruah hobn in dö oitn Täg... Jetz hob i's hoit amoi probiert mit a ran Hausstock«, erzählte kurz darauf der Argelsberger. Er besitzt heute vier Miethäuser in der Stadt. Die Inflation hat uns nicht weh getan, aber der Ehringer hat recht gehabt...

Einen Jux will er sich machen

In der Stadt Miethäuser zu kaufen während der Inflationszeit, das war besonders für den Kergler von Schmausdorf etwas Schönes. Weniger der Kauf selber und die üblichen notariellen Formalitäten, die es da zu erledigen gab, machten ihm Spaß. Diese Dinge gehörten eben dazu, aber – nachher, in den verschiedenen Wirtschaften bei Blechmusik und Weißwürsten, das war viel schöner. Das war so schön, daß es der Kergler am liebsten jeden Tag gemacht hätte. Meistens kam er von einer solchen Fahrt erst am andern oder gar am zweiten Tag heim. Einmal roch er derart nach Parfüm und Wein, daß die Bäuerin einfach nur mehr »Sauhammi, bremsiger!« sagen konnte. Es gab dazumal einen Streit, von dem das ganze Dorf erzählte.

Aber das war eine Ausnahme. Im Grunde genommen hat man für den Wein bei uns nichts übrig. Der Kergler bewies dies am besten damit, daß er von da ab nie mehr wieder in einem solchen Zustand heimkam. Er blieb wieder bei seinen Wirtschaften und Blechmusik. Beim Bier wenn er einmal sitzt, der Kergler, da hört er so schnell nicht mehr auf. Zehn und zwölf Maß trinkt er mit Leichtigkeit. Und weil man nach einem schönen Trunk fidel wird, fällt einem allerhand Jux ein. Die meiste Zeit passierte es, wenn der Kergler ein Haus gekauft hatte, daß er nachts nicht mehr zum Bahnhof fand. Heimfahren wollte er jedesmal, und eine Herberge nahm er sich deshalb nie in der Stadt. Also stand er zu guter Letzt meistens auf der Straße und torkelte dahin. Ab und zu hielt ihn auch ein Schutzmann an, wenn er zuviel Lärm schlug.

»Üjupp-üjupp-jupp ... jaja, freili, freili! Stad muaß ma sei ... freili, freili, dankscheen ... üjupp ... üjupp-jupp«, hauchte er dann gewöhnlich dem Polizeigewaltigen ins Gesicht und fragte in seinem Rausch nach der und der Straße.

»Do-do ... üjupp-ii-üjupp ... Do hob i nämli mei Haus, Herr-Herr Dokta ... Herr-Herr Wachmoasta ... jüpp-iü- jupp ...« erzählte er ihm und: »Dankscheen!« grölte er heraus, wenn ihm der pflichttreue Schutzmann die Straße gesagt hatte. Nach vielem Kreuz- und Querwandern gelangte er schließlich doch einmal vor das Miethaus, das er gekauft hatte. Er blieb stehen, schaute sich den Komplex an, rülpste und wankte und bekam mit der Zeit mitunter sogar die Türklinke zu fassen. Aber es war merkwürdig, die Tür ging nicht auf. Er konnte noch so rütteln und reißen daran. Direkt ärgerlich wurde er. Die Parterrefenster wurden schon hell. Aber weil es so lang dauerte, torkelte der Kergler an die Klingelplatte und – nun ja, wie es eben geht, wenn der Rausch einen hat – lehnte sich mit dem ganzen Rücken darauf.

Nacheinander wurden dann die Fenster hell und öffneten sich. Ein Fragen und Schimpfen fing an.

»Was ist denn los, zum Donnerwetter?!« schreit ein krächzender Oberbaurat konsterniert.

Was los ist? Hm!

Der Kergler hat sich einen Jux machen wollen. Was ist denn schon dahinter?!

»Schweinerei! Besoffner Kerl! Machen Sie, daß Sie weiterkommen!«

»Wo-os mächst, wos-wos?! ... Dös Haus ghärt mir, daß d'es woaßt, Hengl, windschelcha! ... Hoit dei Votzn oder i kündt dir ... ü-üjupp ... ü-üjupp!«

Schließlich kamen Leute herunter ans Tor und informierten sich. Die Sache klärte sich auf. Alles renkte sich nach einiger Erregung wieder ein.

»Wißt's ... i-i-i hob bloß gschaut, obs oisamm dahoam seids! ... Is scho guat... 's Haus ghärt nämli seit heunt mir, wüßt's ... nix für unguat ... üjupp-üjupp ... i hob bloß gmoant ... Guat Nacht beianand ... Guat-üjüpp-guat Nacht ...« murmelte der Kergler zufrieden und torkelte wieder weiter.

Den Jux machte er sich öfters. Es gab auch einige Gerichtsverhandlungen wegen Ruhestörungen, und der Kergler wollte die Leute auf die Straße setzen. Seit er aber erfuhr, daß dies nicht ginge, hat er das Miethäuser-Kaufen aufgehört...

Die Kur

Das ist ganz schön und recht – zum Doktor zu gehen, wenn einem was fehlt. Aber gegen den Tod haben diese studierten Herren auch noch kein Kraut gefunden, und was inwendig bei einem Kranken nicht in der Ordnung ist, das sehen sie die meiste Zeit nicht. Sowas findet bloß die Kohlhäuslerin von Walchstatt heraus. Da brauchst Du nicht mitten in der Woche neugewaschenes Unterzeug anzuziehen und Dich extra überall zu waschen. Überhaupts! Die Herren Doktoren! Was sie nur grad immer mit ihrem ewigen Waschen haben?! Die müssen richtige Säue sein! Bei der Kohlhäuslerin von Walchstatt, da gibt es das alles nicht. Die macht keine solchen Fissimatenten. Die untersucht überhaupt nicht so damisch. Da mußt Du auch gar nicht hingehen. Da brauchst Du bloß den Urin zu schicken, und die ganze Geschichte hat sich gehoben.

Einige natürlich, die gehen auch hin, so zum Beispiel der Haunreder von Muglfing. Der hat die Kohlhäuslerin aufgesucht. Von Muglfing nach Walchstatt geht man ja bloß zirka eine Viertelstunde.

Der Haunreder brachte ein Bierflaschl voll Urin mit und hat sich mit der »Traudl« – wie man die Kohlhäuslerin weit und breit heißt – über sein Leben unterhalten.

»Traudl«, hat er gesagt, der Haunreder: »Also, wenn i Dir's recht sog – I woaß überhaapts net, ob i noch an Mogn hob! ... Wenn i wos iß, dös is grod ois wia wenn i beim Fenster nausschaug ... I woaß übahaaps net, ob i wos g'essen hob oda net ... I hob koan Appatit und koan Gschmoch ... Dös Best derfst ma hinstelln – es rutscht hoit owi und i woaß net, hob i an Dreck gfressn oda an Koibsbrotn ...«

Ein Gesicht hat er dabei gemacht, genau so wie einer, der auf dem letzten Loch pfeift. Die Traudl hörte so beiläufig hin und goß unterdessen den Urin in ein Limonadenglas, hob es gegen das Fenster und schaute hindurch.

»Gelb wia'r an Oardottaling is er jedsmoi«, ließ sich der Haunreder inbezug auf seinen Urin vernehmen.

»Wia oit bischt denn jetz ...?« fragte ihn die Traudl.

»Vierasieberzg bin i geborn ...«, gab der Haunreder zurück.

»Is ja koa Oita ... knappe fufzg Johr ...« meinte die Traudl und fixierte ihn vom Kopf bis zum Fuß.

»Dös moan i ebn aa ...« brummte der Haunreder.

Und daraufhin gab ihm die Traudl zwei Maßflaschen voll Medizin mit.

»Do saufst a Quartl in der Früah noch'n Kaffeetrinka, a Quartl z'Mittog, noch'n Essen, und a Quartl auf d'Nocht, vorehst Di niederlegst«, sagte sie und meinte: »Dös werbn ma glei heraussen hobn, obst Du koan Gschmoch host ...«

Der Haunreder kam schon bedeutend besser aufgelegt nach Muglfing zurück. Er lobte die Traudl über alles. Am andern Tag fing er mit dem Einnehmen an. Genau hielt er sich an Traudls Vorschriften, und die Wirkung der Medizin war unglaublich. In der Früh spie er den Kaffee und mußte auf den Abtritt laufen, los ging es von hinten und von vorne, oben und unten, in einem fort. Er kam überhaupt nicht mehr aus dem Häusl. Kaum glaubte er, jetzt ist's zu End, kaum stand er auf und zog die Hosen hinauf, da – da fing's schon wieder an. Mittags war es das Gleiche. Und nachts zerriß es ihn schier. Direkt zum Narrischwerden war es.

»Herrgott, Herrgott, dös is ja dös reinste Höllnwassa …! Herrgott – Herrgott! Dös is ja grod wia direkta Urin …!« hauchte der Haunreder stöhnend, schwitzend und wimmernd. Da lehnte er wie ein Häuflein Elend. Mit knapper Not, daß er sich noch aufrecht halten konnte. Er soff das letzte Quart hinunter, mit aller Überwindung, und konnte erst am übernächsten Tag zur Kohlhäuslertraudl hinübergehen. Wie ein Halbtoter kam er bei ihr an.

»Traudl!« grölte er heraus, und schon spie er in großem Bogen von neuem. Schier den Magen riß es ihm herauf.

»Traudl!« wimmerte er zuletzt ganz und gar wie ausgewunden: »Dös reinste Gift! … Direkt wia der reinste Urin …! Herrgott, Herrgott, mei Mogn! Mei Mogn … Sowos Schlechts! Sowos Schlechts …!«

Die Kohlhäuslerin ließ ihn ruhig speien und stellte sich dann mannhaft hin. Saukalt kann sie schauen, die Traudl. Hundsmiserabel grob wie ein echter Doktor!

»So! ... Also ... an Gschmoch host? ... Und an Mogn a? ... Und so is's a nimma, ois wia wennscht beim Fenster nausschaugst ... also ...! Jetzt friß amoi an Koibsbrotn noch a ra poor Tog ...!« sagte sie, verlangte ihre zehn Mark, und aus war es.

Wehleidig kam der Haunreder nach Muglfing. Drei Tag hat er absolut nichts mehr essen können, aber dann ist's tatsächlich wieder aufwärts gegangen mit seinem Appetit. Und wenn Du ihn heut fragst über die Kohlhäuslertraudl – er schwört darauf, daß sie mehr wert ist als zehn Professoren.

Wer ist der Pfiffigere?

Der größte Luftikus und Faxenmacher im Schleizing-Ramdorfer Viertel ist der Heingeiger-Simmerl. Zugegeben, er übertreibt oft so, daß seine Spaßetteln fast ins Ärgerliche umschlagen, eins aber muß man ihm lassen, er hat den echten, unverwelklichen bayrischen Bauernhumor, er hat den geradezu zerschmetternden Witz des bayrischen Urbauern.

Ich will bloß eine Episode herausziehen, die den Heingeiger-Simmerl in seiner ganzen Art zeigt. Man muß wissen, daß der Simmerl eigentlich keinen festen Beruf hat. Er handelt. Er hat ein Häusl, ja, aber er hat kein Weib, er kennt so was wie Familie nicht. Er ist ein Einschichtiger und treibt sich in der ganzen weiten Gegend herum, vermittelt Heiraten, verdingt Dienstboten, weiß Neuigkeiten, ist ein ausgezeichneter Tarocker und Unterhalter, und wenn es grad dreinkommt, betreibt er Viehhandel.

Er ist immer unterwegs und kommt weit herum. Einmal sitzt er im Zug nach München, und der Partinger von Ramdorf ist mit ihm gefahren. Eine Station nach der anderen kommt, die Zeit vergeht, die Unterhaltung fließt gemütlich dahin, endlich kriegt der Simmerl Hunger. Er packt aus, zieht ein Mordstrumm Geselchtes aus seiner Joppentasche, ein

Scherzl Bauernbrot, zieht sein Stilett und ißt dem Patlinger was vor.

Der Partinger ist ein kreuzbraves Mannsbild. Wie er das Trumm Geselchtes sieht, will er den Simmerl abhalten.

»Simmerl«, sagt er: »Um Gottes willn, heunt ist doch Freitag! Is doch ein Fasttag! Fürcht dir doch Sünden, Simmerl! ... Dös is doch dö größt Todsünd, heunt a Fleisch z'essen...!«

Der Simmerl ist saukalt.

»Hm, was? Hm... Ja, mei Gott, Partinger... Wenn i so auf Reisen bin, do muaß i doch was Handfests zum Essen haben... Wenn i da Fleisch iß, dös is koa Sünd«, klärt er den Partinger auf und fangt also unangefochten zu essen an. Der Partinger – das darf hinwiederum nicht vergessen werden – ist ein gieriger und verfressener Mensch, und ein neidiger noch dazu. Läßt sich denken, daß ihm angesichts des saftigen Geselchten das Wasser im Mund zusammengeronnen ist. Aber er ist bei seiner Strenge geblieben und grantelt immer wieder auf den essenden Simmerl ein: »Also, also! Also so was, Simmerl! Simmerl, denk doch an dö zehn Gebote! Denk doch, was dös für a Todsünd is, an Fasttag a so brecha!«

»Ja«, fragt der Simmerl auf einmal abgebrüht: »Hm, wia is denn nachher dös? Magst net auch a Stückl, Partinger? Du werst doch auch Hunger haben, oder?«

»Hunger und Appatit ganz gwiß, aber i woaß, was mei Pflicht und Schuldigkeit is! ... Na, na, ausgschlossn!« wehrt sich der Partinger und läßt sich nicht erweichen, wenngleich ihm der Simmerl frecherweise, ja, man kann schon sagen, teuflischerweise ein aufgespießtes saftiges Stückerl Gselchtes unter die Nase hält: »Laß mir mei Ruah, Simmerl! ... Scham dich!«

»Ja... Es is ja scho lang her, daß ich in d' Schui ganga bin, Partinger... Ja, wia is denn dös?« fragt der Simmerl schlitzohrig: »Soviel ich woaß, gibts doch auch eine Dispensierung von dö Fastnpflichtn?«

Und wenn man sich über die Religion unterhält, da ist der Partinger immer zu haben, da wird er lebendig.

»Ja, ja, dös gibts auch, ja, ja... Wenn zum Beispiel a Mensch krank is und kann ganz einfach nix anders vertragn als a Fleisch... Oder, wenn zum Beispiel a Kriag is und es gibt nix anders als a Fleisch... Oder, sagn mir, wenn unvorhergehende Fälle eintreterten!« fangt der Partinger gradzu wie ein hochgebildeter Professor der Theologie das Auslegen an: »Wann... Hm, ja, wann?« Er fährt sich ins Haar, er sucht nach einem Einfall: »Hm, ja, zum Beispiel, wenn dich wer zwingt... Mit Gewalt zwingt... Sagn mir, uns tät jetzt wer gfanga nehma, und an Revolver oder 's Gwehr an d'Brust halten und verlangen: Entweder ös freßts dös Fleisch, oder i derschiaß enk! ... In einem solchernen Fall tät uns unser Herrgott verzeihen... Da wär dös Fleischessen an einem Fasttag absolut koa Sünd.«

»Soso, hm, sososo...« macht der Simmerl, würgt schnell ein Trumm Geselchtes hinunter und, wie nicht gscheit, setzt er urplötzlich dem Partinger das scharfe Stilett auf die Brust: »Sofort frißt du dös Gselcht, Partinger! Auf der Stell oder i derstich dich pfeilgrad! I mach koan Gspaß! Entweder frißt oder du bist in fünf Minuten a Leich!«

Schreckhaft glotzt ihn der Partinger an. Fuchsteufelswild schaut der Simmerl. »Do, friß! Sofort, marsch!« plärrt der Simmerl und stopft ihm ein Trumm Geselchtes ins Maul, das offensteht wie ein Starenkogel: »Do, marsch!« Der Partinger sagt nichts, er beißt, er kaut und schluckt. Zuerst geht es ein bißl zögernd, aber alsdann sehr schön.

»So, jetzt friß nur weita« befiehlt ihm der Simmerl. Er braucht es ihm aber gar nicht mehr so energisch anzuschaffen. Der Partinger hat den besten Appetit auf einmal. Den ganzen Rest vertilgt er.

»Hat's gschmeckt?« fragt der saukalte Simmerl und steckt sein Stilett in die lederne Scheide.

Der Partinger nickt.

»No, alsdann… Und Sünd is's jetzt auch koane… Zwang –«, sagte der Simmerl.

»Ja, ja, schon… Aber dös hättst auch schon früahrer macha könna, Simmerl«, sagt darauf der Partinger: »Dös bißl, was du mir überlassn hast, is ja net der Red wert gwesen…«

Und – wirklich – über sein säuerliches Gesicht zieht ein pfiffiges Lachen…

Der reingelegte Postbräuwirt

Beim Banzenwirt in Heinzhausen, das weiß man weltum, da gibts das beste und das gepflegteste Bier. Diesem Umstand verdankt der Banzenwirt seinen Zulauf, denn sein altmodisches, breit ausuferndes Haus steht nicht etwa, wie das weit moderner hergerichtete Postbräu, mitten im Pfarrdorf, es steht zirka fünf Minuten vom Dorf entfernt, einschichtig und wenig einladend hinten am Waldrand, seitab von der eigentlichen Distriktsstraße, welche von Heinzhausen nach dem Bezirksort Leiming führt.

Der Banzenwirt hat noch nicht einmal einen richtigen Eiskeller. Sein Bier und sein Fleisch, die Würst und die Erdäpfeln – all das liegt bei ihm wie bei einem richtigen Bauern im tiefen, dunklen Gewölbe unterhalb der Kuchl. Zwei niedere, nicht gerade sorgsam vergitterte Fenster verbreiten Licht in diesem Gewölbe. Man sieht sie von außen kaum. Sie liegen ja unter dem ebenen Boden. Nur zwei schmale Schächte bemerkt man, weiter nichts.

Daß beim Banzenwirt stets der Keller voll ist und vor allem, daß er an heiligen Zeiten die besten Sachen birgt, das weiß jeder. Daß der Postbräuwirt eine Sauwut auf seinen Konkurrenten hat, läßt sich auch denken, denn mag er tun, was er will – die

Bauern mögen seine »feinen Lokalitäten« nicht, sie hocken viel lieber in der verrauchten, grundgemütlichen, niederen Stube vom Banzenwirt. Da ist gar nichts »fein«, aber – wie sie in bezug auf das Bier und die schönen Portionen sagen, da »ißt man reell aus einem Teller und weiß, was man kriegt«.

Im Lauf der Jahre ist natürlicherweise der Postbräuwirt immer verbitterter geworden, denn alle geheimen Schikanen, die er gegen seinen Konkurrenten ausgeheckt hat, haben bloß ins Gegenteil ausgeschlagen. Zum Beispiel dieses dauernde Anzeigen wegen Polizeistundenübertretung, das Ausstreuen abträglicher Dinge und so weiter. Zwei- oder dreimal ist der hitzige Postbräuwirt vors Schöffengericht gekommen, und jedesmal ist er wegen übler Nachrede verurteilt worden. Der Banzenwirt blieb stets und ständig Sieger, und seine Beliebtheit stieg nur noch mehr bei den Bauern.

Gesotten und gebraten hat der Postbräuwirt vor Wut. Seine einzigen Gäste waren der versoffene Heingeiger-Silvan und der Taugenichts von einem Melcher-Peter. Aber die sind auch bloß zu ihm gekommen, weil er ihnen ab und zu etliche Maß Bier spendiert, um sie für seine dunklen Zwecke brauchbar zu machen. Einmal hocken sie wieder so im Bierstüberl beim Postbräu und hetzen auf den Banzenwirt. Der Wegwart Hausl ist reingekommen zur Brotzeit und hat sich hinten ins Nischerl gehockt. Er ist ein ruhiger Mensch, der Hausl, er mischt sich in nichts hinein und trägt nichts umeinander. Er hat sich – wenigstens hat es so ausgesehen – nicht drum gekümmert, was die drei, der Silvan, der Peter und der Wirt, redeten.

Ob er schon weiß, daß der Reblechner am Sonntag beim Banzenwirt draußen seine silberne Hochzeit abhält, hat der Silvan dem Postbräuwirt hinterbracht.

»Dös erste, wos i hör«, tut der Wirt verwundert, und schon schwellen ihm vor Neid und Wut die Schläfenadern an.

»Und grad herrichtn tut er, der Banzenwirt – schlachtn und Würst machen, grad wie zum Kirta«, sagt der Peter.

»Jaja, sein ganzer Keller is voll«, sagt wiederum der Silvan.

»Soso... soso«, besinnt sich auf einmal der Postbräuwirt und kriegt ein anderes Gesicht. Alsdann beugt er sich mehr in den Tisch, und es geht ein Getuschel los. So wichtig haben's die drei, daß sie den Wegwart ganz vergessen. Der steht endlich auf und zahlt und geht.

Wie er draußen ist, sagt der Postbräuwirt zum Peter und zum Silvan: »Also guat, jeder kriegt seine drei Mark und essen und trinka könnts, wos mögts, wenns nausgeht.« Die zwei schlagen ein.

Am selbigen Tag, nach Feierabend, ist der Wegwart Hausl zum Banzenwirt gekommen. Ganz wie zufällig.

»Soso... soso«, hat der Banzenwirt gemütlich gesagt, wie der Hausl erzählt hat: »Do, Haus, dö Maß Bier kost't nix.« Und »Vergelt's Gott« hat der Hausl gesagt und ist gegangen.

Das war am Freitag. Am Samstag drauf ist's komischerweise beim Banzenwirt früh dunkel geworden. Es schlagt zehn Uhr, es wird elf. Alles ist still weitum.

Hinten aus dem Holz sind zwei Männer gekommen und aufs Banzenwirtshaus zugegangen.

»Haut schon, Hansl... Loß dir Zeit«, hat der Banzenwirt zu seinem Mordstrumm Sohn gesagt und hat schier das Schnaufen angehalten. Die zwei sind in der dunklen Kuchl gestanden und haben in die leicht erhellte Nacht hinausgelugt. Die zwei Männer sind näher und näher herangeschlichen, bis ans Haus, bis zu den Kellerfenstern. Deutlich haben Wirt und Hansl das Reißen und Stoßen vernommen, haben gewartet, wieder gelust und sind ganz mäuserlstill bei der Kuchltür hinaus. Richtig, kein Mensch war mehr zu sehen, aber drunten im Kellergewölbe hat ab und zu ein Lichtstrahl aufgefunkt und auf einmal fliegt ein Trumm Fleisch um das andere aus dem Fenster: Ganze Kalbslenden, Schinkenhaxen, Würste.

Immer tut's einen dumpfen Bumbser auf den Boden. Und ruhig, als wie wenn gar nichts ist, heben Hans und Banzenwirt jedes Trumm wieder auf und legen es ganz leis in die Kuchl. Trumm für Trumm, Haxen für Haxen, Wurst für Wurst.

Endlich wird's drunten im Gewölb still, nichts fliegt mehr rauf. Schnell schleichen sich Banzenwirt und Hans in die Kuchl und warten lustig und gemütlich. Der Mond kommt vollends aus den Wolken. Schnaufen und Schaben hören die heimlichen

Lauscher, und auf einmal stehen die zwei Männer wieder vor den Kellerfenstern und suchen den Boden ab. Flüstern, deuten und suchen, suchen und halten auf einmal inne – stehn da, baff und starr und schaun einander ab. Kein Trumm, keine Wurst, radikal nichts finden sie.

Da macht der Banzenwirt gemächlich die Tür auf und sagt ganz gemütlich: »Saudumm, meine Herrn, wos? ... An schöna Gruaß an'n Postbräuwirt, guat Nacht!«

Zuerst stehn der Peter und der Silvan wie angepappt da, auf einmal aber gibt sich jeder einen Ruck, und – eins, zwei, drei – verschwinden sie in großen Sätzen im Holz hinten. Laut und scheppernd lachen ihnen Banzenwirt und Hans nach, direkt ein Echo gibts...

Der »Streich« hat dem Postbräuwirt sein ganzes Renommee gekostet. Jetzt lacht jeder Mensch über ihn.

Das Hochzeitsgeschenk

Beim Moser in Tiefenbach geht es seit Urgroßvaterszeiten brauchmäßig zu. Brauchmäßig, aber ungemein knauserig. Das weiß man in der ganzen umfänglichen Pfarrei. Geld und Sach, das sind für einen Moserischen heilige Dinge. Etwas davon herzugeben faßt man als Dummheit und Leichtsinn auf.

Mitunter aber gibt es doch Bräuche, wobei man etwas »spenden« muß. Zum Beispiel, wenn ein naher Verwandter oder Nachbar Hochzeit hat. Solche Anlässe sind dem Moser grundzuwider, da geht er mit einem verdrossenen Gesicht herum. Er überlegt hart und verbittert, wie er am billigsten wegkommt, und erst nach Wochen kommt er wieder einigermaßen ins Gleichgewicht. Zu solchen Zeiten wird er sogar mit einem Male ganz modern und schimpft aus sich heraus: »So was sollt scho lang abgeschafft werdn! Heutzutag hat man nichts mehr zum Herschenken!« Die Zenzl, seine Bäuerin, gibt ihm vollauf recht. »Aber«, meint sie, »mein Gott, was will man macha! Brauch is Brauch.«

An den Gesichtern der heranwachsenden Kinder – des Bartl und der Liesl – sieht man, daß sie haargenau so denken wie Vater und Mutter. Nehmen – ja, aber was hergeben – pfui Teufel! Es läßt sich also denken, wie grantig der Moser war, als die Hochzeit vom Beigeordneten Georg Windel, seinem honorigen Nachbarn, herannahte. Der Windel, gut in den Fünfzigern schon, baumstark und gesund um und um, war seit vier Jahren Witwer und hätte eigentlich, nach der Meinung vom Moser, das neuerliche Heiraten am allerwenigsten notwendig gehabt. Seine drei Kinder waren schon lang so weit, daß sie ihm jeden Dienstboten ersparten. Er lebte gut mit ihnen zusammen, der Hof war im Stand und fast schuldenfrei.

»Hätt er's allein nicht viel schöner, der Kindskopf, der?« raunzte der Moser und setzte die Zukünftige vom Windel, die Remeisl-Marie von Torfen, in jeder Hinsicht herab. Vielleicht auch deswegen, weil allseits bekannt war, daß sie einen schönen Batzen Geld mitbrachte.

»Hmhm«, stimmte die Moserin zu, und unglücklicherweise erinnerte sie daran, daß man um ein Hochzeitsgeschenk nicht recht herumkomme. Da zerrann dem Moser das Gesicht wie kochender Leim. »Dös a noch!« knurrte er und brachte vor lauter Ärger kaum den Brotbrocken, an dem er kaute, hinunter. »Was gibt man jetzt da?« fragte seine Bäuerin. Mißgünstig fingen sie zu überlegen an.

Der Bartl meinte, ob er vielleicht etliche Fotografierahmen mit der Laubsäge machen solle, so was sei am billigsten. Die Liesl setzte dazu: »Ja, und vielleicht könnt man etliche Heiligenbilder beim Buchbinder in Loffelfing kaufen und gleich in die Rahmen hineintun.«

Hingegen der Moser äußerte noch verdrossener, daß sicher jeder recht protzen wird mit seinem Hochzeitsgeschenk und sich in weiß Gott was für unnütze Kosten stürzen. »Und so kann unsereins auch net hintenstehn!« schloß er vergrämt. Kurzum, man kam zu keinem Ende. Nach was aussehen mußte das Hochzeitsgeschenk, und kosten sollte es wenig. Endlich kam der Moserin die beste Idee. Nämlich droben in der Ehekammer hingen zwei große, noch sehr gut erhaltene Hinterglasbilder. »Die heilige Maria« und »Der schmerzhafte Jesus«. Und richtig: Die schenkten sie dem Nachbarn. Sie lagen alsdann unter den vielen Geschenken auf dem Hochzeitstisch vom Windel beim »Postbräu« im Saal.

Ein Beigeordneter, der, wenn es sein muß, den Bürgermeister vertreten kann, ist eine gewichtige Persönlichkeit. Und zu jetziger Zeit gar, wo es heißt, die Demokratie muß in Schwung kommen. Deshalb kam auch der neugebackene Bezirksamtmann Dr. Simon Schmalinger von Loffelfing höchstpersönlich zur Hochzeit. Er tat sehr leutselig, und das wurde recht beifällig aufgenommen. Er schritt den großen, weißgedeckten Geschenktisch ab und blieb auf einmal ganz entzückt stehen, so entzückt, daß es allen auffiel. »Hm, das ist ja ganz was Fabelhaftes, Herr Windel«, sagte er und griff nach den zwei wunderschönen Hinterglasbildern. »Das sind ja wahre Kostbarkeiten. Der Spender muß einen ganz großen Kunstverstand haben. Direkt verlieben könnt ich mich in die Bilder. Auf der Stelle würd ich sie kaufen, wenn sie zu haben wären!«

Die umstehenden Bauern staunten stumm. Die zwei Moser-Eheleute aber glotzten. »So, von Ihrem Nachbarn Moser haben Sie das schöne Geschenk? Respekt, Respekt!« hörten sie den Bezirksamtmann sagen, und ehe sie sich besinnen konnten, wandte sich der hohe Herr an sie. »Herr Moser, bravo! Die Bilder sind ganz große Seltenheiten ... Ich sammle seit Jahren solche echte Volkskunst. Wenn ich die zwei prachtvollen Stücke gesehen hätte und sie wären Ihnen feil gewesen« – er stockte und fragte interessierter: »Sagen Sie, haben Sie vielleicht noch so schöne Stücke? Hundert Mark für eins zahl ich gern.« Dem Moser und der Moserin blieb schier die Luft weg.

»Sie haben noch?« fragte der hohe Herr drängender. Aber der ganz und gar zerschmetterte Moser konnte nur noch den massigen Kopf schütteln.

»Schade, sehr schade!« meinte der Bezirksamtmann und wandte sich wieder an den Windel.

»Wos, hundert Mark für so a Bildl will er mir gebn?« raunte der Moser todgiftig heraus und musterte seine Bäuerin mörderisch. »Und so was schenkst du einfach her?« Er war ganz blaß und wußte kaum mehr aus und ein.

»Girgl!« sagte er alsdann zum Windel und zupfte ihn am Arm, »Girgl, i gib dir wos anders. Ganz gwiß!« Und schon griff er nach den Bildern. Aber der kreuzfidele Hochzeiter lachte bloß und hielt ihn zurück. »Nana, liaba Peter! Dös gibt's net! Gschenkt ist gschenkt!« Alle, die herumstanden, lachten schadenfroh, was den Moser ganz grimmig machte. Grob drängte er sich an den Tisch und erwischte den Rahmen von der »Heiligen Maria«. Resolut klemmte er das Bild unter den Arm, so fest, daß es knackte. Der Windel riß daran. Blindwütig wehrte sich der Moser, und da zerbrach das schöne Glas. »Um Gottes willen!« plärrte die Moserin.

»Aber, aber!« rief der Bezirksamtmann. Doch es war schon zu spät. Im Nu gab es eine Rauferei. Schleunigst machte sich der Bezirksamtmann davon. Im Saal vom »Postbräu« blieb kein Stuhl mehr ganz, und zuletzt wußte keiner mehr, gegen wen er raufte.

Fast drei Wochen ging der Moser mit einem geschwollenen Kopf herum, und es läßt sich denken, daß er seitdem mit dem Windel verfeindet ist. Seine Bäuerin kann er auch nicht mehr leiden, und oft muß sie hören: »Ja, du! Du ruinierst mich noch faktisch, du leichtsinniges Weibsbild! Zwoahundert Mark wirfst einfach beim Fenster naus!« Jeder Humor ist ihm vergangen, dem Moser. Bloß wenn er manchmal durchs Fenster auf das Windelhaus lugt, raunzt er etwas schadenfroh: »Aber erwischt hot er dö Bildl doch net. Grad recht gschieht ihm. Z'letzt hat er nur Glosscherben ghabt!«

»Holde Eintracht - -«

Wenn man auf der Distriktsstraße von Argelsried über Allkirchen und von da aus westwärts geht, dann kommt man nach Asamhausen. Dort steht, gleich am Dorfeingang, schroff an der Straße, der weitläufige Lufflfingerhof. Erkenntlich ist er dadurch, daß an seiner Giebelmitte ein meterlanges Kreuz angebracht ist. Im Hohlraum, den der Rücken des Heilandes bildet, sind die Stangen von den zwei weißblauen Fahnen angenagelt, die links und rechts herunterhängen. Der Lufflfinger hat es, seitdem er gut aus dem Krieg zurückgekommen ist, mit unserem Herrgott genau so wie mit unseren geliebten Landesfarben. Darum seit Jahr und Tag die Fahnen. –

Vor jetzt sechs Jahren heiratete der damalige Heimkehrer die Berzinger-Moni, die um diese Zeit Dirn auf dem Hof war. Ein lediges Kind hatte sie schon, aber das machte dem Peter weiter nichts aus, denn die Dirn war eine auffällig fromme Person, beichtete und kommunizierte jeden zweiten Sonntag und interessierte sich nach der glücklichen Heimkehr des Peter derartig um dessen Seelenheil, daß er sie nach dem zweiten, gemeinsamen Wallfahrtengehen nach Bennoberg ehelichte. Zirka zwei Monat darauf gab es bei den jungen Lufflfingers eine Kindstaufe, und sinnig- und frommerweise ließ man diesen ersten Ehesproß »Beni« taufen.

Man lebt beim Lufflfinger zusammen. Du hörst die ganze Woche kein unrechtes Wort. Die Moni ist ein lustiges, verträgliches Weib und lacht den ganzen Tag, seit sie Bäuerin ist. Sie ist auch keine von denen, die, wenn sie einmal eine gute Partie gemacht haben, von ihren Schwestern nichts mehr wissen wollen.

»I moan, Peta, es is doch bessa, mir nehma meine zwoa Gschwistert ois Dirna... Do is ma nachha unteranand und woaß, wos ma hot«, sagte sie kurz vor Lichtmeß zum Peter, und der lachte ein wenig, zwinkerte und nickte: »Noja, nimmscht ös hoit.«

Die zwei Berzinger-Schwestern wurden Lufflfinger-Dirnen. Stramme Weibsbilder waren sie, gut in den Zwanzigern. Es verging schiedlich und friedlich ein Jahr. Bei der Moni war's wieder soweit, daß man auf ein Kind wartete. Der Peter fing wieder an, sich sehr um die Religion zu kümmern, und weil er mit den Berzinger-Schwestern ausnehmend zufrieden war, durfte die Marie, die älteste davon, mit ihm nach Bennoberg wallfahrten gehen. Ganz alert kamen die zwei wieder heim am andern Tag und brachten eine gipserne Muttergottes für die Bäuerin mit und für die Leni einen silbergefaßten Rosenkranz.

Damit aber die Leni auch nicht leer ausgehe, nahm der Lufflfinger sie einige Wochen darauf mit in die Stadt hinein zum »Sechsertag«. Dort war es sehr fidel, und da traf der Peter einen Kriegskameraden, den er als Knecht mitbrachte. Es schaute aber fast so aus, als wie wenn die Leni mehr Interesse für den Letzteren gehabt hätte. Wenigstens machten die zwei in der Folgezeit bei jeder Gelegenheit Spaßetteln miteinander, und der Peter sagte einmal zur Leni: »Dös waar koa unrechts Mannsbuid für Di … I tat enk schließli scho unter d'Arm greifa …«

Die Leni lachte ihn zweideutig an und meinte bloß: »Naja, is ja aa oana vo dö Sechser wia Du …«

»Mach nu, Lenei«, sagte der Peter darauf und zwinkerte mit dem rechten Auge.

»Noja … soweit kennt ma ja no nix! Stad müaß ma hoit sei, daß er's net spannt«, lispelte ihm die Leni ins Ohr, und der Lufflfinger nickte.

In dieser Nacht wurde es auf einmal der Marie so schlecht, und die ganzen anderen Tage mußte sie sich erbrechen. Die Bäuerin schaute sie an und sagte, den Säugling von der Brust wegnehmend: »Is denn wos los mit Dir …?«

Und die Marie nickte.

»Ja-ja …? … Do derfst glei hoamfahrn … d'Leni is ja aa soweit mit'n Knecht«, sagte darauf die Lufflfingerin, und als der Peter hereinkam und so kleinlaut lachte und sich nicht recht aufschauen traute, meinte sie: »Jetz ös machts schöne Sachan… Do derfst es scho glei hoambringa …«

Einige Tage darauf brachte der Peter Lufflfinger die Marie auf die Bahn nach Riegelberg und fuhr mit ihr ins Niederbayrische hinunter zu den Schwiegersleuten.

Die Leni heiratete kurz nach Monatsende den Knecht und sie kauften sich im Riegelberger Moor ein Gütl. In bestem Einvernehmen leben die Lufflfingers mit ihren Schwagersleuten, den Reimsbachers, zusammen. Die Leni brachte ein Mädchen zur Welt, und der Lufflfinger ist ganz verschossen in das Schwagerskind. Es sieht ihm heruntergerissen ähnlich.

Nach zirka einem Jahr kam die Marie wieder aus dem Niederbayrischen herauf und dient seitdem genau so wie vorher als Dirn beim Lufflfinger. Ihr Kind – ein Bub, auf und nieder der Lufflfinger – ist auch im Haus seit dieser Zeit, und der Bauer mag es besonders gut leiden ...

Schiedlich und friedlich lebt man auf dem Lufflfingerhof seitdem ...

Des Pudels Kern

Lange Zeit bevor er amtlicherseits die Wirtshaus-Konzession bekam, betrieb unser Nachbar, der Windl, einen Flaschenbier-Handel. Ins Windlhaus kam ab und zu der eine oder andere Hausierer. Der Gendarm von Starnberg kaufte sich an heißen Sommertagen manchmal eine Flasche Bier, und öfter machten auch zwei oder drei unbekannte, lärmend auftretende, sogenannte »christliche« Viehhändler dort Besuch, die sich offenbar mit der Windlin ausgezeichnet verstanden. Nicht selten blieben sie über Nacht, soffen und krakeelten und kamen erst am anderen Tag in die umliegenden Bauernhäuser, um einen Handel abzumachen. Die großen Bauern aber handelten mit ihrem Vieh untereinander; ihre »Menzkühe« und Schlachtochsen bekam der Klostermaier von Aufkirchen, und die kleinen Bauern und Häusler waren Kunden vom »Jud Schlesinger«. Den kannten sie seit langen Jahren, keiner von ihnen war jemals durch ihn zu kurz gekommen. Der Schlesinger war reell, sie achteten ihn wie ihresgleichen; viele schuldeten ihm Geld, aber er drängte nie. Und er war ein Mensch, der sein Geschäft und die Bauern verstand. Die Bezeichnung »Jud Schlesinger« hatte nicht im Geringsten etwas Herabminderndes, sie war lediglich eine Berufsbezeichnung.

Der Schlesinger war weitherum sehr beliebt, und man zollte ihm den größten Respekt.

Aber diese neuen Händler – mein Gott!

Statt in den Stall kamen sie in die guten Stuben getrampelt und hielten die Leute von der Arbeit ab. Ihre freche Überheblichkeit, ihre rohen Zoten und zudringlich obszönen Scherze, die sie mit den Mägden zu machen versuchten, stießen jedermann ab. Die Bauern haßten und verachteten sie. Das brachte die konkurrenzneidigen Händler gegen den Schlesinger auf. Sie verdächtigten ihn und setzten seine Kühe herab.

»Der Saujud, der windige! ... Der Halsabschneider!« plärrten sie: »Wartet nur ab, einmal schnürt er euch schon die Luft ab!«

Das war zuviel.

»Was? ... Jud? ... Der Schlesinger ist ein reeller Mensch, basta!« schrie der Bauer: »Und was seids ihr? ... Ungehobelte Sautreiber! Bleibts nur beim Windl! Vielleicht kauft euch der was ab!«

Enttäuscht und ernüchtert kamen die Händler zum Windl zurück. Beim Hereinbruch der Nacht fuhren sie zum Dorf hinaus.

Es vergingen Wochen. Das Frühjahr stand klar am Himmel. An einem Nachmittag, als es schon zu dämmern begann, fuhr der Schlesinger vor unsere Stalltüre. Damals ließ unser Vater gerade das Haus vergrößern. Der Schlesinger staunte, wie weit der Umbau schon gediehen war.

»Na, Bäck, du machst dich ja jetzt ganz groß, was?« rief er. »Jaja, da heißt's wiederum rackern, bis ich das herausbring, was ich da hineinsteck«, meinte mein Vater und murmelte etwas verlegen: »Geh, Schlesinger, du siehst ja, die Bauleute wollen ihr Geld. Ich kann dir diesmal bloß die Hälfte von der ausgemachten vierteljährlichen Abzahlung geben.« Er sah dem Händler unsicher ins Gesicht.

»Die Hälfte? ... Ja, das ist ja großartig! Ich hab gemeint, ich krieg nicht einmal ein Viertel!« tat der Schlesinger erstaunt und nahm eine Prise aus der Tabaksdose, die ihm mein Vater hinhielt.

»Wart«, sagte der Vater wieder und überlegte, »oder willst nicht hereinkommen, dann geb ich dir das Geld?« Aber der Schlesinger wartete. Er ging nie in ein Haus. Der Stall und nichts anderes war sein Berufsfeld.

»Adjes, Bäck! Und viel Glück zum Bau!« rief er, als er sich auf sein leichtgefedertes Wägelchen schwang, und fuhr rasch davon.

Am andern Tag brachte die alte Klostermaier-Zenzl, die stets das Fleisch von Aufkirchen in die umliegenden Dörfer trug, die Nachricht, daß man den Schlesinger im Holz hinter Aufhausen erstochen aufgefunden habe.

»Er ist ganz blutig auf der Straße gelegen ... Zwei oder drei Stiche hat er ... Kein Mensch hätte es gemerkt, wenn das Roß mit dem leeren Wägerl nicht zum Heimrath gekommen wäre.«

»Und wer ihn erstochen hat, das weiß man nicht?« fragte mein Vater benommen. Wir alle starrten wie entgeistert auf die Zenzl.

»Vorläufig liegt er bei uns im Feuerwehrhaus ...

Jetzt wird von Wolfratshausen die Untersuchungskommission schon da sein«, schloß die Zenzl und legte das bestellte Fleisch auf die escherne Tischplatte.

Abgesehen von dem Aufsehen, das der Mord weit herum erregte – die kleinen Bauern und Häusler im ganzen Pfarrgau trauerten genauso aufrichtig um den toten Schlesinger wie unser Vater und wir alle. In diese Trauer aber mischte sich auch eine bange, unsichere Besorgnis, denn die meisten sagten sich: »Jetzt werden wohl die Erben das Geld schnell eintreiben.« Auch unseren Vater bedrückte dieser Gedanke sehr. Denn jetzt, wo das Geschäft fast nichts einbrachte und das Baugeld knapp geworden war, bedeuteten fünfzig Mark eine riskante Summe.

Aber merkwürdig – die Polizei forschte, zum Windl kamen einmal zwei Gendarmen und blieben verdächtig lange, in den Nachbarhäusern und bei uns fragten sie herum und erfuhren nichts; es hieß auch einmal, die »christlichen« Viehhändler seien verhaftet worden – merkwürdig, die Wochen strichen hin, aus dem April wurde der Mai, indessen von irgendeinem Schlesingerschen Erben hörte man nichts. Es stellte sich schließlich heraus, daß der Viehhändler Junggeselle gewesen war und nur noch einen Bruder im fernen Amerika gehabt habe, der aber so gut wie verschollen sei. Schlesingers Vermögen fiel der jüdischen Gemeinde zu, aber niemand trieb die Schulden ein. Die Bedrückung wich, das pietätvolle Andenken an den »Jud Schlesinger« lebte in jedem Haus. Der Tote wurde das Beispiel eines wahrhaft ehrlichen, guten Mannes.

Freilich – wie das nun schon einmal zu gehen pflegt, wenn aus einer allgemein bedrohlichen Sache auf einmal ein unverhoffter Vorteil für jeden Einzelnen entspringt – ganz im Geheimen waren die Schlesingerschen Schuldner auch wieder zufrieden mit dem Mord – aber keiner sagte das jemals …

Der unheilige Spuk

Imsing ist ein ziemlicher Marktflecken im Niederbayrischen. Es geht schier schon städtisch dort zu. Und weil Imsing zudem noch ein Eisenbahnknotenpunkt ist, treffen sich dort die Geschäftsreisenden aus vielen Himmelsrichtungen. In Imsing aber gibt es eigentlich bloß ein »Hotel«, das wo einigermaßen komfortable Zimmer besitzt. Es ist das die »Gastwirtschaft, Restauration und Pension« vom Simon Reblechner. Die anderen Wirtschaften werden nur von Einheimischen frequentiert. Gewiß, man ißt bei ihnen gut, man kriegt ein gepflegtes Bier, aber eben – was so Geschäftsreisende beanspruchen – das gibt es bei ihnen nicht, nämlich Fremdenzimmer.

Es läßt sich also leicht denken, daß der Reblechner ein reicher Mann ist und grad durch seine Umsicht bei den Reisenden größte Beliebtheit genießt. Er kennt jeden seit Jahr und Tag, er weiß seine Wünsche, er ist kulant und man kann sich auf ihn verlassen. Was er einmal versprochen hat, das hält er.

Einer seiner ältesten Gäste ist der Joseph Geiringer aus München, Reisevertreter in Stoffen und Wirkwaren. Es gibt selten einen legereren Menschen, einen besseren Tarocker und lustigeren Witzeerzähler als den Geiringer. Wenn er beim Reblechner absteigt, rührt sich was in der Gaststube. Da – kann man sagen – funkelt es grad so vor Unterhaltlichkeit.

Neulich kommt der Geiringer auch wieder einmal auf der Fahrt ins Passauische beim Reblechner in Imsing an.

»Also, Simmerl, bhalt mir mein Zimmer«, sagt er zum Wirt und macht sich, fleißig wie er nebenbei ist, auf die Geschäftstour.

»Wann kommst d' denn zrück, Sepp?« fragt der Reblechner.

»No, wann? ... Auf d'Nacht halt! Es kann spät werdn... Leider!« instruiert ihn der Geiringer.

»Is schon guat!« sagt der Wirt.

An jenem Tag aber – wie der Teufel es wollte – ist ein fürchterliches Gewitter gekommen, und unerwartet sind eine Masse Leute um Unterkunft zum Reblechner gekommen.

Bei dem allgemeinen Wirbel hat der Wirt ganz und gar auf seinen guten Freund Geiringer vergessen und unschuldigerweise auch dessen Zimmer vergeben.

So um zehn Uhr kommt der Geiringer tropfnaß daher. Der Reblechner fällt schier um: »Herrgott, Herrgott, jetzt hob ich dich doch ganz und gor vergessn, Seppi! Ganz und gor! ... Hmhmhm! Und in deinem Zimmer, do schlaft jetzt der Herr Amtsrat Benzl schon... Ich konn ihn net mehr ausquartiern. Er fahrt morgen in aller Früh auf Passau weiter! ... Herrgott, Herrgott, gleich 's Hirn könnt i mir einschlogn, Seppi! Wos mach ich jetzt mit dir? Wo bring ich dich jetzt unter?«

»Is denn radikal gor nix mehr frei? Überhaupts nix?« hat der Geiringer finster gefragt.

Der Reblechner hat hinum und herum gedrückt und sich in einem fort an der Schläfe gekratzt: »Tja, hm, tja, mei... frei? Frei is schon noch ein windigs Kammerl, aber do konn ich dich net neilegn, Seppi... Dös kann i net verantwortn.«

»Wos? Net verantwortn? Warum denn?« wird der Geiringer neugierig.

»Tja, mei, mei... In den Kammerl drobn, do-do-do nämlich gehts um, Seppi! Do spukt's drinna«, klärt ihn der Reblechner auf.

»Umgehn? ... Wos? Ah, mach keine solchern Dummheitn! Her damit!« hat der Geiringer drauf bestanden und geschimpft auf den ganzen blöden Aberglauben. »I bin saumüd und möcht a Bett, basta! Her mit dem Kammerl! Und wenn zehn Teufl drinna sind!«

Auf das hin hat ihm also der Reblechner das Kammerl, ganz oben unterm Dach, gegeben. Der Geiringer hat sich umgezogen, hat sein Nachtmahl vertilgt und sich niedergelegt. Im Nu ist er eingeschlafen.

Aber – wie wird ein so guter Wirt wie der Reblechner lügen! – also Punkt zwölf Uhr, auf einmal schreckt der Geiringer aus dem Schlaf und richtig, es steht ein ganz passabler Geist vor ihm. Weiß, stangenlang, dürr. Steht da, faßt den Geiringer am Arm und haucht raus aus sich: »Ich bin ein Geist!«

Der Geiringer reibt sich die Augen aus und schaut baff, aber absolut nicht erschreckt. Ein saukalter Mensch ist er, der Geiringer.

Diese geradezu würdelose Ruhe des Reisenden bringt den Geist in Harnisch. Er packt den Geiringer grober an, schüttelt ihn fast und raunt abermals: »Ich bin ein Geist!« Unerschrocken glotzt ihn der Geiringer an. Respektlos. Frech!

»Ein Geist bist du?« fragt er, der Geiringer, und richtet sich kaltblütig auf in seinem Bett.

»Ja! Jawohl, ich bin ein Geist!« faucht jetzt die Erscheinung im Dunkel grob. »Ein Geist bin ich!«

»No«, sagt drauf der Geiringer seelenruhig, »no, wannst bloß ein Geist bist, nachher leckst mich auch im Arsch! A Mensch hätt i braucht, bleedsinnigs Viech, bleedsinnigs!«

Und rasch holt er aus und haut dem weißen Etwas eine Mordstrumm Watschn herunter. Wie auf einen Blaser ist auf das hin der Geist entschwunden.

Der Rat des Weisen
Eine Sinngeschichte
für plumpe Liebhaber

Zu einem Weisen, erzählt eine tiefsinnige Fabel, kam ein Jüngling mit übervollen Samensträngen und voll Verlangen nach einem Weib.

»Sage mir«, fragte der Jüngling: »Was soll ich tun? Ich könnte beglücken viel hundert Weiber mit meiner Kraft, und ich finde keinen Anfang und kein Ende.«

»Gehe hin und nimm ein Weib. Ein einziges«, gab ihm der Weise zur Antwort.

»Ein Weib? Ein einziges?!« rief der Jüngling wie spottend und straffte voll Hochmut die Muskeln seines Körpers.

»Ein einziges«, wiederholte der Weise: »Und schenke ihm deine Kraft dein Leben lang.«

»Meister, deine Rede ist dunkel«, sagte der Jüngling: »Ich fasse sie nicht.«

»Nicht in der Vielzahl, in der Einzahl erprobt sich die wirkliche Kraft«, belehrte ihn der Weise: »Viele Weiber sind eines, aber eines kann nichts anderes sein als die Summe der vielen. Siehe, diesen Apfel zerschneide ich und esse ein Stück, und es schmeckt nicht anders als die weiteren Stücke. Aber ich kann diesen Apfel wie jede Frucht auf vielerlei Weise zu einem wohlschmeckenden Gericht machen, und er wird meinem Gaumen nicht nur mehr Labsal allein, sondern höchster Genuß sein.«

Staunend sah der Jüngling auf den Weisen und wußte kein Wort zu sagen.

»Nun geh«, sagte dieser: »Nimm ein Weib, das dir an Kraft nicht nachsteht, und mache es dir schmackhaft.«

Da ging der Jüngling denn hin und befolgte seinen Rat. Lange Jahre war er grenzenlos glücklich. Er und sein Weib erblühten aneinander und waren zu jeder Stunde ganz eins. Aber es begab sich, daß sie nach vieler Zeit und tausendartigem Glücke doch müde wurden und trachteten, daß jedes seines eigenen Willens Weg gehe.

Da kam der Jüngling als verdrossener Mann wiederum zum einsamen Weisen und schalt ihn einen unwissenden Lügner. Siehe aber, dieser ward nicht verwundert darüber.

»Tor, der du bist!« rief er schier höhnend: »Merkst du jetzt, daß deine Kraft nur Trug war? Ich aber sage dir, wer über das Labsal hinaus will, muß unerschöpflich an Einfällen sein.« Und damit ließ er den Betroffenen stehen und ging schweigend in seine Felsenhöhle zurück.

Liebes-Spaßetteln

Allgemein ist bei uns das von früheren Lieblingsschriftstellern meines Volkes so innig oft beschriebene »Fensterln« nicht mehr recht im Schwange. Bekanntlich bestand diese schöne Sitte darin, daß zu nachtschlafender Zeit irgendein Bauernbursch eine Leiter an eine Hauswand lehnte und zum Kammerfenster der Bauerstochter oder der Dirn emporkletterte, dort dann nach mehr oder minder dringlichen Bitten entweder Einlaß oder keine Antwort bekam, je nachdem eben die in Aussicht genommene Geliebte für derlei nächtliche Ergötzlichkeiten eingenommen war. Hin und wieder ereignete sich auch allerhand anderes dabei, so zum Beispiel, daß der nächtliche Ritter den Inhalt eines Nachthaferls über den Kopf gegossen bekam und dergleichen mehr. Wie gesagt aber, diese sinnige Sitte hat so ziemlich aufgehört bei uns. Sie gilt höchstenfalls noch als Jux.

Der Weigl-Wiggl hat sich damit befaßt, weil er heimlich dem Fischer-Kastner-Franzl die Eselberger-Moni wegfischen wollte. Schon lange bestand zwischen den zwei Burschen eine diesbezügliche Rivalität, aber keiner ließ es sich anmerken. Und weil der Franzl eine gar wuchtige Persönlichkeit war und malefizisch grimmig schauen konnte, hielt es also der Wiggl für ratsam, die Entscheidung dieses Kampfes sozusagen »hintenrum« herbeizuführen.

Er nahm eines Nachts die Leiter und stieg zur Eselberger-Moni hinauf. Stockfinster war es, und dem Wiggl kam es schon so vor, wie wenn sich drunten etwas rühre, als er droben am Fenster war. Er horchte scharf und schaute angestrengt in die Tiefe. Er wartete noch eine ganze Weile und fing dann, als er nichts mehr hörte, zu klopfen an.

»Moni? ... Moni? ... Moni?! ... Geh weita, mach auf! ... I bin's, der Wiggl! ... Geh weita!« flüsterte er. Es gab niemand an.

Einen festen Schlaf hat die, dachte sich der Wiggl und klopfte lauter. »Moni... Monei? Geh weita, gib hoit o! ... I mächt dir was sogn, Monei! ...«

Er hörte nicht mehr auf und war ganz bei der Sache. Es schien zwar schon wieder, als ob sich drunten was Verdächtiges rühre, aber seiner Meinung nach war das das Knarren von der Moni ihrem Bett. Auch ein Brummen hörte er jetzt drinnen. Es wurde ihm ganz heiß dabei und: »Monei! Monei! ... Der Wiggl is! ... Geh weita, Monei! ... Geh weita, mach auf! ...« hastete er schneller heraus und stieg um eine Leitersprosse höher. Da auf einmal gab die Leiter nach – da – da – wurde weggezogen – und – patsch sauste er in die Tiefe, direkt in die offene Odlgrube, neben die er die Leiter gestellt hatte. Er schlug und schrie, tappte umeinander wie ein wilder Ochs und tauchte immer wieder auf und nieder.

Der Eselberger schaute zum Fenster heraus und fragte grimmig: »Wos is's denn?« Die Dirn leuchtete mit der Lampe herunter. Die Moni schaute endlich auch heraus. Man hörte Schnaufen und Gurgeln und Schreien und endlich kroch was aus der Odlgrube und verschwand eiligst. Die ganzen Eselbergers fingen schallend zu lachen an.

»Der muaß net schiach stinka, der wo do neigfoin ist! ...« meinte der Eselberger gemütlich: »Aba no ... woach is er ja aufgfoin ...«

Trotzdem, daß sich der Wiggl volle drei Tage nicht mehr hat sehen lassen, redete es sich im Dorf herum. Seitdem spöttelt man in einem fort.

Zwischen ihm und der Eselberger-Moni ist's selbstredend nichts geworden. Der Fischer-Kastner-Franzl hat sie kurz darauf geheiratet, und bei dieser Gelegenheit hat er die Sache mit dem Leiterwegziehen und dem Odlgruben-Abdecken erzählt und schloß gelassen: »Noja ... derfalln hob i'n doch a net lossen kinna! ... I hob's iahm hoit a bißl woach und dufti gmacht, den dappinga Teifi, den dappinga! ...«

Die ganze Hochzeitsgesellschaft lachte zum Bersten darüber.

Die Defloration

Indem daß er ihr zuvor versprochen hat, er heiratet sie, hat der Windhund, der Michl, der zweite vom Lermoserbauern, der Genovev, der Stalldirn, ein Kind angehängt. Wie sich alsdann der wachsende Bauch von der Dirn nicht mehr zu verheimlichen war, hat ihr der Michl in einem fort die Ohren vollgewinselt, sie soll um Gottes willen jetzt noch nichts sagen, wer der Vater ist. Zuckersüß hat er ihr hinwiederum die Heirat zugesagt und hoch und heilig noch weiß Gott was versprochen. Dieses aber hat trotzdem den saugroben Lermoserbauern nicht davon abgehalten, den »liederlichen Schandfetzen«, wie er die Dirn geheißen, aus dem Dienst zu jagen. Jetzt natürlicherweis ist die verdrossene Dirn zum Michl in punkto Heiraten zudringlicher geworden, und was tut da der schäbige Kerl? Ganz frech sagt er zu ihr: »Es hat's ja überhaupts koana auf'm Hof und im Dorf gspannt, wos zwischn üns gwesn is... Nochweisn konnst es du net, daß i der Vater bin ... No also! ... Und do sollt i di heiratn? Nana, sowas gibt's gor nia net...« Und gehn hat sie müssen, die arme Genovev, heim ist sie in ihrer Bedrängnis zu ihren Leuten, die wo über der Isar drüben ein kleines Anwesen gehabt haben. Es läßt sich denken, daß ihr Vater und ihre Mutter sie nicht gar freundlich aufgenommen haben. Die Genovev hat zu barmen und zu flennen angefangen, und da hat ihr Vater, der Hingerl, sie gefragt: »Wer is denn der Hallodri, der wo dir den Bambsn anghängt hat... Ganz gwiß is er noch a rechter notiger Lump aa!«

Auf das hin hat die Genovev gesagt, daß es der Lermoser-Michl ist und daß er ihr ganz fest das Heiraten versprochen hat, wenn es soweit ist. Das hat den Hingerl stutzig gemacht, denn der Lermoser, das weiß man, gehört zu den drei größten Bauern in der ganzen Umgegend.

»Wos?« sagt er, der Hingerl: »Wos, der? Der Michl?... Und jetz will er nimma? Dös gibt's nachher doch scho gor net aa.« Der Hingerl, das weiß man auch, der ist keiner, der wo auf den Kopf gefallen ist. Der ist, wie man so sagt, »hell auf der Plattn«. Er hat sich kurz besonnen und seine dickbauchige Tochter um und um angeschaut. Er hat ja noch zwei Töchter, die Liesl und die Zenzl, aber die sind, Gottseidank, schon verheiratet. Grad nicht, daß man sich loben könnt dafür, aber doch ordentlich versorgt. Die Liesl hat einen Elektriker von den Isar-Loisachwerken erwischt und schon das zweite Kind, und die Zenzl ist Schweighoferin von Wirlbach, ein kleines Anwesen, aber schuldenfrei, und der Schweighofer ist ein umgänglicher, fleißiger Mensch. Hingegen die jüngste, die Genovev, die ist arg einfältig und dumm. Drum hat sie es auch noch nicht soweit gebracht und ist dem Lermoser-Michl auf den Leim gegangen.

Nachdem also der Hingerl das verweinte Ding so abschätzend angeschaut hat, sagt er: »Also er hat dir das Heiratn fest versprochen, der Michl? ... Dös konnst du auf dein Eid nehma, oder?«

»Ja, ganz gwiss is's wohr, Vata ... Auf Ehr und Seligkeit«, hat auf das hin die Genovev wiederum eingestanden.

»Soso ... Und dös will er jetz einfach obleugna, der Saulump, der ganz miserablige?« meint drauf der Hingerl: »Und beim Lermoser glaabt ma, wenn ma di davonjogt, di hot si dö Sach ghobn? ... A so geht dös nachher doch scho net! ... Do werd aufs Gricht ganga, basta!« Er kennt sich aus, der Hingerl, er klagt ein beim Landgericht Traunstein, und es hilft dem Michl nichts, wenn er auch daheim von dem, daß er der Genovev das Heiraten versprochen hat, nichts sagt, eingestehen muß er doch, daß er mit ihr was gehabt hat, und ganz arg wird der Krach beim Lermoser, nachdem er die gerichtliche Vorladung kriegt, wo draufsteht: »Delikt: Defloration aufgrund eines Heiratsversprechens.« Ganz kleinlaut ist der Michl auf dem Gericht erschienen, und nach der eindringlichen Belehrung des Richters hat er selbstredend keinen Meineid auf sich nehmen wollen und seine Schandtat vollauf zugegeben. Ganz und gar eingeschüchtert und verschreckt ist die Genovev gewesen. Vor lauter Angst und Schämen hat sie in einem fort geweint, und wenn auch ihr Vater mit ihr gegangen ist, wenn ihr auch der Richter recht freundlich zugeredet hat, arg viel Mühe und Geduld hat es ihn gekostet, bis sie ihre Aussagen halbwegs richtig gemacht hat. Einwandfrei war der Michl überführt, und der Richter putzte ihn wegen der »listigen Verführung einer unbescholtenen Person, welche ihm gutgläubig ins Garn gegangen ist«, noch gehörig herab. Alsdann klärte er die Genovev sehr ausführlich darüber auf, daß sie wegen »dieser Schändung ihrer Ehre« vollberechtigt ist, einen entsprechenden Schadensersatz zu verlangen, und fragte sie zum Schluß: »Also Fräulein Hingerl, was für Ansprüche wollen Sie stellen ... Was verlangen Sie? Nur keine Angst, bloß kein Genieren! Sagen Sie's nur! ... Also, was wollen Sie?« Recht einnehmend, grundgut hat er die verdatterte Genovev angeschaut dabei, weil er wegen ihrer Hilflosigkeit fast Mitleid mit ihr gehabt hat. Es ist ihr ja auch anzusehen gewesen, schier bitthaft schaute sie hinum und herum, herum und hinum und kannte sich absolut nicht mehr aus. Zwei-, dreimal hat der Richter seine Frage wiederholt, und endlich hat die arme Genovev aus sich herausgestottert: »Ja, mein Gott, He- Herr Richter ... Fünf Mark hoit, wenn der Herr Amtsrichter meinen ...«

»Was, bloß fünf Mark? ... Fünf Mark bloß?« ist dem guten Richter wie von selber herausgerutscht, und dem Michl sein Gesicht hat sich schon aufgelichtet, da aber ist denn doch der Hingerl auf der Zuhörerbank aufgestanden, hat sich als Vater der Genovev zu erkennen gegeben und hübsch harsch gesagt: »Geh, Herr Amtsrichter, Sie sehn's doch selber, wos mei Tochter für a dumms Ding is! ... I bitt gor schön, do muaß scho i, ois ihrer Vater, redn für sie ...«

Und wirklich, der Richter hat nichts dagegen gehabt, und weil der Lermoser weitum als einer von den geldigsten Großbauern bekannt gewesen ist, hat der Hingerl bare achttausend Mark verlangt. Bloß ganz kurz ist das Handeln mit dem blamierten Michl noch hin und her gegangen, und schließlich hat man sich auf sechstausend geeinigt.

»So«, hat der Hingerl beim Heimgehen zu seiner saudummen Tochter gesagt: »Dös is a ganz schöner Brocka Geld ... Der is a Kindstauf scho wert, Vevei...« Und da hat die das Weinen aufgehört und ist auch ganz zufrieden gewesen.

Das schiefe Maul vom toten Haunzbauern

Um die Zeit vor dem Ersten Weltkrieg, wie der bayrische Wald für die Welt und für den Fremdenverkehr noch gar nicht existiert hat, dazumal also, wenn der haushohe Schnee im Winter die winzigen Gebirgsdörfer und Einöden völlig von den belebteren Talgegenden abgeschlossen hat, ist's bei den dortigen Gebirglern, den »Waldlern«, wie man sie geheißen hat, notwendigerweise der Brauch gewesen, daß man, wenn jemand im Haus gestorben ist, die Leiche auf sogenannte Totenbretter gebunden und diese aufrecht in den Keller gestellt hat. Erst im tiefen Frühjahr war es möglich, die Verstorbenen drunten im talwärts gelegenen Pfarrdorf zu begraben.

Auch beim Haunzen droben ist der tote Altbauer, bis die ersten Märzregen den meisten Schnee weggeschwemmt gehabt haben, so im Keller gestanden. »So«, sagt der junge Haunzen an einem lichteren Tag, wo es auch nicht mehr geregnet hat, »so, jetz konn ma unsern Vater selig eigrobn lossn ... Ich geh glei zum Pfarrer, daß er raufkimmt mitm Totenwogn ...« Erst nach gutding drei Stunden ist er mit dem Geistlichen, den Ministranten und dem Totenwagen zurückgekommen. Die Rösser haben gedampft vom beschwerlichen Weg herauf. Der Barthl hat sie abgerieben und zugedeckt. Der hochwürdige Herr Pfarrer Lohrer ist mit den Ministranten in die gute Stube gegangen, und eilsam haben der Michl und der Bauer den schönen, neuen Sarg hereingebracht. Die Altbäuerin und die Junge mit den Kindern haben die Kerzen angezündet, sind rundrum niedergekniet, und der Pfarrer hat sich bereitgemacht für die Leichenzeremonie; schon hat der Ministrant das Rauchfaß geschwungen, wie die zwei Mannsbilder mit dem Totenbrett hereingekommen sind und es aufgestellt haben.

Auf einmal aber hat alles gestockt, und jeder hat erschreckt aufs Gesicht vom toten alten Haunzen geschaut.

»Ja, Jessasmariandjosef, wos is denn do passiert mit unserm Vaterl?!« kommt's aus der jungen Haunzin, und großäugig mißt der Bauer das starre Leichengesicht seines Vaters: »Tja, hot denn der glei gor noch glebt, und mir hobn nix gsehn und ghört davo ...? Den hot's ja dös ganze Mäui verzogn.« Es stimmt vollauf, der rechte Lippenwinkel hängt dem Toten fast bis über das Kinn herunter.

»Glebt? ... Mein Gott, der arme Baur!« stößt die Altbäuerin schmerzhaft heraus. »Ja, um Gotteshimmichristiwilln!« Schaudernd schauen alle auf die herabhängende Lippe und kennen sich nicht aus. Jeder überlegt stockstumm, und da auf einmal fällt es der Zenzl, der Stalldirn, ein, wie das hat kommen können, weil sie nämlich immer Kartoffeln aus dem finsteren Keller geholt hat.

»Nana, glebt hot der ganz gwiß nimmer, der Baur!« sagt sie. »I bin doch jedn Tog drunten gwen … Do hätt i doch wos sehn müassn… Nana, daß dem d'Lippn oberhängt, dös is weiter nix … Dös kimmt vo mir …«

»Vo dir? … Wia dös?« fragt der junge Haunz ärgerlich, und alle mustern die Dirn, der wo das gar nix ausmacht.

»Ja, mei«, sagt sie. »Daß i besser siehch, hob i jedsmoi mein Kirznleuchta in'n totn Baurn sei Mäui einighängt, doher kimmt dös …«

Alles ist eitel!

Manchmal gibt es sogar in dieser verhetzten, lauten, kurzlebigen Zeit eine Stunde, die etwas von einer schwermütigen Seligkeit hat. Manchmal überfällt uns die lächelnde Ohnmacht gegenüber der Einfachheit des Menschen so mächtig, daß wir widerstandslos werden. Es ist wie ein lautloser Ruck, eine unbeschreiblich süße Traurigkeit erfüllt unser Inneres: Die Kreatur ergibt sich der hemmungslosen Melancholie…

Viel später, wenn man an eine solche Stunde denkt, empfindet man all dieses Schwermütige nicht mehr. Es ist nur noch eine verlebte Erinnerung, über welche man glücklich ist, es ist sozusagen ein Bodensatz von Erkenntnis…

Das ist – ich sehe es heute noch, als geschähe es eben – damals im Kriegsjahr anno 16 gewesen. Wir sind in ein zerschossenes Haus eingezogen. Die Ruinen der Häuser ragten traurig aus dem Schnee, da und dort war auch noch eines ganz geblieben und der Kamin rauchte. Die kleine Kirche mit dem Friedhof war unversehrt.

Da haben die Leute, die noch dageblieben waren, ihren Gutsherrn, dessen nahes Schloß völlig zerstört war, zu Grabe getragen.

Das war ein armseliges, trauriges Begräbnis. Bloß

etliche alte Bauern mit eisgrauen Haaren und Bärten, verhutzelte Weiber, massenhaft polnische Juden und verwahrloste Kinder sind aus dem Gottesacker gekommen, als wir einmarschierten.

Es ist von jedem dieser Begräbnisteilnehmer erzählt worden, was der Verstorbene für ein unmenschlicher Rohling gewesen war. Alles hatte ihm gehört rundherum: Die Menschen, das Schloß, das Dorf, die Wälder und Felder.

Sklaven und Hörige im wahrsten Sinne des Wortes waren die armen Dörfler, die Juden, die Weiber und die Kinder.

»Na«, sage ich zu einem kleinen Juden, »na, jetzt seid ihr aber froh, daß der Tyrann tot ist, was?« Der Mensch sieht mich an, als verstehe er nicht, obgleich er sich vorher in einwandfreiem Deutsch mit mir unterhalten hat. Ich erstaune leicht.

»Na«, wiederhole ich, »der Schuft hat euch doch so gequält? Seid ihr denn nicht alle froh, daß er gestorben ist?«

»Froh?« erwidert da endlich der Jude demütig und traurig und schüttelt den Kopf, »aber pfui! Pfui, Panje! Pfui! Pfui! Der ist tot, aber wir müssen doch auch sterben, genauso sterben!«

Augenblicklang begriff ich diese Sanftmut nicht, dieses Versöhnende, diese völlige Haßlosigkeit!

»Wir müssen genauso sterben, Panje! Genauso! … Warum froh?« plapperte der frierende Jude, und da auf einmal war es mir, als sage dieser fremde Mensch das Tiefste und Schönste, was ich je gehört…

»Hm … Auch sterben«, murmelte ich noch lange,

während ich mit meinen Kameraden im Schnee weitertappte: »Auch sterben ... Auch! ...«

Noch heute, wenn ich mir diese Szene vergegenwärtige, höre ich die dünne, sanfte Stimme des kleinen Juden in Polen, und – ich weiß nicht – immer werde ich glücklich darüber, eigentümlich weich und nachdenklich ...

Was der Hupfauerin passiert ist

Die Hupfauerin von Ergelsbach ist neulich mit der Eisenbahn nach Weilheim gefahren, weil es dort noch keine Autobusverbindung gibt und weil man immerhin seine drei Viertelstunden zu fahren hat. In Weilheim ist eine Schwester von ihr mit einem Briefträger verheiratet, die ist wegen einem Nierenleiden schon vier Wochen im Krankenhaus gelegen. Zu der ist die Hupfauerin gefahren und hat ihr im Korb ein Dutzend Eier, Butter und einige Pfund Speck von der Sau, die wo die Hupfauers im Winter geschlachtet haben, mitgebracht.

Die Hupfauers sind Kleinhäusler und haben zwei halbwegs ausgewachsene Kinder. Resl, die Tochter, geht noch in die letzte Schulklasse, und der Hans ist jetzt sechzehn Jahr alt, aber er mag nichts lernen und arbeitet daheim herum, was es grad so zu tun gibt. Zwei Kühe stehn im Hupfauerstall, ungefähr ein Dutzend Hennen haben sie, und jedes Jahr mästen sie eine Sau her, machen Leber- und Blutwürste, eine Woche lang gibt's eine fette Metzelsuppe und schweinernes Bauchfleisch mit Kraut, alles andere gute Fleisch lassen sie beim Metzger Ramlinger selchen für den Winter. Einen kleinen Obst- und Gemüsegarten haben sie und viereinhalb Tagwerk Wiesengrund, aber alles ist ziemlich verlottert, denn

die Hupfauers haben es nicht mit der Arbeit, umsomehr mit dem Essen und Trinken, soweit das Geld langt, schlampig und unreinlich geht's zu im Haus und im Stall, und fett sind die zwei Alten, fett die Jungen, am fettesten ist die Hupfauerin. –
Wie sie so dasitzt mit ihrem kleinen Tragkorb auf dem Schoß im Eisenbahn-Coupé, neben ihr ein Geschäftsreisender und am Fenster eine Dame, da juckt's die Hupfauerin auf dem Buckel und sie fangt an, sich zu kratzen. Nach wieder einer Weile kratzt sie sich auf ihrer wabbligen Kuheuterbrust, alsdann auf dem runden, umfänglichen Bauch, an den Oberschenkeln, schließlich stellt sie ihren Korb neben den Geschäftsreisenden, beugt sich tiefer und kratzt auf ihren umfänglichen Waden, kratzt und kratzt und kommt bis zu den Füßen, was bei ihrer Fettigkeit bloß geht, weil sie dabei ihren Oberkörper ganz vorbeugt und ein bißl hochlupft. Und da passiert ihr unseligerweis ein – Geräusch. Es entfährt ihr hinterwärts donnerähnlich. »Jessmariandjosef!« ruft sie ganz geniert und verschreckt. Hingegen »So eine Sauerei!« zischt die Dame und rennt aus dem Coupe, indem sie sich die Nase zuhält. Doch der Geschäftsreisende hat Mitleid mit der verdatterten Hupfauerin und sagt grundgemütlich: »Haben S' ganz recht ghabt, daß S' gschossen hobn, Frau! ... So hätten S' den lausigen Quälgeist nie derwischt!«

Die Arbeiterin

Die Arbeiterin Manztöter ist der Lungenschwindsucht erlegen. Sie war eine stille, fleißige Person. Sie schaffte sich auch was. Vor vier Jahren trat sie in die Zigarettenfabrik Zuccalisto ein. Sie war vorher Bauernmagd. Eine von den vielen, die die Stadt anzog, der Verdienst und die Aussicht auf die baldige Ehe. Die Männer auf dem Lande waren so plump, so breit und bedacht auf die offene Vergewaltigung. Betrunkene Bauernsöhne oder blöde Knechte mit tierischer Eifersucht und rotem Haar, läppischer Sentimentalität, alles Männer, die eine Frau ungefähr so ansahen wie ein gesundes, ertragreiches Rind, begegneten ihr, jeder richtete seinen zynisch-unversteckten Blick auf sie, langte nach ihrem Busen, leckte ihre Wangen.

Sie war fromm ohne Bigotterie, offen und sauber in ihrem Gebaren. Sie las das Wochenblatt jedesmal aus und den Roman und hatte sich außerdem »Die christliche Dienstmagd« bestellt. Unter dem vielen Gemisch von afrikanischen Missionsberichten fand sie eines Tages die Geschichte eines Farmers in Südwestafrika, leis überhaucht von fleißig-deutschem Eheideal. Das zog sie vielleicht in die Stadt. Außerdem hatte sie keinen Menschen, der zu ihr gehörte, denn ihre Eltern waren längst tot. Vielleicht – Traum harrender Mädchenseele! – in den Heeren der vielen in der Stadt fände sich einer, dessen Aug Welt spiegelte, der da wartete ...

Einer, der straffen Leibes, entschlossenen Gemütes mit ihr irgendwohin gehen wollte, ein großes Leben, schön durch die Schwere des Ringens, aufzubauen ...

Dem sparte sie das Geld. Vierhundert Mark hatte sie schon auf der Sparkasse, noch vielleicht zwei Jahre oder längstens in drei wären es tausend gewesen. Tausend Mark!

Das ist schließlich nur Angewohnheit, daß man jedesmal zur Vesper für fünfzig Pfennig Käse oder ein Stück Wurst haben muß mit Bier. Kaffee mit einer Semmel geht auch oder Gerstenauflauf von Mittag. Macht schon um zwanzig Pfennig wieder weniger.

Außerdem kann man sich wöchentlich zweimal zu den Überstunden melden. Sind auch wieder achtzig Pfennig für je eine Stunde. Man macht jedesmal drei, sind zusammen wöchentlich vier Mark achtzig, ein Taglohn mehr. Dann ist's meistens schon dunkel, man braucht kein Licht mehr, legt sich einfach gleich ins Bett und schläft ein, hat gar keinen Hunger mehr.

Zuletzt waren es schon sechshundert Mark. Sechshundert! Und da kam die Lunge.

Die Perle der Treibjagd

Herbst wird's in meiner altbayrischen Heimat. Da gibt's wieder die üblichen Treibjagden. Besonders berühmt sind in meiner Gegend die vom Herrn Major a. D. von Assenbach. Der hat schon seit vor dem Krieg das Schloß Teißtal nebst seinen umfänglichen Waldungen erworben, hat noch die Gemeindewälder als Jagdreviere dazugepachtet und führt – wie man bei uns sagt – ein »großes Leben«. Zu seinen alljährlichen Treibjagden kommen nur hohe und höchste Persönlichkeiten; hohe Würdenträger und vor allem seriösester Adel geben sich da ein Stelldichein. Es gehört zum guten Ton, bei von Assenbach um diese Zeit Jagdgast zu sein.

Schon tags zuvor, wenn so eine Treibjagd angesagt ist, melden sich im Schloß die Treiber aus allen umliegenden Dörfern. Der Herr von Assenbach kennt jeden, redet mit jedem, zahlt gut und ist sehr beliebt rundum. Er sortiert auch das Treiberpersonal stets so, daß jeder Jäger wenigstens zu einem Hasen kommt. Er weiß nämlich genau, was für jämmerliche Schützen unter seinen Gästen sind. Er hat sich schon manchmal einen Jux daraus gemacht, den einen und anderen davon zu foppen.

Der alte, steife Baron von Wedding zum Beispiel hat voriges Jahr zwei ausgestopfte Fasangöckel geschossen und war im ersten Augenblick aufgeräumt wie ein stolzer Liebhaber, der endlich seine Angebetete bezwungen hat. Hingegen wie ihm der Kanalsepp – sozusagen das Original der von Assenbachschen Treiber – die zwei Göckel dahergebracht hat, da ist von Weddings Gesicht lang geworden, lang, erst ganz baff, alsdann finster.

»Wa-was, det Vieh blutet ja gar nicht!?« schreit er, klemmt das Monokel fester und prüft die seltsame Beute.

»No, wia werd denn a Sockgleibn Bluat gehn«, sagt drauf der Kanalsepp seelenruhig.

»Wa-was? Wie? Wassss?« krächzt von Wedding: »Wie meinen Sie?«

»No ja, do schaugn S' halt, Herr Baron, do! ... Mit Sockgleibn hot ma's ausgstopft, dö Göckl!«, hat der Kanalsepp gesagt und ihm die zerschossenen Beutestücke hingehalten. Ganz scheinheilig hat er dreingeschaut und wiederum gesagt: »Sowos konn doch net bluatn, Herr Baron ... Do hobn Ihnen dö Herrn wieder an Possn gspielt!« Zuerst starrte von Wedding wortlos. Rundum, die weitverstreuten Jäger lugten herüber und jeder bog sich vor Lachen. Von Wedding – zwar kurzsichtig und auch sonst keiner von der hellen Seite – begriff, richtete sich steif auf, noch steifer, und er wurde rot und blaß zugleich.

»Na, so'n Unfug! Hm, Blödsinn!« knurrte er, mehr für sich, und der Kanalsepp ging, in sich hineinkichernd, davon. Seine fünf Mark Trinkgeld vom Herrn von Assenbach waren ihm sicher.

Aber (und das wird wohl der Grund sein, weswegen ihn Herr von Assenbach immer wieder einlädt) Herr von Wedding ist kein nachtragender Mensch. Er vergißt schon im nächsten Augenblick alles. Er ist außerdem schwer kurzsichtig, aber wenn auch, seine Jagdleidenschaft ist unausrottbar. Heuer ist gewohnterweise der Baron wieder zur von Assenbachschen Treibjagd gekommen. Und, es muß gesagt werden, alle sind jedesmal erfreut, wenn er auftaucht. Im weiten Schloßhof standen etliche Herren und die Treiber. Der Baron reibt seine Augen, setzt sein Monokel auf und linst plötzlich populär auf den Kanalsepp. »Hm, äh! Hm … Wenn ich nicht irr, ich kenn Sie, Herr, Herr«, spricht er: »Wo hab ich Sie denn schon getroffen…? Wo gleich?«

»Am linkn Fuaß, Herr Baron … Do untn«, gibt ihm der Kanalsepp brühwarm zurück und tröstet ihn allereinnehmendst: »Aber es is schon ausgheilt … Ganz schön auch no …«

Wieder wird von Wedding steif – noch steifer, wahrhaftig, eine Perle von einem Jäger.

Mir fehlt nix...

Der Lippenbauer von Pfrieming hat seinen Knecht geschaßt. Schon lang war er ihm zuwider, aber er wartete noch die Einernte ab. Die Abneigung zwischen Bauer und Knecht datierte übrigens schon vom Sommer her und war in den letzten Wochen so offensichtlich, daß es krachen mußte.

Am Sonntag kam der Knecht mit einem ganz schweren Rausch heim, und das kam dem Lippenbauern wie gewünscht. Frech, wie schon einmal so Dienstboten geworden sind, warf der Knecht schon beim ersten Wortwechsel die Gabel hin, ging kurzerhand hinauf in das Kammerl und verließ gleich darauf im Sonntagsgewand den Bauernhof.

Es wird wohl überall so sein – wenn man die Arbeit aufgibt, macht man sich einen guten Tag. Der Lippenbauernknecht ging nach Himmelbach hinüber, verhockte zuerst beim »Löwenwirt« einige Stunden, dann beim »Postwirt« und wurde immer übermütiger. Zum Schluß sagte er: »Jetzt is's scho ois gleich!« und ging, schon sternhagelvoll, in die »Rüdesheimer Weinstube«, wo es städtische Kellnerinnen mit großen Busen und Zierschürzen gibt, die schon ausnehmend freundlich sein können.

»So, jetz geht's nu her! ... Versuffa wird heunt ois!« grölte er, der Lippenbauernknecht, und weil ihm die

Kellnerinnen gar so einnehmend an den Körper gingen, wurde die Zeche direkt unheimlich. Der Rüdesheimer-Weinstubenwirt faßte ein Mißtrauen, weil ihm das viele Geld seines Gastes auffiel, und meldete es dem Wachtmeister Berlinger. Kurz vor der Polizeistunde, nachdem der Lippenbauernknecht immer noch nicht aufhören wollte, kam der Berlinger. Der Knecht wollte ihn einladen, aber der Berlinger hörte absolut nicht hin und wurde auf einmal recht ekelhaft pflichttreu.

»Wo habn Sie denn dös viele Geld her?« wollte er plötzlich wissen, und weil der Knecht daraufhin saugrob wurde, nahm er ihn mit. Bei der Untersuchung im Amtslokal fand man noch immer ungewöhnlich viel Papiergeld in den Taschen des Klienten. Sowas konnte nicht rechtmäßig erworben sein, sagte man sich auf der Polizeistation, und weil der Knecht in seinem Rausch nur in einem fort direkt hochverräterisch schimpfte, begab sich der Wachtmeister Berlinger am andern Tag nach Pfrieming hinüber, zum Lippenbauern. Der machte ein mißtrauisches Gesicht, denn ein Gendarm ist bei uns immer unbeliebt, kommt er wegen was er mag. Aber der Wachtmeister Berlinger hatte die vertrauensvollste Miene von der Welt und fragte leger: »Lippenbauer, ich mächt nur fragn, geht dir nicht ein Haufen Geld ab…?«

»Mir? Geld? … I wüßt nix«, wich der Lippenbauer aus. Aber wie schon einmal so hinterlistige Gendarmen sind, der Berlinger hörte nicht auf mit dem Fragen und berichtete schließlich von dem Vorkommnis mit dem Knecht in der »Rüdesheimer Weinstube«.

Daraufhin ging der Bauer denn doch hinauf und schaute nach. Der Berlinger war schon ganz glücklich, daß er einen so guten Fang gemacht hatte mit dem Knecht, und wartete geduldig in der Küche. Es dauerte gar nicht lang, da kam auch schon der Lippenbauer wieder schweren Schrittes die Stiege herunter. Mit größtem Eifer riß der Wachtmeister die Tür auf und fragte: »No...?«

»Mir fehlt nix...!« sagte der Lippenbauer kurz: »D' Truha is no voi, der Kommodkastn a, und vo dö Troadsäck is a nix rauskemma...« - - - -

Wegen »Mangels eines Beweises« wurde am andern Tag der Knecht auf freien Fuß gelassen. - -

Lustige Ereignisse in der Weimarer Republik

Es ist eine ganz dreiste, reaktionäre Entstellung der Tatsachen, wenn zum Beispiel heute noch behauptet wird, in den Rätekämpfen anno 1919 bei Dachau hätten auf seiten der Münchner Räterepublikaner keine gedienten und kriegserprobten Soldaten mitgemacht. Ich weiß von einem Fall, der den echten militärischen Geist der damaligen Münchner »Roten Armee« für jeden Unteroffizier vorteilhaft beleuchtet.

Mein langjähriger Spezi, der Sebastian Wiegelberger, der im Ersten Weltkrieg vier Verwundungen erlitten hatte und aktiver Leutnant bei der Artillerie war, stellte sich uneigennütziger Weise und aus tiefsten Überzeugungsgründen der »Roten Armee« zur Verfügung. Er kam nach Dachau, und da ein großer Mangel an felderfahrenen Offizieren war, stellte man ihm sofort anheim, den Befehl über die Zentralfront zu übernehmen. Sebastian Wiegelberger, gewohnt, alle ihm übertragenen Pflichten militärisch, aber auch politisch korrekt zu erledigen, fragte sofort die anderen Stabsmitglieder seines Abschnittes: »Ist denn überhaupt der Regierung Hoffmann der Krieg schon erklärt?«

»Nein, du damischer Hund, du! Glaubst du vielleicht, daß wir warten, bis uns die Weißen alle wegschießen? Wir schießen ganz einfach, basta!« gab ihm einer der Befragten in rüdestem Münchnerisch Auskunft.

»Was?!« schrie er ungeschreckt und kommandomäßig: »Das ist eine Schweinerei! Sowas muß auf der Stelle ordnungsmäßig erledigt werden!« Und sofort setzte er sich hin, ließ sich Tinte, Feder und Papier geben und schrieb energisch drauf: »Ich erkläre hiermit der Regierung Hoffmann den Krieg! – Wiegelberger Sebastian, Artilleriekommandant der Zentralfront.«

Es half kein Einreden. Wiegelberger, sich seiner Befehlsgewalt vollauf bewußt, ordnete an, daß ein Parlamentär den Hoffmann-Noskeschen Regierungstruppen die Kriegserklärung zu überbringen habe. Es machte sich auch wirklich einer auf den Weg. Gekommen ist er nicht mehr, und daraufhin haben die Roten den ordentlichen Sebastian zum Teufel gejagt.

Ich weiß nicht mehr genau weshalb, aber einmal in jenen bewegten Revolutionstagen anno 1918 hat der provisorische Ministerpräsident Kurt Eisner die Mitglieder der damals eben gegründeten Spartakistengruppe in München, Erich Mühsam, Levien und noch ein paar verhaften und nach dem Gefängnis Stadelheim bringen lassen. Eine sofortig einberufene Versammlung der Spartakisten im »Mathäserbräu« beschloß, diese Genossen gewaltsam zu befreien, wenn der Ministerpräsident nicht selbst die Enthaftung veranlasse. Ein großer Zug erschien am Promenadeplatz vor Kurt Eisners Amtswohnung. Nachdem das drohende Hinaufschreien nichts half und eine Abordnung nicht vorgelassen wurde, kletterte ein kühner spartakistischer Matrose kurzerhand zum Balkon Eisners empor und drang geradewegs vor den von Ernst Toller, Hans Unterleitner und noch einigen Getreuen umgebenen Kurt Eisner.

Kurz darauf erschien Eisner mit dem Matrosen und den engeren Mitarbeitern auf dem kleinen Balkon, hielt eine kurze Rede und rief zum Schluß: »In Gottes Namen, so holt sie! Sie sind freigelassen!« Mächtiger Jubel brach aus, und der Zug marschierte weiter, Stadelheim zu. Um irgendwelche unliebsamen Zwischenfälle zu vermeiden aber hatte Kurt Eisner seinen nächsten Freund, den Sozialminister Hans Unterleitner mitgeschickt, der als ehemaliger Metallarbeiter immerhin auch noch bei den radikalen Spartakisten beliebt war.

Im Gefängnis Stadelheim angekommen, machte der damalige Gefängnisdirektor, spätere Münchner Polizeipräsident und Hitlerputschist Pöhner vor dem ehemaligen Metallarbeiter Unterleitner Hans ungemein viele beflissene Bücklinge und sagte in einem fort: »Jawohl, Exzellenz, jawohl! Bitte, Exzellenz, bitte!« Diese bourgeois-reaktionäre Anrede in solch einer hochrevolutionären Zeit erregte natürlich bei den umstehenden erzradikalen Spartakisten äußerstes Mißfallen, und plötzlich trat einer ihrer Genossen namens Wiedemann vor, drückte den überhöflichen Herrn Pöhner derb weg, indem er zum Unterleitner sagte: »Geh, Hanse, Arschloch! Bist du vielleicht mitkommen, daß wir sehn solln, wie der Aff vor dir katzbuckelt? Geh doch heim! Wir brauchen dich nicht!«

Der Unterleitner Hans und ich, wir waren gut miteinander bekannt, aber wir haben uns nur selten gesehen. Man weiß, daß der Hans später, in den stabileren Zeiten der Weimarer Republik, in den Reichstag gewählt worden ist. Da hat er sich sofort Visitenkarten drucken lassen: »Hans Unterleitner – M.d.R.« Eine solche hat er mir bei einer flüchtigen Begegnung einmal in München gegeben, und gesagt hat er, wenn ich zufällig einmal in Berlin sein sollte, wenn Reichstagssitzung wäre, sollte ich mich bei ihm melden, dann zeigt er mir, wie regiert wird.

»Gut! Sehr schön!« sagte ich, und weg war er. Ich bin stehen geblieben und habe mir die Visitenkarte genau angeschaut. Begriffsstutzig, wie ich seit jeher bin, habe ich mir durchaus nicht zurechtreimen können, was das heißen soll: »M.d.R.« Schließlich habe ich in meinem Laienverstand verbreitet, mein landsmännischer Genosse gibt sich als Major der Reserve aus. Das ist dem Hans zu Ohren gekommen, und er hat sich sehr geärgert darüber. Gottseidank ist diese Verstimmung zwischen uns aber bald darauf behoben worden. Nämlich bei einer Reise nach Berlin habe ich den Hans auf dem Anhalter Bahnhof getroffen.

»Oskar«, hat der Hans versöhnlich-leger gesagt, »du bist ein Original-Rindvieh!« und gemeint hat er, wenn ich wieder einmal über ihn und seinen jetzigen

Beruf im Zweifel wäre, so soll ich nicht hinterrücks so saudumm von wegen seiner »Scharschiertheit« herumreden, sondern mich bei ihm selber erkundigen, wo ich doch wissen muß, daß er mich jederzeit aufklärt. Diese Versöhnung hat mich sehr gefreut, und gleich habe ich gesagt: »Also Hanse, du glaubst net, wia froh ich bin, daß mir jetzt wieda guat san ... Du, jetzt muaßt du mir aber gleich den Reichstag zoagn ...« Natürlicherweise hat mir mein Freund das gleich zugesichert. Er ist in den Reichstag zum Regieren gefahren, und ich habe meinen ehemaligen Münchner Stammtisch-Spezl, den Ederinger Franzl, aufgesucht. Der ist seit einem Jahr in Berlin im »Rankeschlößchen« Oberkellner gewesen. Bei ihm habe ich gewohnt. Am andern Tag hat der Franzl frei gehabt, und wir sind zum Hans in den Reichstag gefahren. Da war es hochinteressant, und wir haben uns hochgeehrt gefühlt, wie der Unterleitner-Hans zu uns gesagt hat, er will uns »einen Blick ins Getriebe der deutschen Republik ermöglichen«. Er hat uns alles eingehend gezeigt und erklärt, die Räumlichkeiten und die Persönlichkeiten, kurzum alles von den Fraktionen der verschiedenen Parteien bis zum Erfrischungsraum für die Abgeordneten. Letzterer war das Schönste. Dort sind wir an einem Tisch der sozialdemokratischen Fraktion gesessen. Sehr nobel, muß ich heute noch zugeben. Und der Hans hat immer noch weiter erläutert. Ich habe eine Portion ff. Ochsenmaulsalat gegessen und sieben »Glas« Löwenbräubier hinuntergestellt. Alsdann habe ich austreten müssen, und der Ederinger Franzl ist gesellschaftshalber mitgegangen. Wie wir in das Pissoir gekommen sind, da ist einzig und allein der ehemalige kaiserliche Großadmiral von Tirpitz, der mit seinem breiten grauen Gottvater-Bart bis zum Bauch herunter, gewesen. Von dem haben wir seit eh und je gewußt, daß nichts, was er sagt und schreibt, wahr ist, daß er bei jeder Rede lügt wie ein schelcher Roßhändler bei uns daheim. Der Franzl hat sich drenterhalb und ich herunterhalb vom Herrn Großadmiral gestellt, und wie wir so im gemütlichsten Wasserlassen drinnen sind, da ist dem hohen Herrn ein lauter Wind ausgekommen, so laut und so genau wie bei unsereinem auch. Da hat der Franzl den majestätisch ernsten Herrn respektlos kurz angeschaut und laut zu mir herübergeschrien: »Host ös ghört, Oskare? ... Dös ist zum erstenmal, daß der Herr üns a Geräusch vormacht, dös wo pfeilgrod wahr ist...!«

Der Herr von Tirpitz, der damaligerzeit am schönen Starnbergersee seßhaft gewesen ist und unser Bayrisch wohl halbwegs verstanden haben wird, hat auf das hin sofort sein menschliches Bedürfnis unterbrochen, hat sich rasch fertig gemacht und ist stracksen Schrittes aus dem Pissoir hinausgegangen ...

Als im Jahr 1927 der Philipp Scheidemann seine letzte große Rede im Reichstag hielt, die das Mißtrauensvotum der Sozialdemokratie gegen das Kabinett des Kanzlers Marx begründen sollte, als er – der unvergeßliche, schöne Philipp – so schwungvoll den Zuständen in der damaligen Reichswehr seine radikalsten Töne widmete und die Schiebungen und Verschleierungen der Generale so schonungslos anprangerte, da wurde es auf einmal in einer Ecke der Tribüne, die hauptsächlich von kommunistischen Zuhörern besetzt war, etwas lebhaft.

»Mensch, Paul, det is ja wundabaa! ... Det klingt ja janz wie von uns!« sagte ein Kommunist zu seinem Nebenmann, und der nickte, ebenfalls begeistert.

»Det is ne private Sympathiekundjebung wert!« meinte der erste Kommunist abermals, und plötzlich erhob sich Paul, sein Nebenmann, und schrie dem wackeren Redner in der Tiefe laut zu: »Philipp, kehre zurück, alles vaajeben!«

Der Nachschuß

Der Dichter W. S. – er ist längst gestorben, und eigentlich sollte man über Tote, insbesondere, wenn man mit ihnen befreundet war, nicht so indiskret schreiben! – also der Dichter, dessen Name diese zwei Anfangsbuchstaben hatte, hatte zwei Eigenschaften, die ganz und gar nicht zu seiner Erscheinung paßten. Er war sehr dick, liebte viel und gut zu essen, trank die besten Weine, bewegte sich in der Boheme und in der guten Gesellschaft gleicherweise weltmännisch und liebte die schönen Mädchen. Dennoch war er – kam man auf seine (übrigens ausgezeichneten!) Bücher zu sprechen – stets mißvergnügt.

»Kannst du das verstehen? ... Hat man sowas schon erlebt«, pflegte er bei solchen Gelegenheiten meist zu mir zu sagen: »Da, eine Riesenkritik über meinen letzten Roman! ... Ein Hymnus fast, aber das Buch geht nicht! ... Es verkauft sich kaum, sagt mein Verleger! ... Hast du Worte!«

Niemand verstand das, aber – es war einfach so. W. S. galt als ein hervorragender Schriftsteller, man kannte seinen Namen, er stand neben den besten in jeder Literaturgeschichte, aber – man las ihn nicht.

Die zweite Eigenschaft war die: Er war – und er

hatte die ganze Welt bereist, in Luxusdampfern und berühmten Hotels Monate verbracht! – geizig wie ein engstirniger Pensionist. Geizig, obgleich er von Haus aus vermögend war.

Für jeden aber, heißt es wenigstens, schlägt einmal die große Stunde. Sie schlug auch für W. S. Er bekam den Dichterpreis unserer Stadt. Die Zeitungen und Illustrierten brachten sein Bild und lange Würdigungen. Wir gratulierten ihm.

»Bei uns, ja, da schreibt man über mich!« beklagte er sich dennoch: »In Berlin – da, schau dir das an! – kleine Artikelchen mit meinen Lebensdaten, man erwähnt meine Bücher und hie und da auch ein scheußliches Bild auf der hintersten Seite …« Und Berlin – es war in der Weimarer Republik – galt damals als die große, weltbedeutende Metropole!

Er wurde auf einmal zornrot und beschloß, nach Berlin zu fahren. »Ich will's dieser überheblichen Corona zeigen, wer ich bin!« sagte er, als wir auseinander gingen. Die Berliner Redaktionen und Verlage empfingen ihn interessiert, aber kühl. Er tauchte abends im Künstlerlokal »Schwannecke« auf. Da saßen Roda Roda, Max Halbe und noch etliche Münchner Freunde und empfingen den Preisgekrönten mit großem Hallo. Im Nu war W. S. lokalbekannt und nahm geschmeichelt Platz an der lustigen Tischrunde. Bekannte und Unbekannte gratulierten ihm herzlichst. Roda Roda, stets Kavalier, war der Meinung, das müsse gefeiert werden. Der Preisträger nickte. Der Kellner brachte Sekt und Gläser für die Runde. Es gab kernige und wortreiche Toaste. Es wurde sehr lustig. Die Gläser wurden leer, wurden gefüllt, die vollen Flaschen kamen.

»Hören Sie«, flüsterte W. S. Roda endlich zu: »Das geht doch nicht etwa alles auf mich ...?«

»Aber! Aber lieber Freund...!« staunte ihn Roda kaltblütig an. So eine verdiente Ehrung sei doch die paar Runden Sekt wert und so weiter. Wer den unvergeßlichen Roda kannte, weiß, wie zwingend er bei solchen Gelegenheiten wirkte. Diese Wirkung aber blieb bei W. S. aus oder, vielmehr, sie war ganz anders. W. S. bekam ein höchst unbehagliches Gesicht, plagte sich aber doch, kein Spielverderber zu sein. Mit zunehmender Angst, mit Schrecken sah er den Kellner immer neue Flaschen bringen und wandte sich abermals unbemerkt an Roda; flüsterte dem ganz verstört zu: »Hörn Sie, ich hab gar nicht soviel Geld bei mir, ich – ich –« und log auf einmal stotternd: »Überhaupt, man hat mir den-den Preis noch gar nicht ausbezahlt... Bloß die-die er-erste Hälfte –«

»Was? Sowas Schofles! ... Was? ... Für einen Dichter wie Sie? ... In Raten? ... Sie stottern den Preis ab? ... Unglaublich! ... Das geht doch nicht!« darauf Roda, zwar gedämpft, aber immerhin – dem Dichter W. S. wurde mulmig dabei. Mit unglückseliger Hast wollte er erklären.

»Nein-nein«, flüsterte er dringlich und geniert: »Neinnein, so ist's nicht ganz, nein, nein ... Ich-ich –« Das andere deckte der Lärm der Runde zu, denn alle hoben die neugefüllten Gläser. Wohl oder übel mußte der gekrönte Dichter für die neuerliche Ovation danken. Er stand auf, hob das Glas, lächelte auch ganz passabel und trank aus. Dann wand er sich aus dem Tisch und ging zur Toilette. »Das geht nicht, S...«, raunte ihm Roda noch zu, aber er schien's nicht mehr zu hören. Er verschwand – und kam nicht wieder zurück. Er floh, floh nicht nur aus dem »Schwannecke«, er floh noch in derselben Nacht aus Berlin. Ziemlich derangiert kam er in der Frühe in München an und traf seine Frau gerade beim Frühstück. Sie staunte, sie fragte, und er gab gewundene Antworten. Er schien höchst verstimmt. Das Telefon läutete heftig.

»Was? ... So früh am Tag ...!« knurrte er und hob den Hörer ab. Im Nu veränderte sich sein Gesicht.

»Nein! ... Selbst am Telefon, selbst!« hastete er heraus und wurde um einige Grade respektvoll-belebter: »Herr Oberbürgermeister persönlich? ... Ja, jaa, bitte ... Wie, bitte? ... Ja, in Berlin, aber eben angekommen, Herr Oberbürgermeister! ... Wa-was, ein Telegramm? ... Von mir? Von mir?! ... Ausgeschlossen ... Ob ich den Text wissen will? ... Jaja, bitte, bitte ...« Dann brach ihm das Wort ab, denn der Oberbürgermeister sprach klar und deutlich folgenden Text ins Telefon: »Vorschuß auf Dichterpreis bereits versoffen, bitte schickt Nachschuß!«

»Also, da-das ist infernalisch!« sagte W. S. nur noch, als er den Hörer hinwarf. Im Gegensatz zu dem sehr humorbegabten Oberbürgermeister fühlte sich der Dichter tief gekränkt. Er überlegte fast ein Duell – doch es kam, soviel mir bekannt ist, nur zu einem heftigen Briefwechsel, und Roda hatte die Lacher auf seiner Seite ...

Die billige Watschn

Den Wimblingerhof in Trachtling hat jetzt, seit ungefähr vier Wochen, der Alois ganz allein. Sein Vater nämlich ist gestorben, und schon vor ungefähr drei Jahren hat seine Mutter in die Ewigkeit müssen. Der Alois, oder wie man ihn heißt, der »Loisl«, ist der einzige Sohn. Als jetziger Bauer haust er mit einer Dirn und dem alten Taglöhner Peter. Der Hof ist schuldenfrei und ordentlich beieinander. Einundzwanzig Tagwerk Wiesen- und Ackergrund und acht Tagwerk Waldung gehören dazu. Im Stall stehen sechs Kühe, zwei Rösser, Säu und Ferkl sind da und Hennen, gutes Fuhrwerk und die notwendigen landwirtschaftlichen Maschinen. Die drei werden also ganz kamott mit der Arbeit fertig. Schon deswegen, weil der Loisl alles richtig versteht, von kindauf wie ein Knecht gewerkelt hat und anschaffen kann, wie es einem Bauern zusteht.

Wenn man ihn so anschaut, meint man, hell auf der Platten ist er nicht, der Loisl, denn er gibt gar nichts auf sich, und mit dem vielen Reden hat er es auch nicht, aber wer ihn für dumm verkaufen will, der irrt arg. Er ist durch alle Fährnisse der letzten Jahre gekommen und hat sogar, wie jeder Mensch weiß, nach der Geldabwertung noch hübsch was an Barschaft. Vorige Woche ist der Meiserer von Buchberg bei ihm gewesen, bloß so beiläufig hat er beim Wimblinger Rast gemacht, und weil grad Feierabend gewesen ist, sind er und der Loisl ins Reden gekommen.

»No, Loisl«, sagt der Meiserer schließlich, »herschaugn tuast du net, als wia wennst du ewig ledig bleiben willst. Wia denkst denn du nachher über's Heiratn?« Der Meiserer nämlich hat zwei Töchter daheim, und bei ihm geht es hübsch knapp her. »Ledig ...?« gibt ihm der Loisl drauf zur Antwort, »nana, ledig will ich net bleibn ... Vorläufig ist ja der Vata selig noch warm in seim Grob. So pressiert's also net mit'm Heiratn, aber wenn i ein richtigs Weiberts erfrag, warum net!« Er hat den Meiserer schnell angeschaut und gradwegs gesagt: »Wia ist's denn mit deiner Amalie, Meiserer? ... Dö gfallt mir net schlecht.« Ein bißl hat er dabei gelacht wie einer, der genau weiß, was der andere eigentlich will. »Soso«, sagt drauf der Meiserer recht aufgegleimt, »mei Amalie ... Jaja, do laßt sich reden drüber.« Und angelegentlichst hat er seine zweite Tochter empfohlen. Der Loisl hat sich alles gemütlich angehört und bald drauf die Amalie genauer angeschaut. Das hat sich schnell herumgesprochen, und jeder Mensch hat zugeben müssen, daß der Loisl da keinen schlechten Fang macht. Die Amalie war fleißig, tüchtig und zugänglich, aber trotz der Notigkeit beim Meiserer hat sie es ein bißl mit dem Feineren gehabt. Wie sie nämlich nach etlichen Monaten in den Wimblingerhof gekommen ist und Haus und Stall angeschaut hat, sagt sie: »Noja, soweit ist ja alles ganz guat beinander, aber arg altmodisch ... Die Stubn geht ja noch, aber die Kammern könntn besser eingricht sei!«

Das hat sich der Loisl zu Herzen genommen, schon deswegen, weil ihm die strammgewachsene Amalie recht gut gefallen hat.

»No«, sagt er resolut, »wenn's bloß dös is, Amalie ... Dös laßt sich richtn! Knauserei gibts bei mir net!« Das hinwiederum hat der Amalie ausgezeichnet gefallen. Wenn sie wiederkommt in etlichen Wochen, hat der Loisl ihr fest versprochen, da schaun die Kammern besser aus.

Am andern Tag hat er einen hübschen Batzen Geld mitgenommen und ist schnurstracks in die Stadt gefahren. Dort hat er das erstbeste Möbelhaus, die Firma Fink, aufgesucht. Der Möbelhändler hat ihn schnell von oben bis unten gemustert und ziemlich von oben herab gefragt: »Sie wünschen, bitte?« Gar vertrauensvoll ist ihm der Loisl in seinem alten Bauerngewand nicht vorgekommen, und überhaupt, in heutiger Zeit, wo soviel Schwindel vorkommt und die Einfältigsten sich oft als die größten Gauner herausstellen, da heißt es vorsichtig sein. Den Loisl hinwiederum hat dieses unfreundliche Mustern und Fragen nicht weiter geniert, er hat bloß auf die schönen Möbel geschaut, ist endlich vor einer schönen Schlafzimmereinrichtung und einer soliden Bauernstubengarnitur stehengeblieben, erkundigt sich nach dem Preis und sagt kurzerhand: »So was ist grod recht... Dös nimm ich also!« Nicht hat er gehandelt, gleich zieht er seine Geldscheine raus, und das hat natürlicherweise den Herrn Fink noch mißtrauischer gemacht. Er hat gestutzt, den Loisl wiederum schnell angeschaut, schließlich sagt er: »Bitte, wie Sie meinen ... Einen Moment bitte!« Und damit ist er ins nebenan liegende Bureau gegangen, ist erst nach einer Weile wieder zurückgekommen und hat sich etwas fahrig über die Art der Lieferung erkundigt. Nach kurzer Zeit – der Herr Fink ist auf einmal ganz kalkweiß geworden – geht die Ladentüre auf, und herein kommt ein dicklicher Mensch, zeigt einen Polizeiausweis, verlangt vom Loisl Ausweispapiere, die der selbstredend nicht hat, und sagt gradzu: »Kommen Sie mit auf die Polizeistation!« Das ist dem Loisl denn doch zu dumm gewesen.

»Tjaa ... ja!« fängt er grob an. »Ja, Herrgott, was glaubn denn Sie, Herr Nachbar? I bin doch koa Lump! ... Wos will man denn eigentlich von mir, beim Teifl nei!« Und da kommt es heraus, daß man ihm nicht traut; der Herr Polizeikommissar will wissen, wo er sein vieles Bargeld herhat in diesen knappen Zeiten und überhaupt so ekelhaftes Zeug.

»So? Soso!« schreit der aufgebrachte Loisl, mustert den windigen Herrn Fink und verlangt vom Kommissar, er soll sich doch telefonisch beim Bürgermeister Effinger in Trachtling erkundigen über ihn. Der Kommissar überlegt einen Augenblick und tut's. Und richtig, der Posthalter und Bürgermeister Effinger gibt die beste Auskunft. Jedes Wort, das er sagt, wiederholt der Herr Kommissar laut und deutlich, und da wird der Herr Fink auf einmal ganz wieder wie zuvor: kalkweiß, er schwitzt, er zumpelt herum und stottert irgendwas, er faßt den Loisl am Ärmel und fängt ganz windelweich an: »Aber, aber e-entschuldigen Sie! E-ent-« Weiter kommt er nicht, denn da haut ihm der aufgebrachte Loisl einfach eine Mordstrumm Watschn ins Gesicht, was den Kriminalkommissar selbstredend zum sofortigen Eingreifen veranlaßt. Sehr energisch, amtspflichtig tritt er auf, doch da passiert etwas Unerwartetes.

»Aber wo! Aber, ich bitt Sie, Herr Kommissar! Ich versteh den Herrn vollkommen!« wirft sich der Herr Möbelhändler Fink dazwischen. »Ich? Ich fühl mich durchaus nicht verletzt, keine Spur, Herr Kommissar ... Bitte, bitte, lassen Sie den Herrn, bitte... Also, die Schlafzimmergarnitur und die Bauernstube, haben Sie gesagt, nicht wahr ... Bitte, stehe zu Diensten ...« Er schwänzelt und verbeugt sich in einem fort kulant und will den Kommissar wegdrängen, er sieht nur noch den Loisl – und der? Der lacht auf einmal krachend auf, lacht breit aus sich heraus. »Nana, ich dank schön, Herr Fink! Bestn Dank! Dö Watschn hobn Sie, und i brauch koane Möbl nimmer! ... Mir san quitt, ganz und gor quitt!« Und damit geht er zur Türe hinaus. Im letzten Augenblick erwischt ihn der Herr Fink noch am Ärmel und keift den Kommissar an: »Er hat mich geschlagen! Verletzt, verletzt... Nehmen Sie ihn fest!« Doch der Loisl schüttelt ihn weg und hört bloß noch, wie der Kommissar sagt: »Verletzt? Aber wo, Herr Fink, aber wo! Eben haben Sie's doch selber abgstritten.«

Münchner Definitionen

Vor dem Briefmarkenschalter einer Münchner Postanstalt stehen kurz vor Dienstschluß Leute. Zuerst sind es sechs, dann acht und schließlich ein volles Dutzend. Stehen und warten.

Warum rührt sich der Beamte hinter dem Schalter nicht? Er zählt sein eingenommenes Geld zusammen. Zählt, sortiert und zählt.

Zu dem Dutzend gesellen sich noch etliche Nachzügler. Die Leute werden allmählich ungeduldig. Kopfschütteln, Hälserecken, um auszuschauen, warum sie nicht bedient werden, alsdann halblautes Murren. Unbeirrt zählt der Beamte sein Geld.

»Hören Sie, Herr! Können Sie Ihr Geld nicht später zählen?« wagt endlich ein Wartender mit unheimischem Akzent zu fragen.

Daraufhin hält der Beamte kurz ein, hebt sein gerötetes Dienstgesicht zum Schalter und mißt seinen Gegner, sagt giftig: »Sie zähln mir mei Geld net!«

»Dafür bin ich auch nicht da!« gibt der Angesprochene gereizt zurück. »Aber i ...!« drauf der Beamte, der schon wieder weiterzählt. Kleine brütende Pause.

»Sie möchtn auch zur rechtn Zeit aus'm Dienst komma!« wirft der Beamte, ohne seinen Kopf zu heben, im Weiterzählen aus dem Schalterfenster. Die

Wartenden murren vernehmlicher. Ihr Vordermann schimpft aufgebracht: »Zum Donnerwetter, wir haben doch unsre Zeit nicht gestohlen!«

»I aa net!« tönt die Beamtenantwort zurück.

Jetzt wird es vor dem Schalter rebellisch.

»Unverschämtheit sowas! Unerhört!« schreit der Vordermann. Der Herr hinter ihm drängt sich ans Schalterfenster und schimpft ebenso: »In jedem Kramerladen wird man bedient, wie sich's gehört, bloß auf der Post muaß's dem Herrn Beamten gnädig sei…«

»Sehr richtig!« zollt der Vordermann Beifall. »Überall wird auf die Kundschaft geachtet!«

Da wirft der Beamte grimmig seine Banknoten hin. Sein wutrotes Gesicht erscheint im Rahmen des Schalterfensters.

»Hier san Sie aa koa Kundschaft!« zischt er und gerät ins Schriftdeutsche: »Hier sind Sie bloß Publikum, verstanden?« Beleidigt bedient er.

Schauplatz ist eine Münchner Straßenbahn.

Ein Durchreisender verlangt einen Fahrschein bis zur Haltestelle Hoftheater. »Ah, wer redt denn heut noch vom Hoftheater!« weist ihn der grantige Schaffner zurecht. »Nationaltheater hoaßt's.«

Erstaunlich: Nichts mehr von Anhänglichkeit an den Hof und Königstreue! »Nun ja«, meint der Durchreisende, »Sie wissen doch, Herr, was ich meine… Alle Welt kennt doch Ihr Hoftheater!«

Drauf der Schaffner: »Hoftheater gibt's doch schon lang nimmer… Haltestelle Nationaltheater hoaßt's!«

»Gut, aber Hoftheater ist doch ein historischer Name!« widerspricht der Durchreisende. »Sie sagen doch auch noch Hofbräuhaus!«

»Jaja, aber dös is koa Haltestelle«, berichtigt der Schaffner.

Auch Gaffen macht sich bezahlt

Die Straßenbahn war normal besetzt. Nur zwei Fahrgäste standen: ein kräftiger, ungefähr dreißigjähriger Arbeiter und ein rothaariger, magerer Junge von ungefähr zwölf Jahren. Es war zwischen drei und vier Uhr an einem farblosen Nachmittag. In den Kurven rüttelte der Wagen zuweilen so stark, daß die Sitzenden unsanft aneinanderstießen und sich dann manchmal entschuldigten. Nur ein modisch gekleideter, schlanker Herr behielt seine steife Haltung und schüttelte stets, wenn der Wagen ins Rütteln kam, halb ärgerlich, halb spöttisch den schmalen Kopf. Dabei verzogen sich seine Lippen manchmal ein wenig, ohne daß ein hämisches Lächeln daraus wurde. Nur der Ausdruck seiner graublauen Augen sagte ungefähr: »Na, was will man in so einer Provinzstadt schon andres verlangen.«

Er schaute unentwegt in die Augen seines Gegenübers, eines solid gekleideten, leicht angefetteten Mannes mit einem dünnen Schnurrbart, einer leicht gefurchten Stirn und einer Aktenmappe aus Rindleder. Offenbar handelte es sich bei ihm um einen Reisevertreter oder mittleren Beamten in den besten Jahren, dem dieses freche Anschauen nach und nach unangenehm wurde, da er sich weder einer Auffälligkeit oder Unregelmäßigkeit in seiner

Kleidung bewußt war, noch sonst eines Grundes. Seine Stirn furchte sich nach einiger Zeit ärgerlich. Er verschlimmerte seinen Blick derart, daß der modisch gekleidete Herr eigentlich merken mußte, wie taktlos und herausfordernd sein Angaffen sei. Doch der Herr merkte es nicht, im Gegenteil, er musterte sein Gegenüber nur noch unverwandter.

»Was schauen Sie mich so an? Kennen wir uns etwa?« fragte der leicht angefettete Mann endlich geradeheraus und nahm den Modischen fest aufs Korn. Mit einem markig-martialischen Blick sozusagen.

»Kennen? ... Nein, durchaus nicht«, gab der Modische frech zurück und behielt seine überhebliche Miene.

»Warum dann? ... Ich verbitt mir Ihre Anglotzerei, verstanden?« stieß nunmehr der andere zornig heraus.

»Wieso ...? Tut's Ihnen vielleicht weh?«

Sekundenlang verlor der Mann mit der Rindledermappe die Fassung. Er bekam Zornadern auf den Schläfen, schnaubte grob heraus: »Unverschämtheit, sowas! Was erlauben Sie sich eigentlich, Sie – Sie – Sie –« Er rang das Schimpfwort, das er auf der Zunge hatte, mit Gewalt hinunter, um sich im Falle eines zu erwartenden handgreiflichen Konflikts nicht sagen lassen zu müssen, er habe durch eine vorschnelle Beleidigung den anderen herausgefordert. Er schüttelte einige Male kurz seinen massigen Kopf und knurrte Unverständliches vor sich hin, wandte sich ostentativ ab und schaute auf die rechte Reihe der Fahrgäste seines Gegenübers. Aus den Mienen dieser Leute las er deutlich, daß sie mit ihm einer Meinung waren. Eine Frau, die direkt neben dem frechen modischen Gaffer saß, rückte sogar – obgleich das bei der Enge kaum noch möglich war – etwas ab. Eine allgemeine, abweisende Mißstimmung ergriff die Fahrgäste, doch der Gaffer musterte den erregten Mann nur noch aufreizender, der plötzlich wieder auf ihn schaute und viel lauter und drohender schrie: »Thm, eine Frechheit... Unerhört... Sie Lümmel, Sie unkultivierter!« Die Volkswut im Straßenbahnwagen fing zu kochen an, insonderheit da der Gaffer kein Gegenwort sagte und nur ein ganz klein wenig grinste. Das war zuviel. Laut in ein bellendes Schimpfen brechend und damit eine jähe Verwirrung schaffend, schnellte der Mann mit der Rindledertasche vom Sitz hoch und gab dem Modischen eine Ohrfeige. Einige Frauen schrien, der Schaffner kam daher, wollte die zwei Männer trennen – aber nein, es war gar nichts zu trennen, denn der Modische wehrte sich nicht im mindesten. Er grinste nur noch, wischte sich über die Wange und sagte kühl und unangefochten: »Danke, mein Herr ... Das nämlich war der Grund ...«

Er stockte.

»Grund ...?« stotterte der wildgewordene Mann und glotzte. Alle glotzten. »Es handelt sich nämlich um eine Wette«, sagte der fremde Herr, ging kurzerhand auf seinen in der vorderen Ecke sitzenden, scheinbar unbeteiligten Freund zu und rief: »Du siehst, meine These stimmt ... Bitte, die dreißig Mark.«

»A-also, da hört sich doch alles auf ... also ...!« rief der alte fette Herr, während die beiden Freunde rasch ausstiegen. Erst nach einer Weile erholten sich die Weiterfahrenden von der Verblüffung und setzten sich wieder.

»Dreißig Mark, Sie ...?« sagte der Schaffner ins leichte Lachen aller und schaute auf den verdutzten Herrn mit der Rindledermappe: »Dreißig Mark? ... Hm, hm, da laß i mir gern eine wischn ...«

Andachts-Idyllen

I

Laß Dir nichts einreden, lieber Wanderer, der Du unser Bayerland und unsere kernige Völkerschaft liebst! Laß Dir nichts einreden von den Verleumdern, die jetzt allenthalben aufstehen und selbst davor nicht zurückschrecken, die althergebrachte Frömmigkeit unseres Bauernvolkes in Zweifel zu ziehen!

Merk Dir ein für allemal, bei uns ist es in dieser Hinsicht noch wie ehedem. Bigotterie und Scheinheiligkeit haben wir nie nicht gekannt, aber der alte, weißblaue Herrgott lebt und wirkt noch gleichermaßen in jedem echten Bauerngemüt – –

Ich nehme an, daß Du die heilige »Bruderschaft zum dritten Orden« kennst, die ja heute noch ihren ergiebigen Einfluß auf die Seelen der katholisch-gläubigen Christen ausübt. Nichts daran ist verblasst. Mit geradezu mustergültiger Pflichtbeflissenheit kommt man bei uns den Satzungen dieses Ordens nach.

Zwölf Vaterunser täglich, schreibt er vor, der dritte Orden. Zwölf Vaterunser müssen täglich gebetet werden, das nimmt gewiß Zeit, das will bezwungen werden, wenn man arbeitet wie bei uns. Aber gehalten wird sie, die Vorschrift, auf sinnigste Weise wird sie eingehalten. Frage nur einmal ein solches Ordensmitglied – sagen wir zum Beispiel die Rechreiterin von Atzing, die stets in der Früh um vier Uhr aufsteht und nachts um zehn Uhr todmüde ins Bett hineinsteigt, der die Augen zufallen, wenn sie sich mittags zum Essen hinsetzt – frage sie:

»Rechreiterin? Jetz sog mir doch amoi – Du hast doch den ganzen Tog koa ruahige Viertelstund – sog mir doch amoi ganz aufrichti, wia kimmst denn jetz Du dazu, daß'd Deine zwölf Vaterunser betst?«

Frag sie – und antworten wird sie Dir, so wie nur ein echtes, frommbayrisches Gemüt antworten kann: »Tja…! Jetz dös is guat! … I hob doch meiner Lebtog an guatn Stuigang ghobt…!«

Aus einem unerfindlichen Grund wirst Du vielleicht weiter forschen, was denn die zwölf Vaterunser mit einem geregelten Stuhlgang zu tun haben, und mit jener unsympathischen Begriffsstutzigkeit des Uneingeweihten den Kopf schütteln.

Und antworten wird sie Dir abermals, die Rechreiterin von Atzing, antworten mit der gleichen schönen bayrischen Sachlichkeit: »Tja mei, wo werd i denn betn? … Aufn Haisl hoit! … Da geht's doch a'n leichtern und nimmt koa Zeit…!« – – – –

Wo – so frage ich Dich – findest Du jemals wieder auf der ganzen Welt eine solche Frömmigkeit?

Nirgends! Nur in Bayern!

II
Leben und leben lassen…

Von Zeit zu Zeit gibt es in unserer Pfarrei Allkirchen eine »Mission«, das heißt, es kommen so ihrer fünf oder sechs Ordensgeistliche und halten Predigten in der Pfarrkirche. Eine solche »Mission« dauert oft zwei Wochen, denn wenn sie kommt, sagt man sich bei uns, »ist meistens was nicht in der Ordnung«. Es geht bei solchen Gelegenheiten dann sehr feierlich zu. Jeder der fremden Geistlichen hat seine besondere Aufgabe; der eine predigt nur für die Ehemänner, der andere nur für die Weiber, der andere für die Jünglinge, der vierte für die Jungfrauen und endlich die anderen für die Kinder und für die Allgemeinheit.

Besonderen Beifall hat diesmal der »Pater Superior« mit seiner Predigt über den Ehestand gehabt. Ehemänner und Weiber haben dabei in die Kirche hinein dürfen. Gestopft voll war es. Richtig hat er es ihnen gesagt, der Pater Superior, den Eheleuten. Es war ihm ausnehmend gut zum Zuhören:

»Was sind denn das für Zuständ überhaupts, chrischtliche Zuhörer?« rief er mit seiner mächtigen Stimme und sein Gesicht ist rot geworden dabei: »Einfach Schindluader treibts Ihr mit dem heilign Ehstand? Ja – chrischtliche Versammlung – da muß ich denn dengerscht frogn, weil in einem furt s'Mäi aufgrissen wird und gegen ünsern Herrgott gschimpft wird! – Da muaß ich denn dengerscht frogn: Wenn bei sowos der Staat, die Regierung, das Gerücht und die Polizei nicht eingreift und nichts macht, ja wem steht's denn nachher zua, daß er sein Mäi aufreißt als ünserner römisch-katholischen Relügüon und Kürche…? Ist denn dös überhaaps noch chrischtlich? Da laaft er ihr davon, wenn's ihm nicht mehr passt und sie iahm, – grad ois wia wenn's keinen Herrgott nicht mehr geben tät...?

Da meechte ich denn dengerscht Euch allen zurufen: Ös bleibts beianand, Mannsbülder und Weibsbülder, wo enk ünsa Herrgott z'sammgheftet hat durch die chrischtliche Kürche! ... Chrischtliche, in Herrn versammelte Brüder und Weiber, das geht nicht, daß'ts ös Huarerei treibts... Es sünd üns schon verschiedene Sachen zu Ohren gekommen, meechte ich anführen... Es ist bedauerlich, daß die Pfarrei Allkirchen, die wo frühers eine Muschterpfarrei gewösen ist, auf amoi ein solchener Saustall ist!« Und mit gestrecktem Zeigefinger deutete er von der Kanzel hinab auf die Ehemänner: »Ös! Chrischtliche Ehemänner! Enker Seelsorger hat mir Verschiedenes von enk verzöhlt!... Habts ös denn gar keine Scham nicht, daß'ts ös enk von dö Gelüschten, dö wo dö Sommerfrischler aus der Stodt rausbringa, verfüahrn loßt's...? ... Sowas grenzt schon an Gottesleesterung mit enk! ... Mit betribten Herzen hat's mir enker Seelsorger berichtet, daßt's ös enk herbeiloßts und solcherne Weibsbülder anschaugts und enkern Herrgott ganz und gar vergeßts! ... Dö Weibsbülder?! Schaugts ös no amoi rächt o! ... Was hat denn a solcherne o? ... Vorn ois offa und Reeke wia Schneuztüachln, do wo'st durch und durch siehchst... Grod ois wia wenn sie's direkt auf'n Sindenfall olegn! ... Sowas, chrischtliche Zuhörer, muaß zum Verderbn führn, wenns ös dö nochmal in enkerne Häuser loßt's! ... Vo der Höll is's und zu der Höll geht's! Amen!«

Die Weiber linsten einander schadenfroh zu und

freuten sich, daß er ihren Männern einmal richtig die Leviten las. Draußen vor der Kirche sammelte man sich und unterhielt sich ergiebig über die Ausführungen des Pater Superior.

»Dös is a Redna! ... Sowos? ... Der nimmt si koa Blattl vor's Mai«, sagte der Hingerl, und die Reblechnerin lachte schief und meinte zu den Männern: »Der hots enk gsogt, ha!«

»Jetz i sog amoi sovui, wenn's koan Sindnfoi gebn tat, zu wos waar'n denn nachha dö Pfarra do? ... Es muaß wieda sowos aa gebn«, sagte der Gleim-Hans gelassen und fand allgemein Zustimmung. – –

»Freili! ... Leben und leben loßn! ... Dös hob i oiwai gsogt«, schloß der Hirn-Beni. –

III
Unser Glaube

Mit keinem Menschen in der ganzen Umgebung bin ich so gut speziell als wie mit dem Lefflberger-Simmerl von Berflfing. Diese gute Speziellität schreibt sich davon her, weil es zwischen dem Simmerl und mir, solang wir uns kennen, noch nie kein Geheimnis gegeben hat. Es gibt aber auch keinen mitteilsameren Menschen als wie den Simmerl, und wenn man einmal sein Freund ist, erzählt er einem alles, die heikelsten und persönlichsten Sachen genau so wie die harmlosen. Zum Beispiel weiß bloß ich in der ganzen Pfarrei, warum der Simmerl kein Weibsbild mehr anschaut, und daß Dir so was ein Mensch erzählt, will doch schon allerhand heißen.

Nämlich einen Bruch hat er, gestand er mir, und das größte und beste Bruchband hilft bei ihm nichts. Vor zirka einem Jahr war es das letzte Mal, daß er sein Glück bei einer versucht hat, der Simmerl. Das war die Köchin vom Rentamtmann Huglfinger von Iffling, da schaute es wirklich ganz handsam aus am Anfang. Bis daß dann die betreffende Nacht kam, wo die Huglfingerköchin in der Kammer zum Simmerl sagte, als er im Hemd vor ihr stand: »Ja moanen S', mir graust etwa von gar nix?«

»Ja warum, was is denn an mir, daß Sie mich net mögen, Frailein...?« versuchte der Simmerl mit der schlichten Arglosigkeit von der Welt zu fragen, aber es half nichts. Der Köchin grauste es, und er ist schließlich abgezogen.

Seitdem will er nichts mehr wissen von den damischen Weibsbildern, der Simmerl. Bloß auf den Körper reflektieren sie und auf sonst radikal gar nichts. Auf keine Rechtschaffenheit, und ob einer hausen kann, schauen sie erst recht nicht. –

Seine Rechtschaffenheit, sein Sparen und Hausen und daß er ein durchaus frommer Mensch ist, dies sind die eigentlichen Glanzseiten des Lefflberger-Simmerl. Warum er gerade der Religion eine solch ausnehmende Sympathie entgegenbringt, das hat einen echten, handfesten bayrischen Grund, der unbedingt überzeugt.

Auf meine diesbezügliche Frage nämlich antwortete er seinerzeit: »Jetz, i will Dir wos sogn... Kaafst a Haus, host an Haufa z'toan und brauchst Geld... A Weiberts wennd'st nimmst, kost Geld und verlangt woaß der Teifi wos vo Dir, aba d'Religion kost nix und tuat kein weh... An Opferstock? ... Ja, do hob i oimol dös ungülti Geld neigworfa... Woaßt und siecht's ja koa Mensch net... Zum Herschenka hot ma doch nix heuntzutog...« – –

Auffassungssache

Einmal, in der ordentlichen Zeit, so um 1926 oder 27, hat uns im Sommer ein älterer Bruder von mir, der in Amerika reich geworden ist, besucht. Mit seiner Frau, mit einem seiner Buben, der erst fünf Jahre alt war, und mit seinem feinen amerikanischen Auto ist er gekommen. Zum Auto haben sie immer »Car« gesagt, was uns eigentlich immer ein bißl belustigt hat, denn von »Car« schlossen wir auf »Karren«, was soviel bedeutet wie ein ausgedientes Vehikel, ein ganz minderes Fuhrwerk, das jeden Augenblick zusammenbrechen kann. Nebenbei gesagt aber, dem Bruder Eugen sein Auto, Marke »Studebaker«, war ganz was Großartiges. Mit dieser »Car« also fuhren er und seine Frau eines Tages bei uns vor und drängten unsere alte Mutter selig so lange, bis sie einwilligte, mit nach Rom zu fahren. Dazu hätte sie sich nie und nimmer bewegen lassen, wenn ihr nicht alle eingeredet hätten, daß sie dort den Heiligen Vater sehen würde. Als gute Katholikin gab das für sie den Ausschlag. Sie, der jedes Reisen und Verändern seit jeher zuwider war, fügte sich also sozusagen in Anbetracht dieser Aussicht in »ihr Schicksal«. Es kam auch so, sie sah ihren Papst mit vielen anderen Pilgern, kniend konnte sie den Ring Petri an der Hand des heiligen Mannes küssen. Nachher aber fuhren Eugen und seine Frau, den berühmten »Baedeker« in der Hand, durch die kochend heiße Stadt Rom und besuchten vor allem die antiken Ruinen. Als sie, beflissen in ihrem »Baedeker« lesend, vor dem riesigen, zerfallenen Colosseum standen, wurde es unserer Mutter aber doch zu dumm. Ungeduldig und ärgerlich stieß sie plötzlich heraus: »Ja, Herrgott, warum schaugt's denn jetzt do so lang? Ös seht's doch ... Dös is doch noch gor net fertig!«

Ein Bauernhof brennt

In Atzing wachte in einer Nacht die Riedl-Theres auf und sah in der Offelfinger Strichweite Feuerflammen. Sie weckte den Adam.

Die zwei schauten eine Zeitlang in die Gegend und kamen überein, daß das in Offelfing sein könnte. Der Adam zog sich vollends an und weckte seinen Nachbarn, den Schmalzinger-Pauli. Alsdann schlugen sie allgemein Lärm im Dorf.

Um es kurz zu sagen, es kamen also im Verlaufe von ein und einer halben Stunde die meisten Atzinger Feuerwehrmannen zusammen und schauten vom Riedl seiner flachen Wiese aus in die Gegend.

»Dös is z'Offelfing! Spannt's ein, Pauli!« sagte endlich der Adam, und der Brittinger-Toni tat sich besonders wichtig. Er nämlich ist beim Hitler gewesen und hat alsdann durch den ganzen Krieg einen Druckposten bei einem Proviantamt gehabt. Deswegen jedesmal sein großes Maul, wenn was los ist.

»Dös is doch seiner Lebtog net z'Offelfing! ... Ah! Dös is doch, meiner Schätzung noch, seine guatn acht Stund weg! ... Dös is z'Ampfelberg oder do umanand, sog i!« erklärte der Pauli. Es war gegen den vorlauten Toni, und auf den Pauli hört man.

Alle schauten wieder interessiert in die Gegend.

Im Pfarrdorf Peterskirchen fing es jetzt zu läuten an. Sonst war es weit und breit still.

»Hört's ös denn net! ... Dös is z'Offelfing, sog i!« rief der Brittinger-Toni und setzte dazu: »Wenn's z'Peterskirch läut, muaß's doch in der Näh sei!« Aber der schwatzt viel, wenn der Tag lang ist.

Es entwickelte sich nun im Lauf der nächsten Stunde folgendes gewichtige Gespräch zwischen den Atzinger Feuerwehrmannen:

Nachdem der Schmalzinger-Pauli den Toni einmal gründlich zurechtwies, ob er vielleicht glaube, daß seine Rösser überhaupt nicht rasten müßten, sagte der Arglsberger gelassen: »Ha, wia a so a Feir an Himmi färbt, hmhm! ... Dös muaß schon a hübsch großer Hof sei...«

Darauf der Penzinger: »Ja, do, moan i, brennert dös ausdroschn Korn aa mit, weil's gor a so speibt, dös Feir!«

»Jaja, siehcht ganz darnoch aus«, antworteten einige ebenso.

»Dös is überhaupts viel weiter weg! Dös is an Gebirg drobn, sog i!« warf der Schmalzinger-Pauli wieder hin: »I wett mein Kopf, daß dös an Gebirg drobn is!«

»I möcht doch onehma, daß, wenn's z'Offelfing brennt, daß do scho lang die Heimertshauser Feierwehr z'hörn oder z'sehng waar!« bekräftigte der Penzinger dem Pauli seine Annahme, und alle nickten.

»Dös sog doch i!« meinte der Pauli: »So mir nix, dir nix treibt man doch seine Roß net bei der Nocht raus.«

Der Arglsberger lauschte wiederum nachdenklich

in die Nacht und brummte demgemäß: »Hmhm, wenn's a so stad is bei der Nocht und es läutn dö Glockn a so, du, wia dir dös feierlich is ...« Auf das hin hörten alle dem Läuten zu, und es blieb eine Zeitlang ganz still.

»Es muaß, scheint si, doch in der Näh sei«, wagte aber endlich der Riedl-Adam einzuwerfen, doch das wurde überhört.

»Haha! Hmhm, es brennt! ... Es brennt wirkli«, brümmelte der alte Ampletzer mehr für sich.

»Aufpaßt werden s' hoit wieder net hobn! Mit'n offna Liacht werden s' hoit wieda aufn Tenner ganga sei!« polterte der Penzinger strafend, und der Schmalzinger-Pauli, der ihm zustimmte, wiederholte, daß die Brandstelle mindestens acht, wenn nicht gar zehn Stunden weit weg sei.

»Ja, Kreizmillion und drei Teifi, werd jetz eigspannt oder net! ... I stell mi doch net dö ganze Nocht umasunst doher!« plärrte jetzt der hitzige Brittinger-Toni auf einmal wieder und rief dadurch eine Erregung hervor, die man sonst in Atzing nicht gewohnt ist. Ein richtiges Streiten fing an.

»Du hoitst ganz dei Mäi, gell! Du host noch net amoi d'Feierwehrabgab zoit!« fuhr ihn der Pauli grob an, und alle waren auf seiner Seite.

»Do! ... Do! ... Hört's ös! Dös is dö Heimerthauser Feierwehr!« schrie mitten in diese kämpferische Entwicklung hinein der Riedl-Adam, und tatsächlich hörte man ein Wagenrollen und Trompetenblasen den Peterskirchner Berg herunter. Immer näher und lauter klang es.

»I moan, spann ma doch ei, Pauli!« redete der Arglsberger diesem gut zu, und endlich holte der Schmalzinger-Pauli seinen Rappen und den Fuchsen und spannte ein. Nach verschiedenem Hin- und Herschimpfen fuhr die Atzinger Feuerwehr zum Dorf hinaus. Es war ziemlich dunkel. Schon lang hatte sich der Mond in den dicken Wolken verschloffen. Darum fuhr man vorsichtig und im Schritt, und selbstredend ging dabei die Unterhaltung weiter.

»Ha-hm, hmhm, wirkli brennt's! ... Ha-hm! Hmhm, pfeilgrod brennt's!« sagte der alte Ampletzer in einem fort betrachterisch. Ganz anders war der Pauli aufgelegt.

»Wenn's z'Offelfing brennt«, räsonierte er ärgerlich, »worum gibt ma üns denn dös net z'wissn? ... Dö kunntn doch wissn, daß unseroans seine Roß rastn lossn möcht bei der Nocht! ... Aber, i sog amoi sovui, es is net z'Offelfing! ... Dö Heimertshauser Feierwehr, dö fahrn ja wega jedn Scheißdreck drauflos, dö protzertn Hengl, dö protzertn! ... Mit eahnern nein Feierwehrwogn! ... Do konn's doch der Teifi nimmer derhoitn!«

»Jetz i sog amoi sovui, sowos muaß bei der nächstn Gemeindeversammlung aufs Tapett kemma!« forderte der Arglsberger energisch. Der gleichen Meinung war auch der Penzinger. Sie schimpften ärgerlich.

»Wird's ös scho sehng, daß i recht ghabt hob! ... Mir fahrn auf Offelfing, und im Gebirg drobn brennt's«, sagte der Schmalzinger-Pauli in ihren unguten Disput hinein. Als man aber bereits in die Riechweite des Feuers gekommen war und der Brittinger-Toni jetzt triumphierend schrie, wer denn also recht gehabt hätte, da wurde der Pauli derart wütend, daß er ihm nahelegte, wenn er jetzt nicht bald sein hitlerisches Plärrmaul halte, dann kehre er ganz einfach um, basta!

Auf der Brandstätte angekommen, zeigte es sich, daß die Flammen bereits den ganzen Hof eingeäschert hatten. Zornig sprang der Pauli vom Spritzenwagen und jagte auf den geschädigten Friedlbauern zu.

»Ja, Herrgott, sowos gibt ma üns doch z'wissn! Host denn du ganz und gor's Hirn verlorn?« schimpfte er dem jammernden Bauern ins Gesicht, und weil der keine rechte Antwort drauf fand, wandte sich der Pauli an die Atzinger Mannen und kommandierte schmetternd: »Antreten! Spritzen!« Es dröhnte über allen Lärm hinweg. Dummerweise aber stellte sich dabei heraus, daß die Schläuche vergessen worden waren, was natürlicherweise die Heimertshauser Feuerwehrleute arg und laut spöttisch machte. Der Pauli aber, ganz und gar außer Rand und Band über diesen Zwischenfall, schlug einfach dem vorlauten Brittinger-Toni mit aller Wucht eine ins Gesicht und brüllte herum wie angestochen. Indessen, der Toni geriet mit ihm ins Handgemenge, und die zwei mußten mit Gewalt auseinandergerissen werden. Der Gendarm von Rauschenbach, der mit seinem Motorradi dahergekommen war, wollte sich einmischen und drohte sogar mit »Aufschreiben«. Das hinwiederum wirkte schier furchtbar.

»Wos? Wos wuist du? Wos?!!« schrien mit einmal

nicht bloß die zwei Raufer, die meisten Atzinger nahmen eine drohende Haltung ein.

»Wos? Du? *Du* möchtst aran solchern Unglücksplotz dös große Wort füahrn, du!« bellte der Pauli, und der Beschimpfte hielt es für ratsam, unauffällig zu retirieren, um alsdann ganz im Finstern zu verschwinden.

Die ganze Sache endete damit, daß der Pauli bekannt gab, sowas, daß ein Gendarm bei einem Brand dabei sei, dürfte unter keinen Umständen mehr vorkommen.

»Überhaupts is dös a reine Feierwehr-Angelegenheit, und der Friedl is zum Glück guat versichert!« schloß er seine martialische Rede. Diese letztere Mitteilung bewirkte, daß allgemein die Ansicht aufkam, es sei sowieso nichts mehr zu retten.

»Und es braucht's aa net... Do soll si nur d'Versicherung kümmern«, war das letzte Wort vom Arglsberger, und schiedlich und friedlich fuhr man wieder nach Atzing zurück.

»I hob mir's ja glei denkt, daß's brennt! I hob's glei gsogt«, brümmelte der alte Ampletzer in einem fort auf der Heimfahrt ...

Politik

In einer Münchner Gastwirtschaft – es sind nur wenige Stammgäste da – höre ich folgendes Gespräch über die politische Lage.

Oberapotheker: »Ich kann's einfach net verstehn, warum als unser guater Hindnburg an Papen an Laufpaß gebn hot...«

Zigarrenhändler: »Tha, Sie san guat ... Lesn denn Sie überhaaps koane Zeitungen? ... Wenn amoi dös ganze Volk nimmer mog, nachher konn der Hindnburg aa nix mehr macha! ... Da Papn, den hot doch gor koa Mensch ming...«

Oberapotheker: »Mögn? ... Habn Sie scho amoi derlebt, daß man bei uns an Reichskanzler mögn hot? ... I net! ... Das is ein ganz ein elendiger Beruf heutzutag!«

Wirt: »Beruf? ... Der Papen is doch vo Beruf gor koa Reichskanzler gwen. Dös war ja ein Herrenreiter ... Wos versteht denn a so a Herr von einem Millionenvolk?«

Zigarrenhändler: »Jaja, eben, eben! ... Weil mir ebn koane glerntn Reichskanzler mehr hobn seitm Bismarck, drum is oiwai dö Sauerei...«

Einige nicken. Kurze Pause.

Der bis jetzt schweigsame Krämer Nassl: »Redn hot er kinna, der Papn, do gibt's nix! ... Aber no, er hätt si hoit erst eingwöhna müassn! A jeder braucht sei Zeit...«

Oberapotheker nickt wiederum, dann: »Und der Hindnburg werd jetz mit seine fünfundachzg Johr auch recht aufsässig ... Koa Mensch macht's eahm mehr recht... Mei Vater selig, wia er ins neunzigste Johr ganga is, der is grod a so gwen ... Nix host eahm mehr recht macha kinna!«

Zigarrenhändler: »Jetz kimmt ganz einfach der Hitler! ... Der sogt einfach zu oim ja beim Hindnburg und tuat doch, wos er mog ... Der werd glei a Ordnung macha, do paßt's auf!«

Wirt: »Dös geht aa net! ... Dös erst und letzt Wort hot oiwai noch der Hindnburg ...«

Krämer Nassl: »Ja und wos will er denn nachher anderst macha, der Hitler? ... An Dreck san ma jetz scho drinn.«

Zigarrenhändler: »Der Hitler? —«

Oberapotheker, ihm ins Wort fallend: »Dös is a Schwabinger Maler gwen ... Wia werd denn der wos zsammbringa? Geh!«

Zigarrenhändler, hitziger: »Dös is ganz gleich! ... Es muaß ganz einfach a anderner Kanzler her! ... An Hitler kennt ma wenigstens, der is fei sehr beliebt...«

Krämer Nassl, sieht ihn schräg an: »Mogstn du?«

Zigarrenhändler, fast stolz: »Jawoi, dös is mei Liebling!«

Etliche lachen dünn in sich hinein.

Krämer Nassl: »Mögn an Sie, Herr Oberapotheker?«

Oberapotheker, kopfschüttelnd: »Nein, i net... Mir is er z'laut!«

Krämer Nassl zum Wirt: »Mogst'n du, Barthl?«

Wirt: »Na, absolut net ... Für Gschäftsleut is der gor nix!«

Er wendet sich an den Krämer Nassl: »Mogst'n denn du?«

Krämer Nassl, spöttisch: »I richt mi ganz noch der Mehrheit! I mog'n nämlich aa net!«

Oberapotheker: »No also ... Warum loßt man denn nachher an Papn net bleibn?«

Zigarrenhändler: »Wegn an Hitler!«

Alle sehen ihn an, ein wenig baff: »Ja, warum denn wega dem?«

Zigarrenhändler: »Weil dös Politik is! ... Jeder muaß amoi drokemma ... Jetzt kimmt ganz einfach der Hitler!«

Alle wiederum: »Und nachher? ...«

Zigarrenhändler: »Nachher kimmt an anderer ...«

Wirt, gemütlich: »Noja, wenn dös Politik is, nachher freili...«

Krämer Nassl, nachdenklich: »Nachher loßt sich nix dagegn sogn ...«

(Der Stammtisch beruhigt sich, der eine trinkt, der andere bläst seinen Rauch in die Luft, eine Zeitlang ist's ruhig, alsdann geht man auf ein anderes Thema über.)

Heil Hitler!

Am Stammtisch spätnachts in einer Münchner Wirtsstube.

Es sitzen beisammen der rundgesichtige, gemütliche Kolonialwarenhändler Beigl, der beleibte Wirt, der grantige Oberapotheker Laßl, der eisgraue Rentner und Hausbesitzer Aubichler und der Vertreter (was bei uns heißt »Reisender«) Stoizinger, ein mitteljähriger, durch geschäftliche Ungunst gereizter Ariertyp. Die Kellnerin Wally liest hinten an einem Tisch nebenher illustrierte Zeitungen und kommt manchmal an den Stammtisch. Der Tarock ist zu Ende. Man verschnauft sozusagen gelassen und schnullt an seiner Virginia oder Zigarre.

Beigl (nach einer Pause): »Jetz gibt's wieder a Wahl ...«

Laßl (knurrig): »Tja, ein Saustall das!«

Aubichler: »Soso, a Wahl gibt's wieda? Ja warum jetz dös?«

Wirt (gleichgültig-verächtlich): »Ja no! Dös hot doch noch nia wer gwüßt! ... Werd scho wieder wos net stimma ...« (Mürrischer:) »Ich kann jedenfalls wieda's Nebnzimmer heizn lossn und d'Leut trogn mir an Haufen Dreck rein! Meine Weißwürst bring i net o, dös ganze Vormittogsgschäft is beim Teifi...«

Stoizinger (leicht überheblich und halb schadenfroh): »Tjaja, laßt Euch nur Zeit, dösmal hilft da Hitler aber dera Bagasch in d' Schuah nei! Dö Herrn werdn sich täuschn, dö wo meina —«

Laßl (ihm erweckt ins Wort fallend): »Lassen S' mir bloß mit dem Hitler in Ruah!«

Beigl (ebenso): »Tja, der is uns noch obganga!«

Stoizinger: »Warum?« (Er schaut spöttisch auf die zwei.)

(Wirt steht auf und geht an die Schenke.)

Beigl: »Warum? ... Wer macht denn den ganzen Wirbl in oan fort? Bloß der! Der Herr Österreicher!«

Laßl (bissig): »Und mir Bayern lassn uns den Saustall gfalln! ... Siebzehnhundertfünf ists anganga —«

Aubichler (mehr für sich): »I sog ja, mit dera ewign Politik! Frühra hot's dös net gehn ...« (Bleibt unbeachtet.)

Stoizinger (wölbt sich siegesgewiß und schaut auf Laßl und Beigl): »Soso? Der Hitler, sagen S', der is schuld an dem Wirbl? ... Wenn der d'Regierung hätt, nachher wär scho lang a Ruah ... Der hätt ausgraamt!« (Es wird belebter, heftiger sogar.)

Beigl (sich vorbeugend): »So? Ausgraamt? ... Meinen Sie, daß ich vielleicht an Judn mog? ... Ich mogn auch net, aber i bin scheißfreundli, wenn er bei mir einkauft... Der Jud zahlt doch wenigstens noch! ... Aber wos is's jetz?« (Er flucht das fast.) »Herrgott, der Hitler! Mei Liaba, der hot einen solchn Dunst von einem Geschäftsmann, pfui Teifi! Mit lautern Hetzn und Hetzn sind dö ganzn Judn furt ins Ausland, hobn dös ganz Geld mitgenomma, und jetz is's aus mitm Zahln ...«

Aubichler (versöhnlich, unbeteiligt): »Sie solltn hoit net politisiern...«

Beigl: »Ja – mir hobn jedsmoi an Schadn davo!«

Stoizinger: »Schadn? ... Den ganzn Durchanand und Wirbl macha bloß d'Judn!«

Beigl: »So? ... Grod hobn S' gsagt, der Hitler macht den Lärm?« (Ruft Laßl und Aubichler zu Zeugen): »Wos hot er gsogt, meine Herrn? ... Eisern is er! Net gibt er noch, der Herr Österreicher! Wirbl macht er, der Herr Hitler!« (Laßl und Aubichler nicken zustimmend.)

Stoizinger (in der Enge): »Ah! ... I sag amoi soviel, morgn wann der Hitler regiert, is a Ruah! Der weiß ebn, warum er Lärm schlagt!«

Beigl: »Und wir wissn, worum mir a Ruah wolln...«

Aubichler: »Soviel is an Königreich net gwählt wordn, und d'Mietsteuer hot's a net gebn!«

Wirt (hinzukommend): »Und ich hob net alle Augnblick s'Nebnzimmer heizn müassn und den Saustall ghabt...«

Laßl (finster): »Siebzehnhundertfünf is's oganga! Zahln, Wally!« (Die Kellnerin kommt.)

Beigl (nimmt ebenfalls seine Geldbörse heraus): »Ich sog amoi soviel, wenn ein Mensch gar keinen Dunst nicht hat von einem Geschäftsmann, der muaß weg! Weg muaß er, do gibt's koan Radi! ... Vier Halbe hob i, Wally!« (Er, Laßl und Aubichler zahlen.)

Stoizinger: »Bloß der Hitler kann uns rettn!« (Die Kellnerin kommt zu ihm und rechnet kulant, er:) »Schreib's auf heut, morgen krieg i Kies...« (Die Kellnerin sieht den Wirt an, der nickt schließlich.)

Beigl: »Auweh!«

Ein später Gast tritt ein. Aufgeregt und begeistert: »Na, Gott sei Dank – jetzt ist's geschafft!«

Die Anwesenden: »Wos gschafft?«

Der späte Gast: »Na, Sie wissen's noch nicht? Hitler ist Reichskanzler!«

Stoizinger: »Heil!«

Die andern sehen sich an.

Wirt (nach einem Schweigen): »No, Gott sei Dank, jetz brauch i wenigstens koa Nebenzimmer mehr hoazn!«

Das »Kommunistenstückl« von Aining

Früherszeiten ist in Altbayern die Politik für denjenigen, der nicht damit verdient hat und sich nur bei den Wahlen halbwegs für sie interessiert hat, eigentlich eine ganz nette Unterhaltung gewesen, eine Art Gesellschaftsspiel. Jetzt sind diese schönen Jahre und Jahrzehnte vorüber, jetzt politisiert man ja auch nicht mehr, man »barbarisiert«.

Ich will bloß erzählen, wie es seit der Einführung des Dritten Reiches in meiner Heimat, auf so einem Dorf aussieht. Nämlich so: Die gutgestellten Bauern spüren nichts und sind deswegen überheblich oder, wie man bei uns sagt, »regiererisch«. Die Knechte, die Taglöhner und andern Notschnapper aber müssen sich ducken und gelten beim geringsten Aufbegehren als »Kommunisten«. Und weil das so ist, darum helfen jetzt natürlicherweise die Notschnapper zusammen wie Pech und Schwefel, wenn es gilt, den plärrmäuligen Bauern ein Schnippchen zu spielen.

Vor etlichen Wochen ist so ein »Kommunistenstücklein« in Aining passiert, eine gar liebliche Sache. Nämlich höheren Orts ist für den ehemaligen Bezirksamtmann Hederer ein nationalsozialistischer Ersatzmann eingestellt worden, und dieser Herr, mit Namen Johann Prögl, hat sofort die Weisung an die Dorfbürgermeister hinausgegeben, es müßte anläßlich seines Amtsantrittes in jedem Pfarrdorf eine Art »Huldigungsfeier« veranstaltet werden.

Schnell hat sich diese Kunde herumgesprochen. Der schier zwei Zentner schwere Bürgermeister Haunzberger ist von Leberting nach Aining hinausgefahren und hat gewissermaßen die notwendigen Anordnungen getroffen.

»Und, Feistl, i sog dir's, daß du mir fei für viel gmua Weißwürst sorgst«, sagt er, der Haunzberger, sagt's zum Postwirt Feistl und setzt dazu: »Es kemma haufaweis Leut zsamm, daß fei gmua Fresserts do is! Net daß mir üns vor dem neun Bezirksamtmann schaama müassn …«

Der Postbote Neuner, der Taglöhner Wegerer und der zaundürre, einäugige Glaser Hinterer sind gerade bei der Brotzeit beisammengesessen und haben das gehört. Sie haben einander bloß vielsagend angeschaut, wie sich der Haunzberger so wichtig gemacht hat.

»Soso, a Feierlichkeit gibt's wieder, soso«, hat der Neuner arglos gemeint: »Soso? Jaja, natürli! Freili, freili! D'Leut müassn doch sehn, für wos ois d'Steuern zoin.«

Der Bürgermeister Haunzberger hat aber sofort gespannt, woher der Wind blast, und ist grimmig geworden. Martialisch hat er sich hingestellt und geplärrt: »Stad sei, gell! Ich muaß mir dös verbittn als Amtsperson! Dös geht enk windige Kommunistn gor nix o!«

Das hat selbstredend die drei, den Postboten, den Glaser und den Wegerer, sehr gewurmt, aber mach was, wenn dich so ein vollgefressener Fettsack morgen ins Konzentrationslager bringen kann.

»Noja, noja, man werd doch noch a bißl an Gspaß macha derfa«, hat infolgedessen der Neuner ganz ruhig gesagt und, Gott sei Dank, ist der Bürgermeister auch schon wieder hinausgegangen, auf sein Wagerl gestiegen und heimgefahren.

Wie sie allein gewesen sind, hat der Wegerer halblaut, aber mit großer Giftigkeit gesagt: »Sauber! ... Nix ois Festlichkeitn und Weißwürscht und Fresserts... Und ünseroans kimmt hintn und vorn nimmer aus mit sein Lohn ... Mir san für die Herrn bloß noch d'Hund!«

In dem Augenblick ist der Postwirt wieder hereingekommen, und gleich haben die drei von was anderm geredet. Nebenbei hat sich der Neuner bloß noch erkundigt, wann denn eigentlich die »Huldigungsfeierlichkeit« sein soll.

»Tja, saudumm!« sagt der Feistl und kratzt sich: »Grod bei üns ist's auf d'Nocht. Der Herr Bezirksamtmann absolviert nämling zerscht dö ganzn andern Ortschaften ... Bei üns kimmt er zletzt her ...«

»Soso, hm, soso. Jaja, dö Herrn hobn viel z'toan«, brümmelte der Glaser Hinterer wieder so versteckt spöttisch, aber der Wirt hat drüber weggehört. Wahrscheinlich ist ihm schon im Kopf herumgegangen, wieviel Weißwürste und Fleisch beiläufig hergerichtet werden müßten. Er ist auch gleich in die Kuchl hinausgegangen. Der Wegerer, der Neuner und der Hinterer haben sich wieder flugs angeschaut, auf einmal lacht der Neuner schmal und schnalzt mit der Zunge:

»Haut schon, Brüader!« sagt er fast flüsternd. »Do paßt's auf! Dö Huldigung werd eahna richtig versoizn.« Jeder der drei hat forschend rumgeschaut, ob auch ja keiner zuhört, etliches haben sie einander noch gesagt, und alsdann sind sie von der Brotzeit aufgebrochen.

Am andern Sonntag, schon so gegen vier Uhr nachmittags, hat sich der große girlandengezierte Saal beim Postwirt in Aining gefüllt. Bauern, Bauern, die Honoratioren, kurzum die Großkopferten von weitum sind um die Tische gehockt. Eine Musikkapelle vom ehemaligen Veteranenverein hat geschmettert, viele davon haben SA-Uniform getragen, und die sonstigen Männer haben ihre Kriegsauszeichnungen angeheftet gehabt.

Daheim, in den Ställen, haben die Knechte und Dienstboten gearbeitet. Mist auf den Dunghaufen geschoben, gemolken, die Säue gefüttert.

Es ist dunkel und dunkler geworden. Beim Haunzberger an der hinteren Stalltür sind der Neuner und der Wegerer aufgetaucht, haben ganz lustig mit der Dirn Unsinn gemacht und alsdann ist der erste und der zweite Knecht dahergekommen.

»Jaja, glei. In ara Viertlstund«, hat der erste Knecht dem Neuner ins Ohr geraunt. Das Gebet hat es schon geläutet. Fünf Radler sind aus dem Dorf gefahren. Ohne Laternen.

Droben im Saal beim Postwirt ist's schon hoch hergegangen. Hin und wieder hat einer eine Rede gehalten, und ewig hat das mit einem dröhnenden »Hoch!« oder einem noch lauteren »Heil Hitler!« aufgehört.

Die Trompeten und Trommeln der Musik haben einen solchen Spektakel gemacht, daß die Wände erzittert sind. Auf einmal ist es stiller geworden. Vor dem Saaleingang haben etliche Autos angehalten. Die Tür ist weit aufgerissen worden, und – rechts und links flankiert von einer SA-Ehrenwache, bejubelt von den inzwischen schon ziemlich angeheiterten Bauern und Honoratioren – hereinspaziert ist der neue, stramme Herr Bezirksamtmann Johann Prögl. Die Musik hat einen Tusch gespielt. »Heil! Heil Hitler!« hat es rundum aufgebrüllt. Der Bürgermeister hat sich erhoben und eine schmetternde Begrüßungsrede geschwungen. Die wo, wie sich das jetziger Zeit gehört, natürlicherweise wieder mit einem krachenden »Heil Hitler!« ihren Schluß gefunden hat.

Währenddessen sind fünf Gestalten hinten im hölzernen Eiskeller vom Postwirt flink und ganz und gar lautlos herumgegeistert. Der große Hund hat zwar gebellt, aber den hat bei dem Spektakel im Saal niemand gehört.

»Feistl«, sagt der Haunzberger und wischt sich mit der Hand seinen dicken Schweiß aus dem Gesicht: »Feistl! Jetz aber her mit dö Weißwürscht! Marsch! Jetz ist Zeit! Marsch!«

Der Wirt hat genickt, ist in die Kuchl, hat regiert, und er, der Metzgerbursch und der Feistlsepp sind schleunigst in den Eiskeller hintergegangen, aber – o Graus und Schreck! – die Tür war sperrangelweit offen, der Hund hat bellend an der Kette gerissen, und keine einzige Wurst, kein Trümmerl Fleisch war mehr zu finden.

»Ja! Ja um Gottswilln! Ja –!« schreit der Feistl auf wie am Messer und weint fast.

»Einbrocha!« plärrt der Sepp genau so.

»Do, do, dös san Radlspuren! Nix wia noch! Dö derwischn mir vielleicht noch!« hat der Metzgerbursch hastig gesagt, ist hin und hat den riesenhaften Hund abgelassen: »Da, Nero, da such! Such!« Der Hund hat auch wirklich gleich die Verfolgung der Spur aufgenommen. Sepp und Feistl und der Bursch haben sich auf die Räder geschwungen und los ist's gegangen. Hinaus zum Pfarrhof sind sie, immer der Hund in großen Sätzen voraus.

Das dunkle Aininger Holz ist angegangen.

»Abstecha tua i an jedn von dö Sauhund! Dermurksn tua i'n!« keucht der Wirt und greift nach seinem Stilett.

»Do! Halt! Halt! Do! Do san s'!« schreit auf einmal der Metzgerbursch, weil der Hund seitwärts ins Dickicht jagt. Er wirft sein Radl hin und jagt waldeinwärts. Er hört bloß, wie der Hund durch die dichten Jungfichten peitscht, er sieht wenig, aber alsbald kommt der Feistlsepp mit seiner helleuchtenden Laterne daher und hinter ihm drein, schnaufend und prustend wie ein Bräuroß, mit gezücktem Messer der Wirt.

Der Hund bellt, bellt! Die drei rennen, rennen, schreien, drohen, fluchen, schnaufen und, ja – ja, dort lauft einer, rennt über den Hang hinab, da taucht zwischen den Bäumen wieder einer auf und verschwindet. Die drei Verfolger plärren und laufen noch schneller. Der Hund bellt nicht mehr. Sie springen in ein zerdrücktes Nest im Dickicht und – fallen fast um!

»Ja! Ja, um Gottswilln! Ja, ja, dö. Hu-u …« erstirbt beim Wirt die Stimme. Er bricht fast um. Genauso baff stehen die zwei, der Sepp und der Metzgerbursch, da, nämlich in einem Haufen Fleisch, zwischen zerbissenen Knochen und wenigen Wurstresten wühlt der riesenhafte Hund und frißt, frißt auf Hautsdrein!

Es war nichs mehr zu retten. Der Nero, einmal gierig, hat hineingeschlungen und ist bissig geworden. Der Wirt hat buchstäblich zu weinen angefangen, der Sepp ebenso, und der Metzgerbursch hat bloß noch den Kopf geschüttelt – weg waren die wunderbaren Weißwürste, weg das Fleisch und fort waren die niederträchtigen Diebe.

Heimgekommen sind der Feistl, sein Sepp und der Bursch wie zerbrochen, und die ganze gewaltige Huldigungsfeier hat einen argen Dämpfer bekommen durch dieses unschöne Vorkommnis, denn wo nichts mehr zu essen ist, hört sich die Gemütlichkeit auf. Der neugebackene Bezirksamtmann hat eine sehr heftige Drohrede gegen das »Kommunistengesindel« gehalten und ist schließlich schier beleidigt abgezogen. Wie er weggewesen ist, hat der Bürgermeister Haunzberger auf einmal rabiat auf den Feistl zu schimpfen angefangen, ein Wort hat das andre gegeben, und zum Schluß ist sogar eine wilde, gefährliche Rauferei daraus geworden. Einige liegen heute noch mit nicht allzu kleinen Löchern im Kopf im Krankenhaus, die andern sind leichter lädiert, aber verschnupft ist ein jeder.

Trotz Nachforschungen ist bis heute nicht herausgekommen, wer denn beim Postwirt eingebrochen hat in derselbigen Nacht, aber unter den Armen der umfänglichen Pfarrei geht doch ein recht befriedigtes, schadenfrohes Gemurmel herum.

»Wunderbar! Direkt ausgezeichnet hobn sie's gmacht, daß dös ganz Fleisch und dö Würscht an Hund lossn hobn ... Sunst warn s' derwischt wordn«, hat neulich der Neuner zum ahnungslosen Greinerknecht gesagt, und der – gewiß ein demütiger Mensch – hat gemeint: »Ja, ja, ünseroans wenn's wos gehn hättn müaßn, do hättns liaber dös ganz Zeig verderben lossn ... Jetzt is s besser, weil's der Hund gfressn hot! Pfui Teifi!«

Das ist – ich glaub, uns freut das alle – die wahre Geschichte vom »Kommunistenstückl« in der Aininger Pfarrei.

Pech beim Herrgottschnitzen

Daß die berühmten Oberammergauer Herrgottschnitzer dazumal, wie der Hitler hochgekommen ist und uns zugrund regiert hat, bloß noch hölzerne Führerköpfe hergestellt haben, das ist eine ganz niederträchtige Verleumdung. Es mag ja sein, daß so ein Künstler ab und zu auf Bestellung einen hergestellt hat. Was war da schon andres zu machen! Wissen hat man ja nicht können, was der Besteller im Weigerungsfall getan hätte. Womöglich hätt er einen bei den Behörden ans Messer geliefert und man wäre ein ruinierter Mann gewesen.

Ein für allemal aber muß gesagt werden, daß die Herrgottschnitzer bei ihrem ehrsamen, heiligmäßigen Handwerk geblieben sind. Na also!

In die Werkstatt von so einem Herrgottschnitzer ist neulich der Hartlbauer von Seltendorf gekommen und hat sich eine Reihe von meisterhaften Kruzifixen zeigen lassen. Der Hartlbauer nämlich ist ein ausnehmend frommer Katholik, und, sagt er, er möchte schon ganz was Schönes, weil er ein Gelübde gemacht hat und das betreffende Kreuz der Altöttinger Gnadenkirche stiften will.

Bereitwillig hat ihm der Herrgottschnitzer seine Kruzifixe vorgelegt und von jedem hat er die Qualität erklärt. Jedes hat der Hartlbauer in die Hand genommen, sehr genau angeschaut, und die Wahl ist ihm schwer geworden. Lang ist es hergegangen, bis er gesagt hat: »Sie? ... Dös Kreuz nimm i! Der Heiland gfallt mir am besten ... Hmhm, jaja, sehr schön is dös Christusgsicht, sehr schön, hmhm, jaja, aber wissn S', Herr Kinstler, wissen S', i möcht halt gern, daß unser Herr und Heiland noch a bißl leidender dreinschaugt... Geht dös noch zum macha?«

»Zum machen? ... Jaja, bittschön, dös geht schon ... Setzen S' Eahna nur a bißl hin«, sagt auf das hin der umgängliche Herrgottschnitzer kulant, nimmt das wunderschöne Kreuz, hockt sich hin, klemmt es zwischen die Knie, betrachtet das Leidensgesicht überlegend und fängt schließlich vorsichtig an, mit seinen verschiedenen Messern darin herumzuschnipseln. Da macht er eine winzige Kerbe, dort zieht er einen kurzen Flachstrich. Immer wieder hält er ein und überprüft alles, hilft da und dort ein klein bißchen nach, ist aber nach dem Betrachten immer noch nicht ganz zufrieden und modelliert noch einmal sehr behutsam mit seinem Messer, hebt den Kopf, schaut, wird blaß und starrt, wirft die Messer weg und flucht plötzlich: »Herrgott, Herrgott! Jetz lacht er, der Hundskrippi!«

Bayrische Selbsthilfe
Ein Sittenbild aus der Jetztzeit

Der Sommer bricht herein. Er ist nicht mehr aufzuhalten. Und da ergießt sich auch heute noch der Strom der sonnenhungrigen, badelustigen Stadtmenschen an den Sonntagen aufs Land. Wie ehedem, kann man sagen. Bloß – jetzt helfen die derzeitigen Machthaber des Dritten Reiches und die traditionelle bayrische Klerisei fest und treu zusammen in der Bekämpfung der Unsittlichkeit. Und unsittlich ist halt gar viel in meiner Heimat: das Zusammenbaden von Männlein und Weiblein, die zu »freien« Badeanzüge der Damen und so weiter. Vor allem aber ist's die größte Unsittlichkeit, daß sich die herauskommenden Stadtleute ihre sogenannte Unsittlichkeit so billig machen, daß sie sich ihr Essen mitnehmen, daß sie meistens auf freien Plätzen baden und die einnahmeerpichten Badeanstaltsbesitzer so wenig berücksichtigen.

In Huglfing, beim Postwirt Regelbacher im Nebenzimmer, ist es neulich wegen dieser zunehmenden verbilligten Unsittlichkeit außerordentlich rebellisch zugegangen. Vorgestern nämlich, mitten am Nachmittag, war der Gemeindediener Finsterer herumgegangen zwecks Einberufung einer außerordentlichen Gemeindeversammlung, die also stattfand.

Der neugewählte Bürgermeister Rampfinger – zwei Zentner schwer, Katholik und erst vor kurzem auch bekehrt zum Nationalsozialismus –, der Rampfinger brachte es in seiner mächtigen Einleitungsrede wuchtig zum Ausdruck, daß gewissermaßen Gefahr im Verzug war, wenn nicht sofort eingegriffen würde.

Nämlich eingegriffen in bezug – wie gesagt – auf die Unsittlichkeit, die sich seit einiger Zeit an den Ufern des seit Hereinbruch der Sommerszeit vielbesuchten nahen Huglfinger Sees erschrecklich ausbreitete.

Und was es damit auf sich hatte, das ging deutlich aus den Schlußworten des Bürgermeisters hervor, die also lauteten:

»Ich meechte schlüßen mit den Worten, ünser See hat seiner Lebtag keinen Menschen nicht schiniert, und jetzt auf amal kommertn die Drecksäu aus der Stodt raus und treibertn Schindluader mit ünserer heulign Relügüon! Ich meechte das Wort ergreifen, indem daß ich sage, dös ist ein Saustoi, und indem daß ich verlang, dö Huarerei muaß aufhörn! Ich schlüße! Stilentüum!«

Wahrscheinlich, weil der Eindruck allseits ein geradezu niederschmetternder war, überlegte es sich jeder der Anwesenden, sofort dazu das Wort zu ergreifen. Man hörte vorläufig bloß rundherum verschiedene Beifallsbezeugungen.

»Je eben, eben, eben«, murmelten die einen. Die andern wieder machten nachdenkliche Mienen und brummten: »Hm, hm, a solcherne Sauerei, a so a verreckte, hm, hm!«

Die meisten Bauern aber sogen andächtig an ihrer Weichselpfeife und stießen den qualmenden Rauch in die dicke Luft des Nebenzimmers. Man kann also mit Fug und Recht sagen, es herrschte eine gespannte, bedrückte Stille. Der Beigeordnete Andreas Windl schnupfte rasselnd und graunzte alsdann behaglich, schob dem Rampfinger seine umfängliche Tabaksdose hin, und dieser schnupfte genauso. Immer noch besannen sich die Anwesenden.

»Ich meechte euch auffordern, daß ös jetzt das Wort ergreift!« brach endlich der Bürgermeister besorgterweise diese Unschlüssigkeit.

»Reds halt, daß wos z'sammgeht!« unterstützte ihn der Windl pflichtgemäß. Man rührte sich.

»Wos ist's?« fragte der Rampfinger den Hofbauern von Lermoos. »Wos sogst jetzt du dazua?«

»I sog, dös is ein Saustoi!« antwortete dieser und war fertig.

»Und i aa!« schloß sich der Gretlsbacher dieser Meinung an.

»Dö Huarerei muaß aufhörn!« rief der Wegwart Banzer etwas belebter. »Man fürcht sich ja Sündn, wenn man zuaschaugt, wias do zuageht!«

»Üseroans geht dös ganze Johr net zum Bodn, und dö Saumenscher flacka den ganzn Somma nackert umeinander am Ufer druntn, und eahnerne Kerl hobn's auch noch dabei!« beteiligte sich nun auch der Müller-Wastl von Atzing an der Diskussion.

»Eine solcherne Bagasch hob i überhaupt noch net gsehng!« rief der Beigeordnete Windl und fand Beifall.

»I aa net!« stimmten einige zu. Alsdann besann man sich wieder.

Der Bürgermeister Rampfinger schaute in der Stube herum und sagte förmlich erlöst über einen solch rettenden Zufall, es sei eine Schande, daß der Berberger nie zur rechten Zeit komme, und das möchte er sich verbitten als Gemeindevorstand bei einer solchen wichtigen Angelegenheit.

Die mit fast militärischer Heftigkeit vorgebrachten Worte gefielen und brachten gewissermaßen erst die richtige Stimmung.

»Der Berberger?« rief der Irgert als Nachbar des Genannten und linste dabei mit deutlichem Spott auf den Postwirt: »Ja mei, der is heunt auf Reglhausn numgfahrn mit seinm Kaibi. Der Metzger Pfaffinger zoit ja schier dopplt so guat wia der ünsrige.« Mit »ünsrige« meinte er bloß den Postwirt, und auf den hatte er schon lange einen Hock, weil derselbige bei jedem Handel um ein Stück Schlachtvieh den Preis immer so herunterdrückte. Der Wirt spannte gleich, woher der Wind wehte, und weil er schon lange auf das Kalb vom Berberger spekuliert hatte, darum sagte er jetzt bissig: »Ja, ja, ja, ja, natürli! Natürli! An Pfaffinger sei Geld is ja besser wia dös meinige!«

»Ja no! Mein Gott!« versuchte der Beigeordnete Windl diese Streitfrage zu schlichten: »Mein Gott, vorschreibn konn man doch koan wos! Schön ist's ja net vom Berberger, daß er auswärts verkaaft, aber wos willst macha, wenn der Mensch a Einbildung hot.« Doch er täuschte sich gewaltig. Der Postwirt wurde auf das hin bloß noch kritischer.

»Dös is ganz einfach schofl, wenn ma mitm einheimischn Metzger a so umgeht!« warf er hin, und – wie das überhaupt jetzt bei uns der Brauch geworden ist, wenn einer seine Interessen bedroht sieht – gleich verfiel er ins Politische: »Pfui Teifi! Dös sollt jetz noch daitsch sein, wenn ma sei Sach auswärts verkaaft! Der Hitla hots ewig gsogt! Dös hot üns ruiniert! Pfui Teifi!« Stockgrantig ging der mit den leeren Maßkrügen aus dem Nebenzimmer in die Schenke hinüber.

Indessen – er hatte sich auch verrechnet. Genau so wie der Windl vorher mit seiner Versöhnlichkeit.

Man war durch diesen Zwischenfall bloß drausgekommen, und jetzt, weil der Wirt grad draußen war, interessierte sich jeder bloß mehr für das, was der Metzger Pfaffinger für Preise bezahle.

»Dös is a Jud, sogt man«, meinte der Hofbauer in bezug auf den Pfaffinger. »D' Judn zoin doch allweil dös meist. Dö hobn doch allsamm Geld!«

»So, so, so, so! A Jud is der Pfaffinger! Hm, drum«, brummte der Gretlsbacher wie erleuchtet: »Ja nachher glaub ich's freili.«

»Ah!« bestritt hingegen der Müller-Wastl das wieder: »Ah, wia werd denn der a Jud sei! Der Pfaffinger sticht doch selber und schlachtn tuat er aa selber! Und aushaun erst recht!«

Der Meinungsaustausch wäre sicher noch weit hitziger geworden, wenn in dem Augenblick nicht der Berberger zur Tür hereingekommen wäre. Das erzeugte sogleich allgemeine Zurufe und wendete das Interesse wieder dem eigentlichen Thema zu.

Sofort stand der Bürgermeister Rampfinger wieder

auf, und man sah, daß ihm der Geist in den roten Kopf gestiegen war.

»Ich meechte das Stülentüum ergreifen, indem daß dös eine Nachleesigkeit ist, wenn ma einfach nia net z'rechter Zeit zuawigeht, wenn si sich um dö Intressn der Gemeinde handlt! So wos konn nimmer so weitergehn! Jetzt wartn mir scho schier a Stund auf di!« schrie er den Berberger an. Der aber, bekannt als saugrob, gab ihm sofort heraus: »Du leckst mi, daß d'es woaßt! Du zoist mir mei Kaibi net! Und numfahrn tuast d'mirs aa net! Ha, jetzt wird's guat! Jetzt waar scho boi not, daß man zerscht beim Herrn Bürgermoasta frogt, ob man furtfahrn derf! Kreizhimmiherrgottsakramentsakrament! Wos waar denn jetzt net dös!«

Das entlockte zwar einigen halbwegige Ohorufe, aber man war, scheint sich, doch recht froh, daß es dadurch lebendiger wurde. Der Bürgermeister Rampfinger schlug mannhaft in den Tisch, daß alle Krüge wackelten, und schimpfte noch ärger, aber auf einmal erhoben sich die Lermooser insgesamt, weil sie am weitesten zu gehen hatten, und der Hofbauer als Veteranenhauptmann überschrie alle mit gebieterischer Stimme: »Jetzt muaß amal a Ruah sei, daß ös wißts! Glaubts ös vielleicht, mir laafa a Stund wega enker Streiterei auf Huglfing eina! Jetzt werd ganz einfach von der Huarerei am Seeufer gredt, basta!«

Und das renkte alles wieder einigermaßen ein. Es ging zwar immer noch ein Knurren hin und her, indessen, man war sich doch seiner Gemeindemitgliedspflichten bewußt.

»Wos ist's denn?« erkundigte sich der Berberger: »Wos schmart's denn?«

»No ja, weil dö Saumenscher so ausgschamt bodn an See drentn«, gab ihm der Irgert Auskunft, und weil er gar kein so großes Interesse bei seinem Nachbarn merkte, ging er ins Persönliche über, was ja bei uns immer wirkt, und sagte: »Grod auf deine Gründ treibn sie's am ärgern.«

Er hatte es auch richtig getroffen. Der Berberger hob den runden Kopf und schaute zum Beigeordneten Windl hinüber, und das wie. »Ist eppa do scho wos ausgmacht, wia ma dös obschofft?« fragte er sachlich.

»Ausgmacht? Ja no! A Saustoi ists hoit!« gab der Windl zurück.

Der Müller-Wastl war ins Nachdenken versunken und brummte, mehr betrachtend und für sich, daß diese Stadtfetzen schon richtig dreckig sein müßten, weil sie in einem fort baden. Dann meinte er, was man bei uns ja immer annimmt, wenn's die Leute und insbesondere die Weibsbilder gar so mit der Reinlichkeit haben: »Dö fehlt's allsamm am Unterleibsviertl! Geh mir zua! Dö trogn eahnere ganzn Krankheitn raus zu üns!«

»Und der Schandarm, der schaugt zua! Schaugt ganz gmüatlich zua! Und sogn wennst eahm was tuast, nachher lacht er di recht drecki aus«, berichtete der Bamberger.

»Ja, der Schandarm! Der! Dös is aa oaner von der siebntn Bitt: Erlöse üns vom Übel. Amen«, grantelte der Wegwart Banzer und verzog sein Maul verächtlich.

»Der scho! Der is sei Geld wert!« pflichtete ihm der Hofbauer bei. Aber der Berberger ist keiner, der sich ablenken läßt. Gleich ging er wieder zur Sache über.

»Ja, wenn do der Staat nix tuat, nachher müssn mir üns hoit selber helfa! Nachher werd's glei anderst werdn«, rief er entschlossen und zog wieder die Aufmerksamkeit auf sich.

»Tja, wia dös? Wos willst d'denn do macha?« fragte der Windl und setzte dazu: »Derschlogn konnst ös doch aa net, dö Saumenscher! Und Kerl hobn s' aa allweil ganze Back dabei.« Das war einleuchtend.

»Ja, ja, do werderst net ferti. A so a Bagasch is net wert, daß d'di vergreifst an ihna. Mir war's gnua – ins Zuchthaus aa noch kemma wegn dem Gsindl!« meinte nunmehr endlich der Bürgermeister wieder, der bis jetzt geschwiegen hatte.

»Aber eigriffa muaß werdn!« schrie der Müller-Wastl: »Gschehn muaß wos!«

»Hm! Gschehn? Dös is leicht gsogt. Aber wos!« warf der Windl hin.

Man ratschlagte und ratschlagte, aber man kam zu keinem brauchbaren Ergebnis. Schließlich war die allgemeine Ansicht die, daß das überhaupt gar keine Gemeindeangelegenheit sei. Es sollten nur jene schauen, daß der Saustall aufhöre, welche Grundstücke am Seeufer hätten. Die andern gehe das ganz und gar nichts an.

Darüber hinwiederum waren besonders die Lermooser und vor allem ihr Wortführer, der Hofbauer, sehr erbost. Jetzt wurde es nämlich klar, daß man sie umsonst bis nach Huglfing hereingelotst hatte, rein wegen nichts und wieder nichts. Wenngleich der Bürgermeister Rampfinger sich in einem fort auf die Verletzung der Religion und Sittlichkeit von seiten der Badenden berief, der Hofbauer war nicht mehr zu bändigen. Und mit ihm die Lermooser.

»Ah! Her auf mit dein Schmarrn!« plärrte der Hofbauer völlig respektlos: »Dö größt Sauerei is dös, daß ma üns so weit herhetzt! Her auf! Her auf!«

Auch die Atzinger wurden fuchsteufelswild. Der Rampfinger wurde so giftig, daß er drohte, er mag überhaupt keinen Bürgermeister mehr machen, wenn ihm bloß immer Grobheiten gemacht werden.

»Wennst so saudumm bist!« schrie der Gretlsbacher und erinnerte an den Vorgänger vom Rampfinger, den jetzt natürlicherweise sehr verschnupften Leitlfinger, der sich seit seiner gewaltsamen Absetzung kaum noch sehen ließ: »Beim Leitlfinger waar dös net passiert!«

Erregt ging man auseinander. Das zuchtlose Baden der Stadtleute hörte nicht auf. Im Gegenteil – nachdem es einmal zu einem blutigen Raufen kam, wobei einige Löcher in verschiedenen Huglfinger Köpfen entstanden – der Zustrom nahm nun erst recht zu.

Der Pfarrer von Atzing predigte jeden Sonntag zornrot von der Sittenverderbnis der städtischen Saubande, die jungen Burschen schauten sich die Augen heraus beim Anblick der schönen Weibsbilder, und die Bauern wurden immer ergrimmter. Jeder überlegte im geheimen, wie man diesem Treiben den Garaus machen könnte, aber keinem fiel was Gescheites ein.

Und da fiel einmal – und ausgerechnet vom ehemaligen Bürgermeister Leitlfinger – ein Wort, und das wirkte schier wie ein Wunder.

Nämlich: »Glosscherbn!« sagte der Leitlfinger. Weiter nichts. Eigentlich hörten es bloß der Berberger und die alten Lechnerleute.

Alsdann sagte der Berberger einmal: »Wart no!«

Eines Nachts hörte man ihn komischerweise ein paarmal mit dem Mistwagen auf den See zufahren.

Am andern Tag lag das ganze Seeufer ringsherum voller Glasscherben, aber schon so dick gestreut, daß kein Mensch mehr hinkonnte. Aus war es mit dem Baden.

Seitdem hat der Bürgermeister Rampfinger natürlicherweise sein ganzes Renommee verspielt, weil er nicht einmal auf eine solch einfache Sache von »Abwehr« gekommen war, und man sagt allgemein – entweder der alte Leitlfinger oder der Berberger müßten nach rechten Dingen wegen eines solchen »Verdienstes« Gemeindevorstände werden.

Goethe im Dritten Reich

Jetzt, weil der Hitler samt seinem so pompös angekündigten Vierjahrplan nur das Gegenteil von einer Besserung der allgemeinen Lage und von der Lebenshaltung des einzelnen erreicht hat, jetzt betreibt man bei uns im Dritten Reich erhöhte Kulturpropaganda. Grad notwendig und wichtig hat man es. Der Kampfbund für deutsche Kultur und die einschlägigen Instanzen schicken ungezählte »Aufklärer« in die Dörfer des flachen Landes. Jeder Parteigenosse oder SA-Mann, der sich irgendwie einmal mit Büchern und dergleichen beschäftigt hat, wird herangezogen, und da selbstverständlich eine solche Betätigung nicht nur sehr lohnend ist, sondern auch einen gewissen geistigen Nimbus gibt, so melden sich – wie sich denken läßt – haufenweise Anwärter dafür.

»Pflügt die deutsche Bauernseele mit Geist!« verkündete eine diesbezügliche Proklamation des Kampfbundes: »Düngt unser unverdorbenes Landvolk mit den Inhalten unserer reichen, tiefen nationalen Kunst und Dichtung!«

Auf diese Weise ist jetzt sogar schon nach Hinterwiegelbach, Gemeinde Wiegelbach, Pfarrei Anzhofen, der Goethe hingedrungen. Nämlich vorige Woche hat im Saale des Postbräus von Anzhofen eine derartige Kulturversammlung stattgefunden. Unverschwiegen soll es bleiben – unter großem Andrang. So eine Versammlung ist ja immer eine ganz nette Unterhaltung. Wer dort redet und was geredet wird, ist ganz wurscht. Die Hauptsache ist, daß sich was rührt. Ob es jetzt ein Marionettentheater oder ein Zirkus, eine Aufführung des Burschenvereins oder eine politische Versammlung ist, immer wird der Postbräusaal voll dabei.

Der Herr Parteigenosse Referent hat seine Sache auch ausgezeichnet gemacht. Er hat nicht bloß höllenmäßig über die vierzehn Jahre Lotterwirtschaft des vergangenen Regimes, über die »Verbrecher« und Juden, die uns so weit in den Dreck gebracht haben, geschimpft, nein, nein, er ist auch – um es gebildet auszudrücken – in bessere Kultursphären hinaufgestiegen.

In Hinterwiegelbach ist unsere Dorfschule, und da hat auch der Bürgermeister Alois Schmauseder seinen Sitz. Infolgedessen sind auch der Lehrer Haunsberger und der Bürgermeister bei der betreffenden Versammlung zugegen gewesen. Und wo diese Prominenten einmal hingehen, da kommt selbstverständlich der große Haufen nach.

Also gut, der Redner hat einmal mit großem Schwung gesagt: »Und stellt euch doch vor, werte Anwesende, Deutschland ist das Land der Dichter und Denker! Wir haben die größten Genies und Erfinder auf jedem Gebiet, aber – so frag ich – wer hat in der Gott sei Dank für immer verschwundenen Novemberrepublik Achtung vor uns in der Welt gehabt? Kein Mensch! Und warum das? Weil wir vor der Machtergreifung unseres großen Führers Adolf Hitler militärisch überhaupt keine Macht mehr gehabt haben, weil wir bis jetzt wehrlos waren, darum hat uns auch all unsere geistige Größe kein Ansehen verschaffen können. Unsere großen Denker und Dichter und Erfinder sind fast alle verhungert, und jetzt, weil sie tot sind, jetzt gehen unsere Erzfeinde her und wollen uns auch noch die Ideen, die Erfindungen und die hinterlassenen Kunstwerke dieser Großen unserer Nation stehlen! Und warum das? Weil wir uns bis jetzt gegen diese niederträchtige Räuberei einfach nicht haben wehren können!« Er hat einen Schluck Bier genommen und noch begeisterter weitergeredet: »Zum Beispiel voriges Jahr, da haben wir Deutsche die hundertjährige Wiederkunft des Geburtstages unseres größten Dichters, Johann Wolfgang Goethe, gefeiert. Die ganze Welt lebt nach seinen Ideen. Er hat Bücher geschrieben, die in alle Sprachen übersetzt worden sind. In Amerika, in Australien und in den verstecktesten Inseln werden seine Werke gelesen. Wir Deutsche können stolz sein über den Besitz eines solchen Genies, aber gar nichts hat es uns geholfen – vor Hitler sind wir entmachtet gewesen. Kein Heer, keine Waffen, radikal gar nichts haben wir gehabt, mit was wir unseren niederträchtigen Feinden hätten vorschreiben können, wie der große Deutsche gefeiert werden müßte!«

Auf diese allerdings nicht grad wirkungsvollen Worte, die keinen Bauern recht interessiert haben, weil nichts Handgreifliches drinnen vorgekommen ist – auf diese Worte hin haben bloß der Lehrer und der Bürgermeister den Kopf gehoben und einander zuerst fragend angeschaut. Alsdann aber ist es dem Schmauseder doch ein wenig zu dumm geworden.

»Wia schreibt sich der, vo dem er redt?« hat er den Lehrer gefragt und genauso den Redner: »Wia schreibt er sich?«

»Goethe!« unterbrach sich der Redner beflissen.

»Was sogst? Hundert Johr sollt der oit sei? Dös gibt's ja nachher dengerst net«, hat der Bürgermeister beleidigt hingeworfen, hat ein zweiflerisches Gesicht gemacht und sofort die andern Bauern mitgerissen. Der Redner wollte fortfahren, aber er ist nicht mehr zum Wort gekommen.

»Hundert Johr? Ah, geh! Lüag üns doch net gor a so o, gell!« hat der Enzensberger gebrüllt, und jetzt ist es schon von allen Seiten losgegangen.

»Do müaßt man doch schon was in der Zeitung glesn habn! Hundert Johr, hm?! Und man hot überhaupts noch nix derfahrn davo? Ah! Man kennt den Menschn gor net? Geh, här auf, mi deinm Schmarrn!« schrie es durcheinander. Der Redner kam wirklich in Bedrängnis und wußte nicht mehr weiter, weil die schimpfenden Bemerkungen grad so niederhagelten auf ihn. Der Lehrer Haunsberger erkannte die vorhandene Gefahr, und er ist auf das hin aufgestanden.

»Bauern und Bayern! Werte Anwesende!« hat er mit seiner mächtigen Stimme geplärrt: »Der Goethe ist ja schon hundert Jahre tot! Der Redner hat sich geirrt!«

»Wos? Tot? Hundert Johr tot? Ja, wos redt er denn nachher davon?« erhoben die verärgerten Anwesenden Einspruch. Seinen Mißgriff jäh erkennend, wollte sich der Redner fuchtelnd Gehör verschaffen und schrie: »Ah, natürlich! Entschuldigung! Irrtum! Irrtum meinerseits, werte Anwesende, Irrtum!« Und um seine profunde Kenntnis in allem leuchten zu lassen, leierte er, wie aus dem Konversationslexikon auswendig gelernt, hastig herunter: »Johann Wolfgang Goethe, unser größter deutscher Dichter, wurde am 28. August 1749 in Frankfurt am Main geboren – und – und – verstarb am – am ...«

Jetzt war es aber schon ganz aus mit dem Respekt. In Hinterwiegelbach und überhaupt im ganzen altbayrischen Geviert hat man seit ewiger Zeit so seine festen Ansichten, und die kann auch der Hitler nicht ausrotten. Unmöglich! Feste Ansichten sind das über bestimmte Städte beispielsweise. In Berlin, sagt man, da gibt's bloß Preußen, in Hamburg nur Matrosen, in Köln sind die Rheinländer daheim und in Frankfurt die – Juden!

»Wos? Wos? Vo Frankfurt is er hergwesn, der Geethe? Wos? A Jud is er gwesn? A Jud aa noch? Wos? Wos?« schrien die versammelten Bauern rebellisch durcheinander und wurden immer grimmiger: »Wos, du damischer Kerl do drobn, du damischer! Du Bazi, du elendiger! Zerst redtst in oan fort vo dö Daitschn und jetzt kimmst auf oamoi mit aran solchem windign Saujudn daher, dö wo doch der Hitler verbotn hot!«

Und sie nahmen im Nu eine derartig drohende

Haltung gegen den Redner ein, daß dieser eiligst die Flucht ergriff.

Seither hat der Nationalsozialismus – bei aller Staatstreue im dortigen Gebiet – in Hinterwiegelbach und Umgebung alles Renommee verloren. Es ist auch merkwürdigerweise kein solcher »Kulturvortrag« mehr abgehalten worden.

Das »Götz«-Zitat
auf dem bayrischen Dorf

Vor einer Woche habe ich aus meiner Heimat einen Brief bekommen, einen sehr aufschlußreichen und netten Brief. »Lieber Oskar«, heißt es darin, »Du hast doch den Hunterer gekannt? Weißt, das ist der Zugereiste aus dem Niederbayrischen, der wo das Schmiedhäusl an der Lautenbacher Staatsstraße gekauft hat seinerzeit. Er ist von Beruf Mechaniker und hat sich in die ehemalige Schmieden eine Werkstatt hineingerichtet. Da hat er alte Radl, Nähmaschinen und Grammophone, wenn was an ihnen gefehlt hat, wieder zusammengerichtet. Langsam ist es besser geworden mit seinem Geschäft, weil er eine Tankstelle bekommen hat vor seinem Häusl. Jetzt richtet er auch die kaputten Autos und Motorräder, wenn es sein muß.

Der Hunterer hat acht Kinder. Rechte Fratzen sind es und seine Frau ist ein Schlampen. Im Dorf, das weißt ja auch Du noch, heißt man die Hunterers ›Bagaschi‹. Aber Nazi sind sie allesamt, weil der Hunterer meint, da geht das Geschäft besser. Er hat wegen dem auch gleich eine Fahnenstange vor seinem Häusl aufgepflanzt, und da tut er die Hakenkreuzfahne bei schönem Wetter immer raus.

Wir haben ihn nie mögen, den Hunterer, und seine

Bagaschi erst recht nicht, weil er überall gleich Krach gemacht hat und weil seine Fratzen recht frech sind und überall Verdruß bringen. ›Wenn dö Saubandi draußen wär‹, hat der Bürgermeister gemeint, ›alsdann wär gleich eine Ruhe.‹ Aber die Hunterers sind wie die Läus. Anbringen tust Du sie nimmer.

Jetzt paß aber auf, lieber Oskar, was dem Hunterer für eine gerechte Strafe passiert ist, weil er bei uns so viel Krawall gemacht hat. Nämling auf der Staatsstraße fahren doch immer sehr viele Auto und Motorradler, und wer kann sich das heute leisten? Bloß die gottlosen Nazi, wo der Hitler zahlt. Wenn die dem Hunterer seine Hakenkreuzfahne gesehen haben, dann ist immer ein großer Lärm gewesen. Die Herren und Damen in den Autos oder auf den Motorradln haben jedesmal ihre Händ in die Luft gestreckt und geschrien: ›Heil! Heil Hitler! Heil Hitler!‹ Und selbstedend der Hunterer hat sein breites Maul auseinandergezogen und ganz freundlich genauso gegrüßt. Er und seine Bagaschi!

Aber neiling, da ist ein Baron dahergefahren ohne ›Heil Hitler‹, und dem hat der Hunterer sein Auto richten müssen. Der Baron hat's sehr pressant gehabt, ist dabei geblieben und treibt und treibt den Hunterer an, er soll machen, daß er fertig wird. Mitten in der Arbeit sind aber immer wieder so Autos und Motorradler vorübergefahren und schreien und grüßen ewig: ›Heil! Heil Hitler! Heil Hitler! Heil!‹ Der Hunterer hat ewig und ewig, fort und fort seinen Arm in die Luft geschmissen und genauso geschrien: ›Heil Hitler! Heil Hitler!‹ Aber der Baron, das war ein Engländer und hat immer geschimpft, er hat es sehr pressant, marsch, marsch!

Kaum sagt er's, kaum ist der Hunterer wieder dran bei der Arbeit, schon saust wieder so ein Spektaklauto vorüber mit ›Heil Hitler!‹.

Nicht aufgehört hat es. Ganz damisch ist der Hunterer schon geworden mit lauter ›Heil Hitler!‹ und wirft und wirft seinen Arm und schwitzt und wird geschimpft vom englischen Baron, er soll machen, daß er fertig wird, aber schon schreit es wieder: ›Heil Hitler! Heil!‹

Da ist es dem Hunterer zu viel geworden und er wird bärig, weil er grad an einer divisülen Arbeit dran ist.

›Heil! Heil Hitler!‹ plärren die Vorbeisausenden, und da plärrt der Hunterer auf einmal ganz fuchtig: ›Leckts mi am Orsch mit enkern ewigen Heil Hitler! Ich hob doch jetzt koa Zeit!‹

Geflucht und räsoniert hat er fuchsteufelswild. Da – brr – hat ein Auto angehalten, und vom englischen Baron weg ist der Hunterer verhaftet worden. Seine ganze Bagaschi ist zusammengelaufen und hat gerotzt und geplärrt, aber geholfen hat es gar nichts.

Der englische Baron hat sein Auto abschleppen müssen nach Wörgling, zum Mechaniker Leinerer, und der Hunterer ist bis jetzt noch im Gefängnis drenten, in Rettelfing. Wegen dem, weil er unseren Reichskanzler beleidigt hat, wird er verurteilt. So, das geschieht ihm ganz recht, dem vorlauten Krawaller, dem damischen. Das ganze Dorf ist froh, nämling jetzt ist auch seine Bagaschi auf einmal ganz dasig.«

Ein Brief aus der Heimat

Wenn's zu arg wird, Bruderherz, dann fangt das Lachen an«, heißt in meiner altbayrischen Heimat ein Spruch. Ich bin grad in diesen Tagen sehr daran erinnert worden, als mich ein Brief vom Peter Lochner aus Imsing erreichte, ein Brief, an dem mich wundert, daß er über die Grenze gegangen ist, ein Prachtstück von einem Brief, der mehr aussagt über die bayrische Seele als tausend Mutmaßungen und Spitzfindigkeiten.

»Lieber Freind Osgar«, schreibt der Peter, »jezt muß ich dir aber doch auch einmal schreiben, weilst Du jetzt in der Fremd draußen bist und wo ich gehört hab, daß Du gern immer was wissen wüllst, was bei uns vorgeht. Mit der Bolidig hat's einen Hakn, weil's die Hitler so kreuznotwendig machen, wo mir doch gar nicht gewohnt sind und uns darum nie was gsch...ert haben, was man beim Staat droben macht.«

Er geht alsdann halbwegs über ins Allgemeine, der Lochner-Peter, und meint, »es ist halt so, daß man Getuld habn muß, bis man dem Schwindl dahinterkommt«.

»Denn«, ist seine Ansicht, »die neun Gsetzer werden schon auch wieder Schluflöcher habn, wo man als orndlicher Mensch durchkommt.«

Er schildert, daß beim Reichstagsbrand die SA auf Lastkraftwagen durch die Dörfer gefahren sind und mordsmäßig Spektakel gemacht hätten. »Aber was schiniert denn üns der Reichsdag?« fragt er und ist der Ansicht – der geradezu hochverräterischen Ansicht –, »solln doch froh sein, wann sowas passierd ist, wos doch für einen Haufn Leut wieder Arweid gibt.«

»Lieber Freind Osgar«, holt der Peter abermals aus, und nun kommt er auf die privaten Begebnisse im Dorf zu sprechen: »Unsern Bürgermeister haben sie abgesezt und jezd ist einer da, ein Villenpesüzer, der wo überhaubts nix verstehd, aber auf den gibt gar keiner nicht acht. Es wird ihm schon z'dumm werden.«

Noch privater wird der Peter:

»Jezd sind lauters Summerfrüschler da und sind lauters Hitler. Beim Gschwendner is eine ganze Famillie, schreit den ganzen Tag heul Hitler und die Dechder blärrn in einem furt so Regimentlieder, daßd meinst, sie haben Hunger.

Beim Rieglberger is ein Tokder in Loschi und sauft sehr vüll. Er schreibt sich Lüdekogl und is ein Breiß, aber er bragtisiert in der Stod drinnen. Er is neiling zum Kramer Leixner in Ladn gekohmen und da fragt ihn der Leixner, er hätt wahrscheinling ein offnen Haxn und wo er ihm nix weiß, was ihm hilft.

›Wahrscheinlich?‹ sagt der breißische Tokder und lacht so gomisch: ›Wahrscheinlich einen offnen Fuß? Ja, das müssn Sie doch spüren und wissn?‹

Vorhandn, hat der Leixner gemeint, is der offne Hax

besdimmd und wo er ihm nix weiß, aber kostn darf es nix, weil er kein Gäld nicht had. Da hat der Lüdekogl gemeint, er soll zu ihm in die Sbrechstund gohmen auf Mühen hinein. Indem aber hat der Leixner gesagt, er kann nicht ein Schritt gen und ob er ihn nicht gleich kuriern gann, der Lüdekogl, aber der Breiß is gar nicht so dappig. Sagt jedsmal, hereinkommen muß er, der Leixner. In voriger Woch ist er drinnen gewesen bei dem breißischn Tokder, aber du glaubst es nicht, wie, lieber Osgar. Die zwei Buben, der Michel und der Ottl, habn ihn im Kinderwagl auf Bahn gefahren, drauf sind sie alle drei, der Leixner, die zwei Buben und das Kinderwagl hinein auf Mühen und wiederum durch die Stod mitn krängen Voda bis hin zum Lüdekogl seiner Bragsis. Der Michel und der Ottl habn ihn raus ausm Kinderwagl und hinauf über die Stiegn. Der Leixner hat gemeint, wann man die Fahrt zsammrechnet, ist das sehr teier und der Tokder kriegt ausgeschlossen was. Beim Lüdekogl ist das Wartezimmer sehr voool gewesn und der Leixner der allerletzte, wo drangekommen ist.

Lieber Osgar, jezd muß ich dir aber teutdlich erzählen, wie das war, weul es eine Gaudi ist, wo das ganz Dorf seitdem lacht drüber.

Wie nämling der Tokder vom Sprechzimmer rauskommt in das Wartezimmer und siecht den Leixner, sagt er: ›Ah, Herr Leixner? Grüß Sie Good! Also habn Sie's doch überlegt. Das is schön.‹

Jaja, sagt der Leixner wehleidig und hat seinen Haxn aufbunden, jaja, aber kostn derf das nix, weil er gar kein Geld nicht hat und das Hereinfahren schon sündteuer gewesen is. Es sind noch etliche Bazientn dagwen und der Tokder hat erst die kuriert und gelacht, na, meint er, das kriegn wir schon. Wie enlich der Leixner bloß noch allein gewart had, is der Tokder gekohmen und hat gesehng, der Leixner hat seinen offenen Hax schon paratt.

›Na‹, sagt der Lüdekogl, ›kohmen Sie nur rein, Herr Leixner, im Wartezimmer kann ich das nicht machen.‹ Aber ausgeschlossen, sagt der Leixner, er geht nicht aus dem Wartezimmer, weils sonst was kostet.

Weißt wie da der breißische Tokder geschaugt hat. Zuerst hat er gemeint, der Leixner macht bloß einen Gspaß, aber hinein ist er nicht in das Sprechzimmer, absalut nicht. ›Ja, aber, da kann ich doch nichts machen, Herr Leixner‹, sagt der Tokder. Hinwiederum aber hat der Leixner gemeint, im Sprechzimmer macht er nix, da kost das was.

Lieber Osgar, das hat lang getauerd, aber hinein ist der Leixner nicht, der Tokder hat ihn wirklich im Wartzimmer kuriert und wie er wieder auf Imsing gekohmen ist, hat er dem Leixner eine Rechnung gegeben, fünf Mark hat's gemacht. Indem aber, der Leixner hat nix zahlt, weil er gesagt hat, er is nicht im Sprechzimmer gewesen, absolut hat er nicht mögen. Vorige Woch hat's einen Prozeß deswegen gegeben, aber der Leixner hat bis jezd gesiegt, weil das Gericht gesagt hat, der Kramer hat recht. Wenn einer voreh sagt, er hat kein Geld und geht nicht ins Sprechzimmer, alsdann ist's vom Tokder freiwillig, da kann er nix machen, der Lüdekogl. Der dappige

Breiß hat einen Spidakl gmacht wie der Hitler, aber das Gericht is beim Spruch gepliem und in der ganzen Pfarrei lachen die Leute drüber, lieber Osgar.

Jezd ist der Tokder zu der Hitlerbardei gegangen und zum Bürgermeister, aber der Leixner hat gesagt, er is auch schon lang ein Hitler. Folgedessen hat der damische Tokder wieder nix machen können und alle in der Pfarrei stehn auf dem Leixner seiner Seitn.

Lieber Osgar, jezd hab ich dir auch einmal geschrippen und hoff, daß es dich freit, wie der damische Breiß ausgschmiert worden ist vom Leixner. Brauchst nicht meinen, daß wir uns nicht auskennen. Indem daß ich schließe

dein Freind
Lochner Peter.

Las einmal ein Lepenszeuchen hören. Gesting is die alte Reblechnerin gestorpen.«

Der Trinkspruch des alten Schwertbichler

Unterm Hitler, mitten im Krieg, wie die Mannsbilder immer weniger geworden sind, hat es wieder haufenweis »Kriegstrauungen« gegeben. Die Weiber haben danach getrachtet, daß der Verlobte, bevor er ins Feld ist, noch schnell zum Altar mit ihnen ist. Ist derselbe dann gefallen, alsdann ist wenigstens für die hinterbliebene Witwe Aussicht auf Kriegerpension gewesen, aber aus dem Geschäft ist ja – wie man weiß – auch nichts mehr geworden.

Ganz hochnobel ist es bei der hochnäsigen Weber-Annamarie ihrer Hochzeit zugegangen. Sie nämlich, als Landratstochter vom schwergeldigen Weber in Turtlberg, hat in die Stadt hineingeheiratet. Ihr Zukünftiger ist ein SS-Obergruppenführer mit Namen Josef Schwertbichler gewesen, und in dem seiner Luxuswohnung in der Prinzregentenstraße in München drinnen ist alsdann die Hochzeit gefeiert worden. Eine ganz großartige Gästeschar ist zugegen gewesen, vom Feinsten das Feinste: Offiziere aller Grade, SS-Kommandanten, Partei- und Staatsbeamte und natürlicherweis eine auserlesene Damenwelt. Die Männer haben die Brust voller Orden gehabt, die Damen um so weniger auf der gleichen Stelle. Aber zum Zeichen, daß man sich mit dem einfachen Volk verbunden gefühlt hat und sich überhaupt an die Anweisungen der Hitlerpartei zu halten weiß, ist unter der Hochzeitsgesellschaft auch der alte Häusler Schwertbichler von Buchberg, ein Onkel vom Hochzeiter, gewesen. Der nämlich hat seinerzeit, nachdem Vater und Mutter vom jetzigen SS-Obergruppenführer Schwertbichler gestorben sind, den Buben aufgezogen.

Der Hans, der alte Schwertbichler, ist ziemlich geniert zwischen den feinen Herrschaften gehockt. Mit dem Reden hat er es noch nie gehabt, aber dem Essen hat er hübsch bauernmäßig zugesprochen, wenn es gleich bloß – wie der fesche Obergruppenführer am Anfang gesagt hat – nur ein »dem Ernste der Zeit entsprechendes, schlichtes Eintopfgericht« gewesen ist. Bier und Wein, die besten Liköre und Sekt hat es gegeben, schließlich starken Kaffee und wunderbare Kuchen. Um seine Volksverbundenheit recht deutlich zu zeigen, hat der Herr Obergruppenführer zu seinem alten Ziehvater immer wieder gesagt: »Na, schmeckt's dir? ... Prost! ... Nur nichts abgehn lassen! Nur zugreifen!«

Der alte Häusler hat ihn lustig angelinst dabei und einmal so zwischenhinein gesagt: »Jaja, Seppi, mir schmeckt's ... Wenn's jeden Tog sowas gibt, do loßt si der Kriag aushoitn!« Das hat der Herr Obergruppenführer schnell überhört und recht laut von was anderem geredet.

Nach dem Essen, wie man zum Sekt übergegangen ist, sind von den anwesenden Herrn zahlreiche Trinksprüche gehalten worden, die meistens mit einem kräftigen »Siegheil unserem Führer Adolf

Hitler« angefangen und geendet haben. Dabei sind selbstredend Hochzeiter und Hochzeiterin immer gelobt worden, und auf die »perfiden Feindmächte« hat jeder Redner mordsmäßig geschimpft.

Der Hans aus Buchberg hat jeden gemütlich angeschaut und auch etliche Male genickt. Von dem guten Essen und Trinken hat er ein wenig geschwitzt, hie und da hat er schwer schnaufen müssen wegen dem vollen Magen und nachher hat er gerülpst.

»Ah ...!« sagt er zum Hochzeiter: »Ah, dös tuat mir guat, Seppi... Do werd mir jetzt leichter ...« Und schön war es, daß man rundherum gar keinen Anstoß daran genommen hat. Im Gegenteil, alle schauten recht herzgewinnend auf den alten Hans, und endlich heißt es, er muß jetzt auch reden. Ganz baff macht ihn das. »Ja, ja! ... I? ... I soit redn? ... I bin doch koa Hitler!« will er sich wehren, aber es hilft ihm nichts. Die Damen werden auf einmal noch zudringlicher als die Herren.

»Einfach frei von der Leber weg! ... Was dir einfällt!« sagt der schon leicht angeheiterte Obergruppenführer, und wie Vögel im Frühjahr zwitschern die feinen Damen: »Bittschön, Herr Vetter, bittschön! ... Bloß ein paar Worte, so richtig echt! ... Bitte! Bitte!«

Es läßt sich denken, wie zuwider das dem alten Hans gewesen ist, aber wie jetzt die Braut zu ihm gekommen ist und allereinnehmendst gesagt hat: »Aber Vetter, genier dich doch nicht! ... Sag einfach, was grad in dir umgeht! Bittschön, tu uns den Gefallen!« da ist er doch ein bißl aufgegleimt und hat sie leicht angelacht.

»Also! Also, bittschön!« hat ihn die Annamarie nochmal gedrängt, und da hat er einen schweren Schnaufer getan und gemütlich gefragt: »Wos grod in mir umgeht? ... Dös konn i sogn?«

»Jaja, bitte, bitte!« haben alle Damen geflötet, und da hat sich der Hans langsam in die Höhe geräkelt. Alles ist still geworden und jeder hat gespannt auf ihn geschaut.

»Ja no nachher!« hat der Hans gesagt, ist hinter den Stuhl getreten und hat die Lehne fest umfaßt: »No nachher sog is hoit!« In dem Moment hat er wieder rülpsen müssen, hat sich aber schnell wieder derfangen und ganz ernst gesagt: »Dös Essn, meine Herrschaftn, i bin's net gewohnt ... Dös geht mir im Mogn rum ... Und, und wenn i frogn darf, wo is denn do der Abtritt... naus muaß i!«

Sommerlicher Tages-Anbruch auf dem Dorf

Ja, es war Sommer!

Wie traulich das ist, wenn noch, vor dem Erwachen der Vögel, tief in den von ungewissem Halbdunkel überschatteten Flächen ab und zu Stimmen vernehmbar werden, als rede der trächtige Erdboden selber von den einfachen, ewigen Dingen, die er Jahr für Jahr hergibt. Die Sterne sind schon weggelöscht von der Himmelskuppel, und die Mondsichel bleicht aus. Vom Forst herunter oder vom Moorgrund her hallt manchmal der Ruf eines Käuzchens. Es klingt wie ein erschrecktes Kinderweinen über den plötzlich durch das Erwachen unterbrochenen Traum.

In jeder solchen dunstigen Frühe surrten über die Felder der umfänglichen Pfarrei die Mähmaschinen, und vereinzelt sangen auch noch manchmal Sensen. Wenn dann endlich die Sonne mit ganzer Pracht über die taubenetzten Hänge strahlte, wurde es belebter und nüchterner. Da und dort fuhr ein Knecht das frische Kuhgras heimzu, und aus den Dörfern drang das gelassene Geräusch der gewohnten Arbeit. Peitschenknallend stand ein breitbeiniger Bauer auf dem leeren, mit prallen Pferden bespannten, heranrollenden Heuwagen. Die Weiber häufelten das Heu und schauten kaum auf. Das Fuhrwerk wackelte über den abgemähten Wiesengrund, von Haufen zu Haufen. Sehnige, braungebrannte Männerarme hoben die vollen Gabeln mit dem Heu empor, droben saß die Dirn und drückte die Ladung fachgerecht ein. Langsam wurde die Hitze immer drückender. Die Pferde schlugen unausgesetzt mit Schwanz und Beinen, um sich der lästigen Bremsen zu erwehren, und endlich ächzten die hochbeladenen Fuhren auf die staubige Straße dem Dorf zu. So war es weitum. So schaute jeder Tag der Leute aus.

Immer mit der Gemütlichkeit

»Pack's, wo du's packen kannst!« sagt man in meiner altbayrischen Heimat, wenn es gegen die Nazis geht. Jetzt nämlich, seitdem sie im »Osten« (Sowjetrußland darf man nicht sagen!) das Davonlaufen gelernt haben, geht's ganz heimlich in allen Kreisen aufsässiger zu. Freilich, bei mir daheim, in Bayern, hat das immer seine lustig-listige Besonderheit. Zum Beispiel, damit ich nicht lang herumrede, bloß das kleine Münchner Geschichtlein:

In die vollbesetzte Straßenbahn steigt ein Arbeiter, geht von der Plattform ins Wageninnere und tritt dabei einem gigerlhaften SS-Mann auf die Füße.

»Oha, entschuldigen Sie!« sagt der Arbeiter, denn Höflichkeit muß ja sein, und man weiß ja nie, wie so ein allgewaltiger Berufsdenunziant und Spitzel das auffaßt. Kurzum, der Arbeiter entschuldigt sich und setzt sich schnell neben dem SS-Mann auf die Bank, weil da grad noch ein Platz frei ist. Der SS-Mann natürlich, im Bewußtsein seiner Macht und wegen seiner blankgewichsten Stiefel, fängt mordialisch zu schimpfen an. Schimpft und belfert auf den Arbeiter ein, daß es eine wahre Schande ist. Die anderen Fahrgäste im Wagen schauen stockstumm drein. Bald auf den SS-Mann, dann wieder auf den Arbeiter. Der eine kläfft und macht sich immer mausiger, der andere schweigt. Mit der Zeit wird das schon fast spannend. Entweder, so denkt jeder, verhaftet der SS-Mann den Arbeiter, oder – was jetzt auch schon hin und wieder vorgekommen sein soll – der Arbeiter kriegt plötzlich eine Sauwut und haut ihm eine hinein, ganz gleich, was dann geschieht.

»Aber, entschuldigen Sie, Herr!« brummt der Arbeiter nur ab und zu und bleibt ruhig. Das aber ärgert den SS-Mann erst recht. Er wird immer lauter, immer grimmiger. Er schreit und plärrt wie sein »Führer«. Endlich am Marienplatz steigt der SS-Mann aus, und – wie sich denken läßt – alle schnaufen hörbar auf. Als nun der Trambahnwagen ohne den SS-Mann anfährt, beleben sich die Gesichter der Fahrgäste wieder. Und da kommt die wahre Stimmung zum Vorschein.

»Na, Herr Nachbar«, fängt endlich eine ältere Frau zu reden an und wendet sich an den Arbeiter. »Diesmal hat's gefährlich ausgeschaut, was?« Der Arbeiter verzieht ein klein wenig seine Mundwinkel und brummt: »Ja, ham, jaja …« Dann macht er – denn es ist ein sogenannter »Raucherwagen« – einen tiefen Zug aus seiner Zigarre.

»Herrgott, Sie, Herr Nachbar«, wendet sich ein Bäckermeister an den Arbeiter. »Die Geduld, die wo Sie gezeigt haben, allen Respekt…«

»Ich muß sagen, Herr Nachbar, ich hätt dem Gigerl glatt eine Watschen gegeben«, ruft ein anderer Fahrgast aus der Ecke, und fast vorwurfsvoll fragt er den ruhigen Arbeiter: »Warum denn gar so brav? … Wir wären alle auf Ihrer Seite gewesen! … Glatt hätt ich dem Kerl eine hineingehaut an Ihrer Stelle!« Der Arbeiter schaut ihn musternd an, er überfliegt die ganzen Gesichter im Wagen. Er weiß endlich: Es sind alles Antihitlerische.

»So eine Geduld, hmhm?« brummt der Bäckermeister wiederum und schüttelt seinen Kopf, und wiederum schreit der Kecke aus der Ecke: »Warum haben Sie ihm keine neingehaut, dem Rotzbuben ...?«

Da hebt der Arbeiter sein unergründliches Gesicht, macht wieder einen gemütlichen Zug aus seiner Zigarre und sagt grundgemütlich: »Ich hab ihm ja mit meiner Zigarren ein Loch in seinen neuen Mantel brennt...«

Das andere kann sich jeder selber ausmalen.

Zwillinge

Damals, in der grauen Vorzeit von vor dem Ersten Weltkrieg anno 14/18, da war unser schönes Gebirge, der Bayerische Wald um Passau und Zwiesel herum, noch unentdeckt. Winzige Ortschaften und Einöden hat es dort noch gegeben, die sind noch nicht einmal auf unseren Landkarten verzeichnet gewesen. Und die Leute dort – undenkbar von der Welt weg! Jäger, Holzarbeiter, Kohlenbrenner und kleine, notige Gebirgsbauern, und wenn einer eine Sägmühle gehabt hat, bei dem Burschen aus der Umgebung gearbeitet haben, alsdann ist er schon zu den ganz Reichen gezählt worden.

Mit einem Wort: Diesen dichtwaldigen, verschlafenen Mittelgebirgslandstrich hat erst unsere hochlöbliche Bundesrepublik nach dem Zweiten Weltkrieg erschlossen, und unser amtlicher bayerischer Fremdenverkehrsverein läßt es sich seither angelegen sein, ihn zum idealen Ferienparadies für besonders ruhebedürftige Herrschaften zu machen. Neue Bahnlinien sind gezogen, breite Autostraßen gebaut worden, mit den großen Überlandbussen kommt man fast überallhin, weil ja aus den kleinen Dörfern inzwischen ganz ansehnliche Flecken geworden sind. Eins bloß ist sich im Bayerischen Wald wie seit Ewigkeiten her gleichgeblieben: Nirgends gibt es im

Winter so einen so dichten, tagelang anhaltenden Schneefall.

Da ist alsdann kaum noch ein Durchkommen, wenn das auch jetzt in unserer mechanisierten, motorisierten Zeit mit den riesigen Schneepflügen behoben werden kann: Früherszeiten haben die weitverstreuten Einödhöfe und winzigen Dörfer einfach warten müssen, bis es wärmer geworden und der Schnee halbwegs weggeschmolzen ist.

Also damit ich nicht lang rumred, beim Schmauß, ganz weit im Gebirg drinnen, hat es dazumal mitten im tiefsten Winter Zwillinge gegeben. Haushoher Schnee war rundherum, ans Taufen drunten im Pfarrdorf Mingersberg war nicht zu denken. Da haben die Eheleut Zeit gehabt, drüber zu streiten, was die Zwillinge – zum Leidwesen vom Schmauß sind's Madln gewesen – für Namen kriegen sollen.

»I sog, mir hoaßns' Marie und Zenz«, hat die Schmaußin drauf bestehen wollen, aber der Schmauß hat gesagt: »Ah, Marie und Zenz? ... Fallt dir denn gor nix Schöneres ei...! So hoaßt doch jeds zwoate Kind rundrum.«

»Marie hot mei Muatta, selig, ghoaßn und Zenzl die deinige«, bockt die Schmaußin.

»Ja, aba du hoaßt Amalie und mei Schwesta hoaßt Liesl!« sagt auf das hin der Schmauß, aber wie es endlich soweit gewesen ist, daß man sich auf den Weg ins Pfarrdorf hinunter machen hat können, da sind die zwei doch einig gewesen, daß sie mit Amalie und Liesl getauft werden sollten. Ein warmer Wind hat geweht und über die Sonne immer wieder Wolken geblasen, es hat mitunter trüb wie nach Neuschneefall ausgeschaut. Aber, sagt er, der Schmauß, er glaubt eher an einen Regen, der wo den alten Schnee hübsch wegputzt. »Und«, sagt er resolut, »du Amalie mit deine offnen Kindsfüaß, du bleibst mir dahoam... Dö Sach mit der Tauf mach scho i. Dös richt i schon mit der Wenwieserin, dö wo versprocha hot, daß sie dö Taufpatin nacht. Bleib du nur schön warm dahoam bei dem nassn Matschwetta...«

Seine Bäurin hat nicht mehr weiter dagegen geredet, und sie haben die Zwillinge schön warm eingewickelt, der Schmauß hat sie in seinen großen Rucksack gepackt, hinten beim Schlitz gut Luft gelassen und ist also talwärts gegangen. Hin und wieder, wenn der Wind arg hergeblasen hat, haben die Zwillinge schon ein bißl gewimmert, aber nach und nach sind sie ganz still geworden, wahrscheinlich sind sie eingeschlafen.

Die Wenwieserin hat gleich »ja« gesagt und sich zur Taufe feiertäglich angezogen, aber wie sie und der Schmauß ins Pfarrhaus gekommen sind, hat die Köchin gesagt, der Schuster Neuchl liegt schon über eine Woch zwischen Leben und Tod, und da ist der Hochwürdige Herr hinaus zu ihm, um ihm die Sterbsakramente zu geben, gutding eine Stund wird's schon hergehn, bis er wieder zurückkommt. Wenn sie auch beim Wenwieser mitten im Ausdreschen gewesen sind, die Bäuerin hat zum Schmauß doch gesagt, er soll mitgehn, sie macht ihm einen warmen Kaffee, und wenn er vielleicht ein Bier will, das kann er auch haben, aber der Schmauß hat gesagt, er will sie nicht aufhalten bei der Arbeit, er geht derweil zum Fuchsenwirt hinüber, und wenn's soweit ist, holt er sie schon zur Tauf.

»No, is aa guat, Wiast moanst«, hat die Wenwieserin gesagt, ist heim und er zum Fuchsenwirt. Da hat er seine Zwillinge schön stad neben dem bacherlwarmen Kachelofen in der Wirtsstube gestellt, hat sich von der Kellnerin ein Lüngerl mit Knödel geben lassen und eine Maß Bier dazu bestellt. Er ganz allein ist Gast gewesen, vom langen Dreistundenweg hat er Hunger und Durst gehabt, und wie er mit dem Lüngerl fertig gewesen ist, ist er mit der Kellnerin ins Reden gekommen. Zuerst ist's über das Wetter hergegangen, alsdann auf das, wo er her ist, der Schmauß, und schließlich aufs bevorstehende Taufen.

»So so«, sagt die Kellnerin und deutet auf den Rucksck neben dem Kachelofen: »So so, do drinna host si, deine Zwilling... Derf ma's vielleicht sehn... I will ja net, daß d' sie aufweckst... Bloß a bißl, wennst vielleicht dein'n Rucksock obn vorsichtig aufbind'st...«

»Ja, gell, bist recht neugierig... Zwoa schöne Brokka sans«, hat der Schmauß alert gesagt, und weil die Pfarrköchin grad gekommen ist und gesagt hat, der hochwürdige Herr ist jetzt da, in einer Viertelstund kann er in die Kirch hinüberkommen zur Taufe, der Bauer mit der Wenwieserin, sagt er: »Jetz muaß i dö Kindlein sowieso aufwecka... Nachher konnst sie glei sehn...«

Die Pfarrerköchin ist auch neugierig gewesen und hat sich neben die Kellnerin an den Tisch gestellt, wodrauf jetzt der Schmauß den Rucksack gehoben und aufgebunden hat. Hinein greift er und hebt die Zwillinge vorsichtig raus. »Ganz und gar guat hot sie's austrogn, dö zwoa, mei Amalie... Fest und gsund san's... Do!« sagt er und nimmt das warme Umschlagtuch von den zwei Steckkissen: »Do schaugt's...« Rotangelaufen sind die Zwillingsgesichtlein, herausgedrückt Augen haben sie, aber sie rühren sich nicht, sie wachen nicht auf und wimmern. Verdutzt schüttelt der Schmauß die Wickelkissen. Nichts, rein gar nichts, keinen Muckser machen die Kindlein – tot sind sie, mausetot.

»T – tjaa, jaa Hergott, jetzt hob i doch so aufpasst... Worum hobn s' denn gor koan Muckser to, daß i gespannt hätt, sie sterbn am End... Mein Gott!«

Niedergebrochen ist er auf einen Stuhl und hat geweint wie ein kleines Kind. Es läßt sich denken, was das für eine Aufregung im ganzen Pfarrdorf gegeben hat. Der gräusliche Winter und der Schnee damals – aber so was kann heutzutag nicht mehr vorkommen.

Das bittere Hemmnis

In der weitläufigen Pfarrei Übermoos gibt es nur noch zwei Bauern, die von der Zeit nichts angenommen haben, zwei »Uralte«. Das will nicht heißen, daß sie schon beinahe ins Gras beißen. Durchaus nicht! Der Wensinger von Ober-Uttelberg mit seinen 74 Jahren ist noch wendig und couragiert wie ein Junger, aber er mag einfach das neumodische Zeug nicht. Autos und Motorräder sind ihm zuwider, überhaupt der ganze freche, neumodische Betrieb, seit es in unserer Bundesrepublik so aufwärts geht! Der Wensinger bleibt beim alten, und als neulich sein Ältester einen Volkswagen kaufen wollte, gab es einen Höllenkrach zwischen dem Alten und dem Jungen. Gesiegt hat der Alte, weil er auf dem Geld sitzt. Er gibt einfach keins her.

Der zweite von den »Uralten« ist der Berwanger von Reinmoos, der hat es mit dem Prozessieren, und er ist ganz besonders gegen die Weiber.

Die zwei Bauern, die Grundstücke haben, welche weit auseinanderliegen, haben schon lang einen verschwiegenen Haß aufeinander. Und warum?

Das hat zwei Gründe. Erstens, weil dem Wensinger sein Bilgeri, trotz aller »Nachhilfe« seitens der Berwanger Leute, die zweite Tochter Fanny nicht heiratet. Das zweite ledige Kind ist jetzt schon da, aber der Bilgeri ist hartfellig wie ein Elefant und mag einfach nicht. Und rundheraus gesagt hat ihn eben das, weil ihm sein Alter kein Geld für den Volkswagen gegeben hat, so bockig gemacht. So schelch gehen bei uns die Sachen.

Und zweitens: Seit ewiger Zeit sind der Wensinger und der Berwanger sich uneins wegen dem Acker, droben auf dem Ober-Uttelberger Hang. Da nämlich stoßen ihre Grundstücke zusammen, und immer wieder ackert der Wensinger weit über die Grenze, jedesmal aber »annektiert« der Berwanger dieses Stück Grund für sich. Das hört nicht auf, absolut nicht.

Schon deswegen – und wer ist gescheiter als die Weibsleute! – treiben die Wensingerin und die Berwangerin dazu, daß der eigensinnige Bilgeri und die Fanny ein Paar werden.

»Nachher is die Streiterei gleich aus! Nachher is man verwandt und basta!« sagt die Wensingerin.

»Jaja, eben! Nachher macht's nix mehr aus, weil ois in der Familie bleibt«, stimmt ihr die Berwangerin zu.

Aber ihre Männer mögen nicht. Nicht um alles in der Welt.

»Eher loß i mi pfeilgrod einsperren, ehvor i nochgib!« brummt der hagelbuchene Wensinger jedesmal, wenn seine Alte vermitteln will. Dann schimpft er unflätig auf seinen Feind in Reinmoos. Genauso ists beim Berwanger. Der Berwanger wird sofort saugrantig, wenn sich Weiberleute wo einmischen, und fährt seine Alte an: »Jetz du bist ganz stad! Herr bin i im Haus!« Und alsdann wirft er ihr vor, daß die Fanny bloß wegen dem, daß die Alte die Augen immer zugedrückt hat, jetzt mit den zwei »Schratzen« vom Bilgeri dahockt.

Vorige Woche ist der Berwanger ganz und gar narrisch vom Ackern heimgekommen und hat dreingeschaut wie ein Mordbrenner.

»No, wos is denn jetz schon wieder?« hat die Bäuerin wissen wollen. »Wos hot di denn jetz wieder so nauftrieben?«

»Ah! ... Gern hob mi! ... Der Hund, der nackert! Der Lump, der schlechte! Der Saukopf, der gußeiserne!« hat er zu schimpfen angefangen. »Schon wieder hat er mei Grenz überackert! ... Ober jetz wird's mir zu dumm! Jetz kriagt er sein Briaf, daß er sich gwaschn hot!« und hinein ist er in die Stube – er, dem selbst das wenigste vom Schreiben wie Schwerarbeit vorkommt! –, hinein ist er, einen Briefbogen hat er gesucht, die Tinte hat er hingestellt, und wutrot hat er zu schreiben angefangen. Aber diese Kopfarbeit hat ihm schnell einen Dämpfer aufgesetzt. Wie die Bäuerin in die Stube gekommen ist, hat er geschnauft wie ein Roß und sie ganz wehleidig angeschaut.

»No, wos host denn jetz schon wieder? Du schaust ja aus als wie das Leiden Christi! Wos plogt di denn jetz a'so?« fragt die Bäuerin. Da schnellt der Berwanger krebsrot im Gesicht in die Höh, schmeißt den Federhalter weg und fangt zu fluchen an: »Himmi-Himmiherrgott! An Briaf schreibn, dös sogt si leicht hin, wenn i nit amal Rinozeros schreibn konn?!« Und hinaus ist er zur Tür und hinüber in den Rheinmoser Hof und, was noch nie passiert ist – mitten in der Woche hat er sich einen Rausch angesoffen.

Das unheimliche Zimmer

»Ach, verdammt! Wir haben heute noch Pech! Ganz bestimmt!« stieß mein Freund Harry heraus. Er gab sich einen leichten Ruck, und fester umkrampften seine Hände den Volant.

»Pech? Wieso?« fragte ich erstaunt. Er saß schon wieder unbeweglich neben mir und sah abwesend durch die verstaubten Vorderfenster des surrenden Autos.

»Du natürlich, du lenkst ja nicht! Für dich existiert die Straße überhaupt nicht!« warf er hin. »Hast du die schwarze Katze nicht gesehen, die eben über die Straße gelaufen ist? Wir haben heute noch Pech, sag ich dir! Ganz bestimmt!«

Es fing zu dämmern an. Wir fuhren in ein langgestrecktes, sauberes virginisches Städtchen ein. Rechts und links standen gepflegte einstöckige Häuschen mit anheimelnden Vorgärten. Überall hingen Tafeln »Tourists«, »Guests«. Einladend blinkten gelbe Lichter hinter den Fenstern auf.

Wir läuteten an der Türe eines Häuschens. Es blieb eine gute Weile totenstill. Wir läuteten noch einmal und warteten zögernd.

»Offenbar ist niemand da«, meinte Harry, und wir wandten uns zum Gehen. Da wurde die schwer verriegelte Türe schmal geöffnet, und zwei alte Leute tauchten auf: ein langer, breitschulteriger, grauhaariger Mann mit einem Spitzbart, und eine mittelgroße, magere, gebückte Frau mit angstvollen Augen im vielfältigen Gesicht. Unschlüssig, fast staunend musterten sie uns und ließen uns eintreten. Ihr Benehmen war sonderbar. Furchtsam und eingeschüchtert schien die Frau, der Mann dagegen äußerst mißtrauisch und wortkarg.

»Soso, aus New York, hm ... eine große Stadt!« sagte die Frau, hielt aber plötzlich inne und sah fast erschreckt auf ihren Mann. Es kam uns vor, als blicke er sie strafend an. –

Das Zimmer mit den zwei Betten war altmodisch möbliert. Wir brachten rasch unser Gepäck, wuschen uns und gingen zu einem Restaurant an der Hauptstraße. Der Raum war leer. Der Wirt, ein dicker freundlicher Mann, schien sich zu langweilen. Wir kamen in ein gleichgültiges Gespräch. »Ach, hm ... bei Mister Agleyn wohnen Sie, soso«, sagte der Wirt und besann sich kurz. Dann fuhr er geschwätzig fort: »Die Armen haben Pech gehabt ... Vor vier Wochen hat sich ein Tourist erhängt.« Und als er in unsere betroffenen Gesichter schaute, wußte er nicht gleich, was er sagen sollte, und meinte, rasch über die Peinlichkeit hinwegplaudernd: »Die guten Leute haben viel Ärger gehabt. Aber, bitte, ich will nichts gesagt haben.« Da eben ein Gast kam, kümmerte er sich nicht mehr um uns.

»Mensch? ... Was hab ich gesagt? ... Pech!« raunte mir Harry zu. Ich bezwang mich und witzelte: »Jaja, Pech! Zuerst die schwarze Katze und jetzt der

Erhängte.« Mein abergläubischer Freund knurrte mich an: »Natürlich! Auch noch Witze machen!« Mich überkam auf einmal eine boshafte Lust, die Situation noch gruseliger zu machen. »Stell dir vor – wir liegen ruhig im Bett, der Mond fällt durch die Fenster, auf einmal baumelt etwas von der Decke herab -«

»Hör auf, Mensch!« fiel mir Harry wütend ins Wort und schob seinen Teller weg. Der Appetit war ihm vergangen. Ich schlang den Rest des saftigen Roastbeefs hinunter, wir zahlten und gingen.

Als wir auf die Straße kamen, stand der Mond hoch am Himmel. Wie undeutliche Kulissen standen die Häuser da, Bäume und Sträucher warfen tiefe Schatten, und es roch würzig. Hin und wieder surrte ein Auto vorüber. Wir bogen schweigsam in die Seitenstraße ein.

»Hm, darum das sonderbare Benehmen unserer Logisgeber«, murmelte Harry. Nach wenigen Schritten standen wir vor unserem Häuschen. Die beiden Alten schienen schon zu Bett gegangen zu sein. Nur im schmalen Gang ein winziges Lämpchen.

In unserem Zimmer waren die Fenster geschlossen und die fadenscheinigen, mit breiten Rissen durchzogenen Jalousien herabgelassen. Es roch nach Mottenpulver.

»Zum Ersticken!« brummte Harry und öffnete die Fenster. Das Mondlicht füllte den niederen Raum mit ungewisser Helligkeit. Die verschnörkelten Möbel sahen aus wie seltsam geformte Schattenstücke, und da und dort bildeten sich auf ihrer glänzenden

Politur schimmernde Reflexe. Es war wohltuend still.

Wir lagen in den Betten und hörten uns gegenseitig atmen. Manchmal hüstelte einer von uns oder warf sich auf die andere Seite. Wir konnten trotz unserer Müdigkeit nicht gleich einschlafen. Durch die Wände drangen die Gongschläge einer Wanduhr. Dann war es wieder still. Die Augen fielen mir zu.

»Was ist das? ... Hörst du?« fragte Harry halblaut. Ich schlug die Augen auf und lauschte. Aus einer Zimmerecke kam ein dünnes metallisches Quietschen. »Was wird das schon sein?« brümmelte ich schläfrig: »Vielleicht Mäuse.« Harry warf sich verärgert auf die andere Seite. Da quietschte es wieder.

»Hörst du? Schon wieder!« rief Harry etwas gespannter. Es quietschte, als kratzte jemand mit der Schneide eines Messers auf einem Porzellanteller. Ein Auto fuhr in unsere Seitenstraße. Ganz leise klirrten die Fensterscheiben. Das Auto hielt an. Die Wagentür klappte zu. Endlich war es wieder ganz still.

»Mäuse sind das nicht... Man hört kein Trippeln«, sagte Harry und richtete sich in seinem Bett auf. Ich sah den Schatten seines Oberkörpers im bleichen Licht.

»Vielleicht ist es die Matratze«, murrte ich ärgerlich: »Hast du denn Angst?«

»Angst? Unsinn!« erwiderte Harry leicht gereizt. Unschlüssig verharrte er in seiner hockenden Stellung. Weiß Gott, vielleicht dachte er an den Fremden, der sich in unserem Zimmer erhängt hatte.

»Laß uns doch schlafen! Wir wollen morgen in aller Frühe weg!« bat ich. Dabei vernahmen wir, wie unten auf der Straße sehr eilige Schritte klapperten und irgendwelche Stimmen dumpf und – wie es schien – sehr hastig raunten. Ich zog die Decke über meinen Kopf und wollte nichts mehr hören. Nach einer Weile stieß mich Harry abermals. Ich sah, er stand auf.

»Hol's der Teufel! ... Schon wieder!« stieß er unterdrückt aus sich heraus. »Das ist keine Maus, kein Möbel, keine Matratze, und auch von draußen kommt's nicht! Es ist im Zimmer!« Er knipste das Licht an und fing an, alles genau zu untersuchen. Er tappte fest hin und her.

»Eine Tür ist gegangen! Hörst du!« hauchte Harry plötzlich: »Da kommt wer!« Entschlossen blickten wir auf unsere Zimmertüre. Ein Dielenbrett knarrte draußen im Gang. Schritte schlurften. Ich riß die Türe rasch auf. Im Lichtschein stand groß und hager der Virginier mit einem langen Küchenmesser und glotzte uns reglos an. Hinter ihm, wie ein schüchterner Schatten, tauchte seine Frau auf.

»Wa-was wollen Sie!« schrie ich drohend und ballte die Fäuste. Schon überlegte ich blitzschnell die Abwehr. In diesem Augenblick aber quietschte es schon wieder.

»Es quietscht!« schrie Harry und rannte kopflos in eine Zimmerecke: »Da muß es sein! ... Die ganze Nacht geht das schon so!« Wir standen unschlüssig einander gegenüber. Die alte Frau seufzte vernehmbar. Ich sah, wie der hagere düstere Mann leicht zitterte, nahm meine Geistesgegenwart zusammen und sagte: »Wir können nicht schlafen. Haben Sie Mäuse oder –« Ich brach ab und blickte mißtrauisch auf das Küchenmesser.

»Mäuse? Nein, nein!« hörte ich die kleine Frau jämmerlich sagen. Der alte Mann wurde sichtlich verlegen. Er wußte nicht gleich, was er tun sollte, gab sich einen Ruck und trat ins helle Zimmer. Er legte sein Messer auf den Tisch. Harry fing mit fliegender Hast zu erzählen an. Wirr sprudelten die Worte aus ihm heraus, und wie um eine erklärliche Entschuldigung zu finden, erwähnte er auch den Erhängten. Im Nu erbleichten die beiden Alten. Flehentlich seufzte die Frau, und ihr Mann stand starr da und sagte auf einmal ziemlich abweisend: »Unsere Katze hat noch nie eine Maus gebracht. Noch nie hat sich ein Tourist bei uns beschwert.«

»Aber, weiß Gott, was das ist – es quietscht«, warf Harry ein: »Es muß hier im Zimmer sein.«

»Gut! Bitte!« brummte der Alte. Es war eine unangenehme Situation. Wir setzen uns alle und warteten. Eine feindliche Mißstimmung herrschte unter uns und – es blieb totenstill.

»Vielleicht müßte man dunkel machen!« meinte Harry nach einer Weile und langte nach dem Schalter, aber die beiden wehrten sich entschieden.

»Man hört nichts!« brummte der Alte ein wenig gereizt: »Ich versteh Ihre Aufregung nicht, meine Herren!« Keiner fand eine Antwort.

»Hm, hm!« machte Harry hilflos und stand auf. Da – ganz dünn, dann etwas lauter – fing es wieder zu quietschen an und brach langsam ab.

»Hören Sie! Das ist's!« rief ich fast triumphierend: »Das war's! Und jetzt ist's wieder weg!« Der Alte überlegte und schaute in die Zimmerecke. Wir betrachteten sein mürrisches Gesicht. Er erhob sich endlich in seiner ganzen Größe und ging ein paarmal stumm durch den Raum. Genau wie vorhin Harry untersuchte er alles.

»Es kann ja was Harmloses sein, aber schlafen kann man dabei nicht«, meinte Harry in entschuldigendem Ton, zuckte kurz zusammen und rief gespannt: »Da! Schon wieder – da! Dort! Von da kommt es!« Wir blickten alle in die Ecke. Dort befand sich die Türe des eingebauten Schrankes. Schon standen wir alle davor. Der Alte riß die Türe auf, hielt inne, betastete die paar alten Kleider und unsere Mäntel, die da hingen. Er kniete auf den Boden und fing an, die dort durcheinanderliegenden Dinge herauszukramen. Zerknüllte Kleider, alte Fetzen, Schuhe, ein Paar hohe angeschimmelte Wasserstiefel, etliche Schachteln, und schließlich klapperte ein kleines, verstaubtes Koffergrammophon auf den Zimmerboden – klapperte – und quietschte!! Schnell riß der Alte den Deckel auf. Wir schauten blamiert und dumm auf ihn hernieder. Wut und Scham stieg in mir auf. Die Gummibremse der Plattendrehscheibe funktionierte nicht mehr richtig, ihre Federung war gelockert. Die Scheibe drehte sich ein paarmal quietschend, schließlich fand sie doch wieder einen Halt in der Bremse und – kläglich erstarb dieses Quietschen ...

Der auf dem Boden kniende Alte sah mit spöttisch

grinsendem Gesicht zu uns empor und sagte kein Wort. Das ärgerte mich noch mehr.

»Aber weswegen sind Sie mit dem Messer gekommen?« fragte ich herausfordernd, um ihm eins zu versetzen. Er richtete sich in die Höhe, ohne uns eines Blickes zu würdigen.

»Ach, wissen Sie!« brummte er mit herabminderndem Hohn und wurde noch spöttischer: »Wissen Sie, so nervöse New Yorker! ... Kann man's wissen! ... Ich dachte nur, ich müßte Sie beide vom Strick schneiden.« Und, das Grammophon unter den Arm nehmend, ging er wortlos mit seiner Frau aus dem Zimmer. Wir blieben stehen wie begossene Pudel.

»Da hast du es also mit deinem Pech!« knurrte ich Harry wütend an und warf mich auf das Bett.

Bayern in den Vereinigten Staaten

Ob das bei anderen Völkern genau so ausgeprägt ist, weiß ich nicht, aber wir Deutschen hängen sehr zäh an unserer Heimat. Das habe ich besonders augenfällig in Amerika erlebt, und nicht etwa nur in New York, wo sich ja seit eh und je die aus den überseeischen Ländern Zugereisten in ihren Vierteln seßhaft machen, sondern in allen Städten und Staaten allhier. Neben einem notdürftig erlernten Englisch behalten diese Einwanderer fast durchweg ihre Muttersprache und leben meist bis ans Ende ihrer Tage nach den ererbten Sitten und Gebräuchen. Seltsamerweise aber vergessen wir Deutschen die Schriftsprache, die wir in der Schule erlernt haben, gänzlich und reden unter uns im unverfälschten Dialekt unser jeweiligen engeren Heimat. Das führt so weit, daß die Kinder neben dem Englisch nur noch diesen Dialekt übernehmen, schriftdeutsch schreiben oder lesen können sie nicht mehr.

In Reading, einer kleinen Industriestadt in Pennsylvanien, bin ich einmal an einem sonnigen Tag durch die Seitengassen geschlendert und habe – durstig, wie ich war – gemütlich bayerisch vor mich hingeraunzt: »Herrgottsa' wo is denn jetzt da a Wirtschaft, Kruzitürkn!«

»Do, glei um's Eck?« hörte ich überraschenderweise einen zufällig vorübergehenden Arbeiter antworten, und lustig lachten wir uns zu.

»Dei Sprach kimmt mir bekannt vor, Landsmo'«, sag' ich und frag ihn: »Du bist gwiß auch noch net lang in dem Land, wos?«

»Ah!« lächelt er pfiffig: »I bin überhaupts net eingwandert! I bin ja do geborn!« und es stelle sich heraus, daß sein Großvater aus dem Niederbayerischen stammte und als junger Mensch nach den Staaten gekommen war.

Wer ein dafür empfängliches Ohr hat, der wird schnell feststellen, daß sogar der Akzent unserer englischen Aussprache stets stark dialektgefärbt ist. Du hörst den schwäbischen und rheinländischen Tonfall aus dieser Akzentuierung, den preußischen und schlesischen, den bayerischen und tirolischen etc., und wenn du behaglich schmunzelnd den Sprechenden fragst, ob er Deutscher ist, so wird er unweigerlich antworten: »I bin a Stuagarta!« oder »Wir sind köllsche Jongs!« und der Hamburger wird dir sein gewohntes »Hummel, Hummel!« entgegenlachen. Jeder redet die Sprache seiner Geburtsgegend.

Das hat mich auf den verwegenen Gedanken gebracht, daß es im Grunde genommen gar keine wirklichen Deutschen gibt. Ob das ein Vor- oder Nachteil ist, das kann sich jeder selber zurechtdenken. Mir aber scheint das Argument, welches in diesem Zusammenhang mein bayerischer Landsmann und langjähriger Freund Xaver Osterhuber manchmal an unserem Yorkviller Stammtisch vorbringt, doch einzuleuchten. Vor allem schon deswegen, weil es zu gewissen Zeiten sehr praktisch ist. So gut nämlich, meint er, so gut wie wir haben es die Franzosen, die Engländer, die Russen und überhaupt die Leute anderer Völkerschaften nicht.

»Wenn zum Beispiel a daitsche Regierung a Sauerei macht, oder es ärgert sich dö ganze Welt über Daitschland, dös geniert uns gar nix!« sagt der Xaverl: »Da sogn mir einfach, wos geht denn das uns an? Mir san ja Bayern!« Und, echt demokratisch, wie er ist, billigt er natürlicherweise dasselbe Recht jedem Schwaben, Sachsen oder Rheinländer genau so zu.

Ob sich, hat ihn bei einer solchen Gelegenheit einmal ein Herr mit früherer Gymnasialbildung gefragt, seine Auffassung etwa mit Logik begründen lasse? Aber da ist er beim Xaverl an den Unrechten gekommen: »Sie, Herr«, gab ihm der zungenfertig hinaus: »Könna Sie mir vielleicht sogn, ob in der heutign Welt überhaupts was eine Logik und ein Vernunft hat…?« »Eine, sagt man deutsch«, wollte ihn der Herr überlegen korrigieren: »Eine Vernunft!« worauf ihn der Xaverl barsch und ein für allemal abfertigte: »Deutsch hob i net glernt! I kann bloß bayrisch!«

Dem Xaverl verdankte ich es, daß ich mich ziemlich schnell und reibungslos in New York eingewöhnt habe. Er nämlich, der schon seit Anno 1925 in Amerika ist, hat mir ganz das Gegenteil von dem eingeschärft, was mir alle anderen Leute, die mit mir gleichzeitig hier eingewandert sind, geraten haben: »Nur sich in nix einlassn, Oskar!« hat er mich also belehrt, »glaub mir's, uns Bayern hält man sowieso auf der ganzen Welt für Original-Rindviehcher, und dös hat seine Vorteile... Dabei bleibst du.« Englisch brauchte ich bloß so viel zu lernen, als zum Einkaufen und zum Bestellen von Essen und Trinken notwendig sei, und wenn ich in eine Kalamität käme: »Mach dich ja nicht mausig, sonst frißt dich die Katz... Du bleibst durchaus bayrisch, tust jedesmal, als wie wenn dich die ganz Sach gar nichts angeht, und verstehst absolut nix.« An diesen Ratschlag habe ich mich stets gehalten. Er war immer wirkungsvoll.

Von New York bin ich einmal nach Detroit (Michigan) gefahren, wo die meisten amerikanischen Automobilfabriken sind. Viele Landsleute arbeiten dort. Das amerikanische Eisenbahnnetz gehört nicht dem Staat, sondern verschiedenen Privatgesellschaften. Aus Konkurrenzgründen bauen die stark befahrenen Linien besonders schöne Luxuszüge, die immer einen schönen Namen haben. Gewöhnlich muß man, wenn man schon in einen solchen Zug umsteigt, auf den ursprünglichen Fahrpreis etwas aufzahlen. Als mein New Yorker Zug in Cleveland (Ohio) haltmachte, ist mir plötzlich eingefallen, daß ich ein paar gute Bekannte besuchen könnte. Also stieg ich aus und blieb den Tag und die Nacht und fuhr dann weiter nach Detroit. Der neue Zug, der sehr bekannte »Nickelpate«, so benannt wegen seiner mit glitzerndem Nickelblech überzogenen Waggons, war viel komfortabler als mein vorheriger New Yorker. Nach einer Weile kam der Kontrolleur, musterte meine Fahrkarte und verlangte ein Aufgeld von sechs Dollar. Ich schaute ihn zuerst einmal vollkommen verständnislos an. Er wiederholte seine Forderung, und selbstredend verstand ich sie halbwegs, aber für mich war bloß der Ratschlag vom Xaverl in New York maßgebend.

»You sieh, I komm von New York! I paid dort!« kauderwelschte ich, auf meine Fahrkarte weisend, den Kontrolleur unschuldig verblüfft an: »I paid dort! I paid!« Wie man weiß, heißt »I paid« soviel wie »Ich habe gezahlt«. Der Kontrolleur aber schien das nicht zu begreifen und verlangte erneut seine sechs Dollar.

»I paid doch! I paid in New York! I paid!« redete ich hartnäckig über ihn weg und schlug bekräftigend mit dem flachen Handrücken auf meine Fahrkarte: »I paid! I paid!« Der Mann stutzte kurz, kopfschüttelnd staunten mich die umsitzenden Passanten an, und der Mann redete schon wieder von der Nachzahlung, aber er kam gar nicht weiter.

»You sieh doch!« faßte ich ihn begütigend am Arm und hielt ihm die Fahrkarte hin: »I paid in New York! I paid! I paid! I paid!« Der Mann wurde hilflos, schnaubte kurz und forderte energischer. Es war nichts zu machen. »I paid! I paid doch! I paid!« schmetterte ich ihm unentwegt entgegen: »I paid!!« Dem Kontrolleur verschlug's das Wort, krebsrot im Gesicht riß er sich in die Höhe und knurrte: »Go to hell crazy man!« Weg war er. Er ist nicht wieder gekommen um seine sechs Dollar. Unbehelligt kam ich in Detroit an.

Kurz nach meiner Landung in New York hat mich der Xaverl auch mit den verschiedenen hiesigen

Bayernvereinen bekanntgemacht. Die alljährlichen »Bauernbälle« sind entschieden die fidelsten, lautesten und unterhaltsamsten in ihrer Art. Besser wie da spielt die erprobteste Kapelle auf dem Münchener Oktoberfest nicht, und so uralte Tänze, so schwungvolle Original-Schuhplattler werden bei uns daheim höchstenfalls noch hin und wieder dem schwerzahlenden Sommerfrischen-Publikum in den feineren Fremdenorten von entsprechenden Berufsgruppen vorgeführt.

Aber die Trachten auf so einem »Bayerischen Bauernball« in New York! Die Mannsbilder alle in ihrem auffallend guterhaltenen, reichbestickten kurzen Hirschlederhosen, mit schneeweißen, reinwollenen, kunstvoll gestrickten Wadenstrümpfen und einem Lederzeug, das knarzt und glänzt, in nagelneuen grauen Jankern mit grünen Aufschlägen und dem schwarzen, schweren Samthut mit Flaumfeder und dem echten Gamsbart auf dem Kopf; die Weiberleute alsdann in glänzend fallenden Faltenröcken, das reinseidene Fürter davorgebunden, in dunklen, mit schwersilbernen Ketten dichtverschnürten Miedern und reichbefransten Brusttüchern, die eine alte, wertvolle Goldbrosche zusammenhält; die älteren Weibsbilder oft noch mit den echten, goldgewirkten Ringelhauben! Alles sucht sich geradezu zu überbieten durch naturhafte Echtheit – aber so was gibt es daheim bei uns schon seit der Zeit vor dem Ersten Weltkrieg nicht mehr. Ja, schon dazumal ist es für unsere Bauernleute nur noch so was wie eine fastnachtsmäßige »Maschkererhaftigkeit« gewesen. Bloß etliche Preußen auf der Sommerfrische sind selbigerzeit noch manchmal in dieser – freilich schon fabrikmäßig billig hergestellten – Tracht als vielverspottete »Salontiroler« umhergelaufen, und meistens waren es die dümmsten, denen man das unglaublichste über unsere Sitten und Bräuche hat einreden können.

Bei einer Zusammenkunft des Bayernvereins »Die Tuntenhauser Buam«, auf der die Abhaltung eines solchen alljährlichen Balles besprochen worden ist, habe ich den Vereinsvorstand Barthl Schmiedinger kennengelernt. Der Barthl, ein imponierender Mensch von über zweieinhalb Zentner Gewicht, ist Metzgermeister in The Bronx, einem oberen Stadtteil auf der Ostseite von New York; in Amerika ist der Barthl auch schon so lang wie der Xaverl, aber ein Bayern ist er geblieben durch und durch. Es läßt sich denken, daß er sich bei unserm Zusammentreffen gefreut hat, und gleich haben wir uns angefreundet. Wie er mich den anderen Vorstandsmitgliedern vorgestellt hat, haben mir dieselben mit einem lebhaften »Bravo!« zugetrunken, und ich habe mich genauso geehrt gefühlt wie sie, als sie jetzt gesagt haben: »Herrgott, großartig! Ein Landsmann, der direkt von dahoam kimmt! ... Und a bekannter Mensch auch noch, ein Heimatschriftsteller!« Bei dieser Gelegenheit hat der Barthl erklärt, was ich für ein attraktiver Zuwachs für ihren Verein sei, und zu mir hat er gesagt, daß er seit jeher gern liest, er habe die ganzen Jahrgänge des »Bayerischen Veteranen- und Kriegervereinskalenders« daheim und kenne viele Geschichten darin fast auswendig. Über eine so hochgradige Belesenheit und Bildung freut sich unsereins natürlicherweise schon von Berufs wegen. Ob ich vielleicht wisse, fragt mich der Barthl eifrig, was diese Kalender seit eh und je für einen Kernspruch als Motto haben? »In Treue fest!« habe ich geschmettert und abermals den Krug erhoben. Damit habe ich das Herz vom Barthl vollkommen gewonnen. Er und die weiteren Vorstandsmitglieder haben mich als Ehrengast zu ihrem Ball eingeladen und ausgemacht, sie wollen den Verein damit überraschen und nichts verraten, bis ich erscheine; ich brauche keine Eintrittskarte und solle bloß bei der Saaltüre gleich den Barthl verlangen. Weil ich aber bis dahin noch keine solche Festivität in New York mitgemacht und mich nicht ausgekannt habe, wie es dort zugeht, und vor allem, was man da trägt, habe ich mich beiläufig danach erkundigt.

»Ha, nix einfacher wie dös!« sagt der Barthl und lachte gemütlich: »Bei uns geht's ganz bauernmäßig zua! Durch und durch bayrisch, verstehst? Ganz wie dahoam! Je gscherter als du daherkimmst, umso besser! Bloß echt muaßt sei, grundecht, wia a richtiger Bauernrammel bei uns dahoam!« Das hat mich beruhigt. Zwei Tage vor dem Ball bin ich zu einem anderen Freund von mir, dem Schneidinger-Simmerl, der in New Jersey eine Farm hat, hinausgefahren, um mich echt bauernmäßig herzurichten. Der Simmerl, seine Alte und die zwei Kinder – vier Kühe, sechs Säu, Hennen und achtundzwanzig Acker Land haben sie –, die leben und hausen noch genauso unverändert wie ein Kleinhäusler bei uns daheim. Ich habe eine alte, abgewetzte, dreckige lange Hose, ein kariertes, zerschwitztes Hemd, einen ausgewaschenen, blauleinenen Stallschaber, die festen Nagelschuhe vom Simmerl, wo noch ein bißl Mist draufgepappt hat, angezogen und den alten, vom Regen aus jeder Form gegangen Hut aufgesetzt. So bin ich zum Ball gekommen und habe verabredungsgemäß an der Saaltüre nach dem Herrn Vorstand Schmiedinger verlangt.

»Was wolln Sie denn von dem? Haben Sie was abzugeben?« fragt mich der eine von den Türposten ziemlich abweisend, und komischerweise sind er und sein Kollege wie angeekelt vor mir zurückgewichen, wahrscheinlich deswegen, weil ich in dem Zeug vom Simmerl nicht gut gerochen habe. Einen Tag zuvor nämlich hat es der Simmerl noch beim Odlfahren angehabt.

»Was ich will?« sage ich patzig: »Der Herr Vorstand hat mich herbestellt«, und nenne meinen Namen. Mißtrauisch haben mich die zwei gemustert, alsdann hat der eine gesagt: »Warten Sie! ... Es wird grad getanzt... Gehen Sie ein bißl auf die Seite...« Er hat mich zurückgedrängt, schnell die Saaltüre aufgemacht, ist hinein, und der andere hat die Tür wieder zugezogen. Ich höre die wunderschöne Musik spielen, höre Juchzen und Lachen, der Tanz hört endlich auf, und kurz drauf wird die Türe weit aufgerissen. In blütenweißem Leinenhemd und nagelneuer kurzer Wichs kommt mir der Barthl entgegen, und ich will gleich auf ihn zu. Aber – hm, was war denn jetzt das – plötzlich bricht der Barthl mitten im Wort ab, bleibt baff stehen und glotzt mich schon fast beleidigend abweisend an.

»Barthl!« lach ich einnehmend: »Do bin ich! Ganz echt hab ich mich hergricht, ganz echt!«

»Echt?« sagt der: »Echt? ... A Sauerei is das!« Kopf an Kopf stehn die großartig aussehenden Männer und Weibsbilder da und starren mich an – direkt die Fassung hab ich verloren. Peinlich war es.

»In Treue fest!« habe ich, wie um mir Mut zu machen, geschrien, und tollkühn, wie man bei solchen Gelegenheiten wird, hab ich mich, trotzdem, daß alle ausgewichen sind und geschimpft haben: »Und wia der stinkt! Pfui Teifl!« doch noch auf den Barthl hingearbeitet. Der aber hat mich saugrob angefahren: »Geh bloß weg! ... Echt soll dös sein? Eine Schand und a Spott ist's, so lumpert daherz'kemma und stinka wia a Steign voller Affn!«

Das war mir aber zuviel.

»Nach Veigerln hot a bayrischer Bauer noch nia grocha!« sag ich, doch da haben sie mich schon ziemlich unsanft zur Tür hinausgeschoben und gesagt, ich soll machen, daß ich weiterkomme. Seitdem bin ich nicht mehr neugierig auf die berühmten New Yorker »Bayrischen Bauernbälle«.

Echt, durch und durch echt, muß ich aber doch ausgeschaut haben, denn wie ich wieder zu meinem Freund Simmerl nach New Jersey gekommen bin, hat der gesagt: »Grad recht bist du beinander... Jetzt konnst glei mithelfa beim Ausmisten!«

Nachweise

Etwas über den bayrischen Humor
An manchen Tagen. Gedanken und Zeitbetrachtungen, Frankfurt am Main 1989 (Werkausgabe, Band XII)

Niemand und Jeder
In: Der Orchideengarten. Phantastische Blätter, hg. von Karl Heinz Strobl, 1. Jg., 8. H., 1919, 1 – 3

Das war anno 1866
Das Kleine Blatt (Wien), Beilage »Bunte Woche«, Nr. 38, 17. September 1933

In memoriam Bilgerius Wild
Der Wiener Tag, Beilage »Der Sonntag«, 14. Januar 1933

Mach ma hoit a Revoluzion
Abendzeitung (München), Nr. 265, 4. November 1968

Georg Schrimpf und der Kommissar
Frankfurter Rundschau, Nr. 262, 9. November 1968

Uniformen ohne Vaterland
Nach einem Typoskript im Nachlaß

Mein erster Vortrag
Der Wiener Tag, Nr. 3572, 28. April 1933

Psyche – Ein Faschingserlebnis in Wien
Der Götz von Berlichingen (Wien), Nr. 2, 12. Januar 1934

Es stirbt wer
  Der große Bauernspiegel. Dorfgeschichten und Begebnisse von einst, gestern und jetzt, Wien, München, Basel 1962

Eine alltägliche Geschichte
  Arbeiter-Zeitung (Wien), 16. April 1933

Die verheimlichte Erbschaft
  Der große Bauernspiegel. Dorfgeschichten und Begebnisse von einst, gestern und jetzt, Wien, München, Basel 1962

Was tot ist, bleibt tot
  Bayrisches Lesebücherl. Von Früherszeiten bis heutzutag, Hannover 1966

Laß hängen, was hängt
  Nach einem Typoskript im Nachlaß

Der betrogene Anstand
  Bayrisches Lesebücherl. Von Früherszeiten bis heutzutag, Hannover 1966

Die Kur für böse Weiber
  Bayrisches Lesebücherl. Von Früherszeiten bis heutzutag, Hannover 1966

Heimgezahlt
  Bayrisches Lesebücherl. Von Früherszeiten bis heutzutag, Hannover 1966

Harmloser Zeitvertreib
  Bayrisches Lesebücherl. Weißblaue Kulturbilder, München 1924

Der Spucknapf
  Nach einem Typoskript im Nachlaß

Aus unbekannten Motiven
  Nach einem Typoskript im Nachlaß

Inflation
Bayrisches Lesebücherl. Weißblaue Kulturbilder,
München 1924

Einen Jux will er sich machen
Bayrisches Lesebücherl. Weißblaue Kulturbilder,
München 1924

Die Kur
Bayrisches Lesebücherl. Weißblaue Kulturbilder,
München 1924

Wer ist der Pfiffigere?
Wiener Post, 26. November 1933

Der reingelegte Postbräuwirt
Bayrisches Lesebücherl. Weißblaue Kulturbilder,
München 1924

Das Hochzeitsgeschenk
Bayrisches Lesebücherl. Weißblaue Kulturbilder,
München 1924

»Holde Eintracht - -«
Bayrisches Lesebücherl. Weißblaue Kulturbilder,
München 1924

Des Pudels Kern
Der Quasterl und andere Erzählungen, New York
1945

Der unheilige Spuk
Bayrisches Lesebücherl. Von Früherszeiten bis
heutzutag, Hannover 1966

Der Rat des Weisen. Eine Sinngeschichte für plumpe Liebhaber
Nach einem Typoskript im Nachlaß

Liebes-Spaßetteln
Der Wiener Tag, Nr. 3572, 28. April 1933

Die Defloration
  Bayrisches Lesebücherl. Von Früherszeiten bis heutzutag, Hannover 1966

Das schiefe Maul vom toten Haunzbauern
  Bayrisches Lesebücherl. Von Früherszeiten bis heutzutag, Hannover 1966

Alles ist eitel!
  Die Unzufriedene (Wien), Nr. 29, 26. Juli 1933

Was der Hupfauerin passiert ist
  Nach einem Typoskript im Nachlaß

Die Arbeiterin
  Neue Zeitung (München), Nr. 177, 9. August 1919

Die Perle der Treibjagd
  Der Götz von Berlichingen (Wien), Nr. 38, 22. September 1933

Mir fehlt nix...
  Bayrisches Lesebücherl. Weißblaue Kulturbilder, München 1924

Lustige Ereignisse in der Weimarer Republik
  Nach einem Typoskript im Nachlaß

Der Nachschuß
  Nach einem Typoskript im Nachlaß

Die billige Watschn
  Erstmals in: Der Götz von Berlichingen (Wien), 13, Nr. 7/8, 23. Februar 1934 und Nr. 9. 2.März 1934. Hier gedruckt nach: Raskolnikow auf dem Lande. Kalendergeschichten, Berlin und Weimar 1974

Münchner Definitionen
  Bayrisches Lesebücherl. Von Früherszeiten bis heutzutag, Hannover 1966

Auch Gaffen macht sich bezahlt
  Nach einem Typoskript im Nachlaß

Andachts-Idyllen
  Bayrisches Lesebücherl. Weißblaue Kulturbilder, München 1924

Auffassungssache
  Bayrisches Lesebücherl. Von Früherszeiten bis heutzutag, Hannover 1966

Ein Bauernhof brennt
  Nach einem Typoskript im Nachlaß

Politik
  Erzählungen aus der Weimarer Republik, Frankfurt am Main 1988 (Werkausgabe, Band XI/1)

Heil Hitler!
  Erstmals in: Das Tagebuch, 14, Nr. 5, 4. Februar 1933, Hier gedruckt nach: Erzählungen aus der Weimarer Republik, Frankfurt am Main 1988 (Werkausgabe, Band XI/1)

Das »Kommunistenstückl« von Aining
  Arbeiter-Zeitung (Wien), Nr. 215, 6. August 1933

Pech beim Herrgottschnitzen
  Nach einem Typoskript im Nachlaß

Bayrische Selbsthilfe. Ein Sittenbild aus der Jetztzeit
  Arbeiter-Zeitung (Wien), 11. Juni 1933

Goethe im Dritten Reich
  Der Kleine Landwirt (Prag), 16. Oktober 1933

Das »Götz«-Zitat auf dem bayrischen Dorf
  Der Götz von Berlichingen (Wien), Nr. 29, 21. Juli 1933

Ein Brief aus der Heimat
  Arbeiter-Zeitung (Wien), Beilage »Arbeiter-Sonntag«, Nr. 3, 27. August 1933

Der Trinkspruch des alten Schwertbichler
Frankfurter Rundschau, Nr. 54, 4. März 1967

Sommerlicher Tages-Anbruch auf dem Dorf
Nach einem Typoskript im Nachlaß

Immer mit der Gemütlichkeit!
Unsere Zeit (New York), Nr. 1, Januar 1942

Zwillinge
Frankfurter Rundschau, 2. April 1966

Das bittere Hemmnis
Bayrisches Lesebücherl. Von Früherszeiten bis heutzutag, Hannover 1966

Das unheimliche Zimmer
Stuttgarter Zeitung, Nr. 199, 30. August 1958

Bayern in den Vereinigten Staaten
Frankfurter Rundschau, Nr. 53, 3. März 1950

Glossar

Antlaß-Sonntag	der vierte Sonntag im Fastenmonat
Back	Scharen
Bambsn	Kind
Bankert	uneheliches Kind
Bißgurn	unausstehliches, zänkisches Weib
Boulabn	Empore in der Kirche
Dardottaling	Eidotter
dengerscht	dennoch, schließlich
Dirn	Magd
dösmoi	diesmal
dung	dünge
fatschn	einbinden, wickeln
foin	fallen
frehling	fröhlich
frühahrer	vormals
Fürter	Schurz
gefrettet	sich mühsam gerettet, durchgeschlagen
gelust	beobachtet
Gschmoch	Geschmack
Hammin	Hammel
Hermandad	Spanische Polizei- und Militärorganisation Ende des 15. Jahrhunderts
hoit owi	halt hinunter
kamot	bequem
Kirta	Kirchweih
Mäi	Maul

Matz	durchtriebenes Luder
ois	als
oit	alt
Putzhodern	Putzlumpen
Reeke	Röcke
Sackgleibn	Sägespäne
schmarts	redet ihr
Schui	Schule
Sekten	Einbildungen, Launen
stad	still, schweigsam
Stallschaber	Schurz
trapfte	wirr im Kopf, geistig beschränkt
Troadsäck	Getreidesäcke
verzoit	erzählt
Votzn	Mund

Lebensdaten

27. Juli 1894 Oskar Graf wird in Berg am Starnberger See als neuntes Kind des Bäckermeisters Max Graf und seiner Ehefrau Therese, geb. Heimrath, einer Bauerntochter, geboren.
1900 Besuch der Dorfschule in Aufkirchen.
1906 Tod des Vaters.
1907 Arbeit als Bäckerlehrling im Familienbetrieb.
1911 Flucht nach München, Gelegenheitsarbeiten, Verkehr in der Boheme und in der anarchistischen Gruppe »Tat« um Erich Mühsam.
1913 Vagabund im Tessin, mit seinem Freund, dem Maler Georg Schrimpf, auf dem Monte Verità bei Ascona.
1914 werden erstmals zwei Gedichte in der expressionistischen Zeitschrift »Aktion« veröffentlicht. Am **1. Dezember 1914** wird er zum Militärdienst eingezogen, seit **Februar 1915** an der Ostfront.
1916 Befehlsverweigerung. Wegen einer Kriegsneurose, die er später als Simulation darstellte, Einweisung in die Irrenanstalt Görden (Brandenburg) und Haar. **Dezember 1916** Entlassung aus dem Militärdienst.
1917 Oskar Graf legt sich auf Vorschlag des Künstlers Jacob Carlo Holzer den zweiten Vornamen Maria zu und verwendet den Namen Oskar Maria Graf für von ihm selbst als »lesenswert« erachtete Werke. Im selben Jahr Heirat mit Karoline Bretting, **1918** Geburt der Tochter Annemarie.
1918/19 Teilnahme an der Münchner Revolution, Sympathisant der Räterepublik.

Bis **1922** kunstkritische Texte, u.a. über Maria Uhden und Georg Schrimpf. Zweimal in Haft, auf Fürsprache Rilkes entlassen. Erster Gedichtband *Die Revolutionäre*.

1920/21 Dramaturg an der »Neuen Bühne«, einem Münchner Arbeitertheater. Lebensgemeinschaft mit der Jüdin Mirjam Sachs.

1922 *Zur freundlichen Erinnerung* erscheint, der erste Band mit Erzählungen. Zahlreiche Geschichtensammlungen folgen.

1927 Literarischer Erfolg mit der Autobiographie *Wir sind Gefangene*.

1929 Veröffentlichung der zweibändigen Sammlung *Kalendergeschichten*.

1931 Der (später von Rainer Werner Fassbinder verfilmte) Roman *Bolwieser* erscheint. **1931** und **1932** sind die produktivsten Jahre des Erzählers Graf. Ein weiterer Roman und mehrere Bände mit erzählender Prosa erscheinen in dieser Zeit.

24. Februar 1933 Start einer Vortragsreise in Österreich. Die Reise von München nach Wien markiert den Beginn des Grafschen Exils. Im **Mai 1933** protestiert Graf gegen die nationalsozialistischen Bücherverbrennungen mit dem Aufruf »Verbrennt mich!«. Sein Name steht auf der zweiten Ausbürgerungsliste der Nationalsozialisten. Ab **September 1933** (bis **August 1935**) im Redaktionskollegium der Exilzeitschrift »Neue Deutsche Blätter«.

Februar 1934 Flucht ins tschechoslowakische Brünn. August/September des Jahres Teilnahme am Ersten Allunionskongreß der Schriftsteller in Moskau, anschließend dreiwöchige Rundreise durch südliche Sowjetrepubliken.

1936 *Der Abgrund. Ein Zeitroman* erscheint in London.
1937 Der satirische Kleinbürger-Roman *Anton Sittinger* wird veröffentlicht.
1938 Flucht über Holland in die USA, Wohnung im nördlichen Manhattan für den Rest seines Lebens. Gründet die »German American Writers Association« unter dem Ehrenvorsitz Thomas Manns. Vortragsreisen, Organisation von Hilfe für die Emigranten.
1940 Erste Ausgabe von Grafs Hauptwerk *Das Leben meiner Mutter* in amerikanischer Übersetzung. Das deutsche Original erscheint erst **1946**.
1947 Der Roman *Unruhe um einen Friedfertigen* wird in New York veröffentlicht.
1949 Der utopische Roman *Die Eroberung der Welt* erscheint in München.
1957 Graf wird amerikanischer Staatsbürger. Erste von vier Europareisen, von Juni bis Oktober des Jahres.
November 1959 Tod von Mirjam Sachs.
1960 Verleihung der Ehrendoktorwürde durch die Wayne State University in Detroit.
1961 Die Essaysammlung *An manchen Tagen* erscheint.
1962 Heirat mit der aus Leipzig emigrierten Jüdin Gisela Blauner.
28. Juni 1967 Oskar Maria Graf stirbt in New York. Im Jahr danach wird seine Urne nach München überführt und auf dem Friedhof von Bogenhausen beigesetzt.

Nachwort

Nach fast einem Vierteljahrhundert amerikanischen Exils, der Einschränkung seines geselligen Treibens auf einen angejahrten Stammtisch und auf wenige Freunde, nach dem von ihm selbst als drückend empfundenen Verlust an literaturfähiger Realität notierte der 67jährige Oskar Maria Graf: »Von so mittelmäßigen Schreibern, wie ich einer bin, wird man sicher nach etlichen Jahren, wenn ich in der Grube bin, kaum den Namen noch kennen. Die Welt hat andere Sorgen, die Menschen sind auf dem Weg ins zwanzigste Jahrhundert, das von den Bemühungen des neunzehnten wenig in seinen Lebensgestus und seine Haltung aufnehmen wird.« Da erlag er einem Trugschluß: Er ist der Passant unterschiedlicher Zeiten, der Erkunder der Großstadt wie des Abseits geblieben, der literarische Bote verschiedener Welten. Er erweist in seinem Werk ein unverbrauchtes Bildgedächtnis für abgeschiedene Lebensverhältnisse und Sprecharten. Gerade der Flüchtling und Vertriebene, den es in fünf Jahren von München nach Wien, von dort nach Brünn und 1938 weiter nach New York verschlug, bewahrte für sich den Umriß von Herkunft und Heimat. Und doch ist in den beiden Sätzen mehr ausgesprochen als Resignation in der Selbstbescheidung: Sie bezeichnen

Grafs Verständnis von sich als einem »altmodischen Dutzendmenschen«. Aber die Bemerkungen von 1961, die das zwanzigste Jahrhundert erstaunlicherweise erst nach Vollendung seiner ersten Hälfte auf den Weg schicken wollen, geben auch eine Grundtatsache im Werk dieses Erzählers an: Seine Figuren sind in früheren Verhältnissen angesiedelt, in einem historisch verspäteten Raum – fast ausnahmslos in der Provinz (die auch in der Großstadt auflebt), in einem sozialen Anachronismus bäuerlicher, proletarischer und kleinbürgerlicher Lebensweisen, denen der Nationalsozialismus durch die forcierte Entwicklung von Technik, Industrie und Kommunikation den Garaus gemacht hat. Der epische Chronist seiner oberbayrischen Heimat hat in seinen Büchern Figuren beschrieben, die in der Geschichte längst versunken scheinen und nur noch als Attrappen dem Fremdenverkehr dienen.

Zu den Gründen für seine Vermutung, er werde vergessen, gehört wohl auch seine Weigerung, in eines der beiden Deutschland zurückzukehren – er hielt sie auf komplementäre Weise für ungenügend. Überdies passte dieser Autor kaum in die literarische Nachkriegslandschaft. Der Bäckerlehrling vom flachen Land, der sich der Schwabinger Boheme und den literarischen Anarchisten anschloß, der im Ersten Weltkrieg dem Militärdienst entlief, der mit der Münchener Revolution sympathisierte, aber sich auf keine Partei verstand, fügt sich nicht irgendwelchen Parolen. Er hat gewiß reichlich mit ihnen gespielt: teils zur Selbststilisierung oder auch nur zur Reklame, immer jedoch mit selbstironischem Behagen hat er sich als »Provinzschriftsteller« und als »Spezialist für ländliche Sachen« tituliert. Aber mit seinem Protest gegen die nationalsozialistischen Bücherverbrennungen erwies er sich als Sonderfall an Mut und Geradlinigkeit. Er war immer mehr, als er von sich behauptete.

Der parteilose Sozialist, der auf seinem »Katholischsein« wie auf einer durchtriebenen Hinterlist bestand, ist noch heute eine kantige Erscheinung. Der Erzähler seiner Heimat und Volksschriftsteller irritiert die nachgeborenen Leser durch Weltläufigkeit. Graf geht in den Selbstbildern nicht auf, mit denen er lavierte.

Was ist ein Volksschriftsteller?

Darüber gibt es verläßliche Falschmeldungen. In den letzten Jahrzehnten wurden viele rückflutende Neigungen produziert: die Lust auf die Idylle, auf den falschen Schein von Traulichkeit, auf ein vergoldetes Biedermannsdasein. Der Heimatbegriff firmierte als Freifahrtsschein für eine Retourkutsche. Auf ihrer Fahrt ins Grün sammelten die Insassen dieses nostalgischen Gefährts nebst Wald- und Wiesenkräutlein für gesunde Atzung auch die historischen Bestände bodennaher Literatur ein. Von Hermann Löns über Ludwig Ganghofer bis zu Heinrich Waggerl wurde uns eine Ahnenreihe der »Literatur aus der Provinz« empfohlen, eine Galerie der kitschigen Hauchbildchen, die von sentimentalen Neigungen animiert sind.

Oskar Maria Graf lavierte gerne mit den Zuschreibungen, die auf solche Autoren zutreffen mögen. Er hat sich oft in einen offenen oder in einen ironischen Gegensatz zur intellektuellen Großstadtliteratur gesetzt. Er verstand unter dem Begriff »Volk« nicht den Bauern hinter dem Pflug, den einfachen Landmann mit den Gerätschaften, die heute im Heimatmuseum zu besichtigen sind. Die Vorstellung dessen, was das Volk sei, war von eigener Anschauung und Herkunft geprägt, aber auch mitbestimmt durch die Lektüre von Tolstoi und Gorki. Graf hat sich dabei jeder romantischen Verklärung oder Schönfärberei verweigert. Das »Volk« ist ganz und gar wie er selbst, wie er sich in einer seiner spätesten Aufzeichnungen beschrieb: »Mir ist als Bub von 10 bis 12 Jahren so gründlich wie vielleicht keinem der Glaube an das Menschliche im Menschen herausgeprügelt worden, daß es viele Jahrzehnte, fast bis an die Grenze meines Greisenalters gebraucht hat, bis ich wenigstens einiges wieder zurückgewinnen konnte. Und ohne diesen Glauben kann kein Mensch existieren. Meine einzige Rettung war, daß ich – um nicht eines Tages meinem Leben den Garaus zu machen – mit einer bohrenden Verbissenheit ohnegleichen stets vor mir selber und der Öffentlichkeit Beichte ablegte, mich derart entlarvte und bloßstellte, daß es mir vor mir selbst unsagbar graute. Und da es in der Natur jedes Menschen liegt, stets von sich auf andere zu schließen, so kann man sich denken, welche Erschütterungen dieses sich immer wiederholende Grauen in mir hervorgerufen hat. Es steigerte sich schließlich zum ohnmächtigen Eingeständnis, daß der Mensch eine unergründliche Fehlleistung der Schöpfung ist, wie ein Blatt hilflos ausgeliefert den Mächten seiner Herkunft, seines mühseligen Werdens und der dunklen, fast unbezwingbaren Triebe. Das trieb mich zum Schreiben, und daß auch der Mitmensch dazu ermutigt wird, so in sich zu schauen und dadurch zu einer Verträglichkeit mit seiner Umwelt zu kommen, war einzig und allein der Sinn meines Schaffens und Wirkens.« Das ist auch der Hintergrund der Minutengeschichten, sogar wenn sie als anekdotischer Scherz am Rande, als marginale Episode, als kurzer Schwank, im Kleinformat einer witzigen Schnurre oder als groteskes Tableau daherkommen. Unter der humoristischen Oberfläche liegen oft Ereignisse von so abgründiger Art, daß einem der Atem stockt. Katastrophen, Besessenheiten und unaufhebbare Schuld können auch in die leichte erzählerische Improvisation hineinregieren.

Die rund 60 hier versammelten kurzen Geschichten gesellen sich zu den gut 150 Erzählungen, die in der »Werkausgabe« Oskar Maria Grafs versammelt sind. Sie nehmen den Leser nur für wenige Minuten in Anspruch, und diese Miniaturen, Stenogramme, Proben, einzelnen Bilder sowie kurzen Dialoge ergeben eine leichthändige Einführung in das Gesamtwerk Oskar Maria Grafs. Die meisten von ihnen blieben am Rande der Publikationsgeschichte liegen, auch falls sie von Graf in einzelne Sammelbände seiner Erzählungen aufgenommen worden sind. Sie bilden in ihrer überwiegenden Mehrheit einen kaum besichtigten Vorrat an literarischen Ausdrucksmöglichkeiten. Einige sind bisher überhaupt nicht publiziert und hier erstmals aus dem Nachlaß gehoben worden.

Eine motorische Energie strahlt aus diesen Petitessen: eine Unaufhörlichkeit des erzählerischen Flusses, die Nebensächlichkeiten und Zeitungsberichte, vorgefundene Absonderlichkeiten und politische Ereignisse, Stimmungslagen und Reminiszenzen aufnimmt und, zum minutenkurzen Text verwandelt, wieder an seinen Ufern ablagert. Im ganzen handelt es sich um Skizzen: Nicht alles, was der Kern – eine Sentenz, eine Meldung, ein Bild, ein Traum, ein Erinnerungsreflex – hergibt, ist entfaltet und ausgeführt, aber die einzelnen Striche sind sorgsam gezogen. Und es verhält sich in dieser Prosa wie mit Skizzen überhaupt: Ein einzelner falscher Zug könnte alles verderben.

Diese Minutengeschichten enthalten trotz ihrer Kürze alle Themen und alle Temperamente des Erzählers Graf. Im Taschenformat, im Dienst des Augenblicks sind sie zu haben. Heiterer Witz und grotesker Humor, traurige Pastelle und Porträts von Sonderlingen, sozialkritische Studien und politische Satiren wechseln einander ab. Sie entstanden in einer Zeitspanne von rund fünfundvierzig Jahren.

Angestrebt war bei der Auswahl eine Art geschichtliches Kleinpanorama aus einzelnen Erzählungen. Der Prospekt beginnt tief im 19. Jahrhundert, mit dem Ausbruch des Krieges von 1866, also bei der Vorgeschichte des Autors, und endet mit Schwankbildern, die wie Rückprojektionen des New Yorker

Emigranten in den »Provinzschriftsteller« aus den »gut versilberten« zwanziger Jahren wirken. Es sind Geschichten aus Kindheit und Erstem Weltkrieg, vom Dorf und von der Stadt, von Revolution und Inflation, von den Lehrjahren des Schriftstellers, aus der bayrischen Landeshauptstadt in der Weimarer Zeit und vom Ende der Republik. Hitler und die Seinen beschäftigen den Emigranten Graf, dem Dritten Reich auf dem Dorf gilt die Aufmerksamkeit ebenso wie später der neuen Kulisse von New York. Graf kehrte zu seinen Schwänken und Bauerngeschichten zurück. Er bestätigte sich dort, wo er in der Vergangenheit am erfolgreichsten gewesen war.

Graf behauptete, er schreibe Geschichten, wie sein Vater Semmeln gebacken habe. Nur ließe sich das geschätzte Publikum nicht im gleichen Maße zum Kauf zwingen. Und der Epiker benötige auch für Geschichten viel Aufwand. »Ein Erzähler braucht Zeit, er holt – wenn er gefragt wird – weit aus. Er gibt die Antwort mit dem Bericht eines Vorfalles und macht damit das Dafür und Dawider menschlich verständlich. Ein sehr lebendiger Humanismus wirkt dauernd in ihm. Wir wissen von Abraham Lincoln, daß er Ratschläge und Meinungen meist in Form einer Anekdote wiedergab, daß er oft, zum nicht geringen Verdruß seiner Umgebung, eine lustige Erinnerung zum besten gab, um das, was er wollte, einleuchtend zu machen. Auch Lincoln blieb zeitlebens ein Stück Volk. Solche Menschen verwenden ihre Logik durch die List der Phantasie und durch die Lust an der Kombination.

Alles Knappe und Trockene ist ihnen fremd. Sie sind ohne Absicht episch und darum so ursprünglich. Um überhaupt mit einer Angelegenheit in Fühlung und mit ihr ins Reine zu kommen, dazu bedarf es bei einem solchen Menschen einer Erläuterung. Er verlangt stets nach einem sinnfälligen Beispiel. Dies ist das letzte Wunder des erzählerischen Menschen. Dies ist der Schlüssel zu seinem Schaffen.« In diesen wenigen Sätzen der Rede »Dem Gedenken Ludwig Thomas« (1944) ist das komplette Programm des Erzählers Graf enthalten.

Die Vorstellung vom Stegreiferzähler, seiner Spontaneität und raschen Reaktionsgabe, seinen Finessen, seiner Nebenbei-Verständigung mit dem Publikum und seiner rhetorischen Eindringlichkeit durchzieht das Gesamtwerk Grafs. Er bekannte oft, daß er seine Figuren vis-à-vis haben müsse: am Wirtshaustisch oder im Gerichtssaal, auf der Straße oder im Asyl. Nicht selten hat er sich als Erzähler in die Position des Lauschers gerückt oder des Stimmverleihers für jene, die aus unterschiedlichen Gründen stumm sind. Angestrebt wird im Schriftbild dieser Geschichten, vor allem ihrer Dialoge, eine Mündlichkeit, die noch die Redepausen und Stockungen, das Verschweigen und die wortlosen Gefühle durch Gedankenstriche, Punkte und Ausrufe- oder Fragezeichen geradezu ausstellt. Die Figuren, von denen er erzählt oder die er erzählen läßt, sind den Lesern gleichgeordnet. Im Idealfall könnten die einen ihren eigenen Geschichten lauschen und die anderen den Büchern des Erzählers einverleibt werden. Der Autor nimmt sich aus dieser Gesellschaft der Figuren und Zuhörer nicht aus; er teilt sich in dem Raum, den sie bilden, erst mit. Der autobiographische Anteil bildet eine Möglichkeit zur Unterhaltung, die er erzählend mit den anderen führt und die häufig in die humoristische Komik führt, ins Gelächter über die Hilfsbedürftigkeit und Schwäche der menschlichen Existenz.

Die Schachzüge des Erzählens werden ins Bild des Erzählers zurückgeführt. Sie erweisen die Freiheit des Geschichtenschreibers, dem Leser als Zuhörer oder Zuschauer gegenüberzutreten, sich ihm gleichzusetzen. Die Figuren, auch wenn sie sozialkritisch gemustert werden, sind nicht aus intellektuellem Abstand geboren, sondern aus beobachtender Nähe unwillkürlich entstanden. Zur gleichen Zeit, in der die Expressionisten, erschüttert und umgetrieben von den Erlebnissen im Ersten Weltkrieg, den humanistischen Kanon verabschieden, erschreibt sich Graf das Bild der Gemeinschaft von Ebenbürtigen: Leser, Figuren und Erzähler verständigen sich im Raum der Geselligkeit, geben der Erinnerung Lebenskraft zurück, halten das kollektive Gedächtnis wach, verständigen sich über die Katastrophe hinweg, die der Mensch als Fehlgriff der Schöpfung immer auch ist. »Niemand« und »Jeder« in der Eröffnungsgeschichte sind zwei Seiten des »Dutzendmenschen«, noch bis 1962, als Graf anonym eine Sammlung seiner Gedichte unter dieser Bezeichnung veröffentlichte.

Der erzählerische Raum des Geselligen hat auch ein politisches Maß. Das Erzählen bietet eine Kraft gegen die Verführung durch große Worte auf, der Erzählfluß bindet alle Beteiligten in einen gemeinsamen Austausch ein. Das Bemerkenswerte an diesem Schriftsteller Graf ist nicht, daß er in seinen Büchern unbestechliche politische Ansichten vertritt, sondern daß epische Vergegenwärtigung und politisches Bewußtsein sich wechselseitig bedingen und nicht voneinander zu trennen sind. Er ist ein unbestechlicher Gegner jener Ideologie der Gesundung durch Restauration, die als Zielvorgabe für den unterhaltenden Heimatschriftsteller vom völkischen Friedrich Lienhard 1900 formuliert worden war: »Ein wunderschönes heiles Menschentum, behagliche Seelenstimmung, treuherzige Schalkhaftigkeit und stählerne Seelenkraft«.

Dagegen setzt Graf sein Widerwort vom »Rebellen«. Die Vokabel findet sich bei ihm allenthalben, z.B. in seiner Nachschrift zum Aufruf »Verbrennt mich!« von 1933: »Der Rebell bedarf keiner sozusagen moralischen Zurede von anderer Seite, er handelt nicht nach dem Rezept einer politischen Überzeugung, die ihm von irgendwelchen politischen Ideologien oktroyiert worden ist, sondern einzig und allein aus einer grundmenschlichen Empörung gegen jeden Mißbrauch der Schwächeren durch die Stärkeren, aus der erlittenen Einsicht, daß Unrecht und Unmenschlichkeit, niederträchtiger Massenbetrug und chauvinistische Völkerverhetzung gemeine Verbrechen asozialer Machthaber sind.«

In Graf war eine Vorstellung von versunkenem Altbayerntum lebendig, von der Obrigkeitsferne und vom Selbsthandeln. Der politische Rebell als Erzähler hatte darin seine Verwurzelung. Aber er hatte bei ihm lebenslang auch etwas von einem Autor zur falschen Zeit an sich. Graf ist als Halbwüchsiger seinem drakonischen Bruder in die Stadt entlaufen, ließ Visitenkarten mit der Berufsbezeichnung »Schriftsteller« drucken, als er seiner Möglichkeiten noch nicht sicher war. Er träumte den Traum von der freien Republik, um in seiner berühmten Rechenschaft nur feststellen zu können: »Wir sind Gefangene«. (1927) Er schien mit diesem Buch der Sprecher einer jungen Weltkriegsgeneration zu sein und hat anschließend – wie zuvor schon – geradezu planvoll das Bild vom versprengten Provinz- und Winkelschreiber, vom Kanzlisten des Entlegenen ausgemalt. Er verband seinen damals rasant aktuellen Exilroman »Der Abgrund« mit einem Plädoyer für die »Volksfront«, die große Antihitler-Koalition – zu einem Zeitpunkt, als sie politisch noch kaum diskutiert wurde, und er konnte sein Buch erst veröffentlichen, als die Hoffnung auf Einigung schon wieder gescheitert war. Er war eben meistens nicht mit dem jeweils herrschenden Standpunkt synchronisiert – und das gerade als Augenzeuge und Kommentator zeitgeschichtlicher Ereignisse und Figuren.

Das betrifft vor allem Grafs große Bücher und will dort genauer beschrieben sein. Das Bild- und Zeitgedächtnis, wie es aus den Minutengeschichten leuchtet, enthält einen Vorrat aus Widerstandskraft und Beharrungsvermögen, mit dem er sich dem Zugriff der Ideologien entzog und gegen ihre Verführungskünste wehrte. Seine kleine, hier versammelte Prosa ist die Fibel dieses Rebellen, der sich als anachronistischer Zeitgenosse verstand.

Wilfried F. Schoeller

Die großen Werke von Oskar Maria Graf

Alle Titel sind auch als E-Book erhältlich.

Bolwieser – Roman einer Ehe

Das Leben meiner Mutter – Roman

Unruhe um einen Friedfertigen – Roman

Wir sind Gefangene – Ein Bekenntnis
Mit Chronologie und Personenregister

Das bayrische Dekameron

Kalendergeschichten

Die Weihnachtsgans und andere Wintergeschichten

www.list-taschenbuch.de

List

Astrid Lindgren

Die Menschheit hat den Verstand verloren
Tagebücher 1939-1945

Aus dem Schwedischen von Angelika Kutsch und Gabriele Haefs.
Taschenbuch.
Auch als E-Book erhältlich.
www.ullstein-buchverlage.de

Ein einzigartiges Zeitdokument von Astrid Lindgren

Astrid Lindgren hat mit *Pippi Langstrumpf* und *Wir Kinder aus Bullerbü* unseren Blick auf die Welt verändert. Lange bevor diese Bücher entstanden, schrieb sie ihre Gedanken über das dunkelste Kapitel des 20. Jahrhunderts nieder: den Zweiten Weltkrieg.

Astrid Lindgren stellt in ihren Tagebüchern wichtige Fragen, die heute wieder erschreckend aktuell sind: Was ist gut und was ist böse? Was tun, wenn Fremdenfeindlichkeit und Rassismus das Denken und Handeln der Menschen bestimmen? Neben dem Kriegsgeschehen erzählt sie von ihrem Familienleben und den ersten Schreibversuchen.

Das persönliche Zeitdokument einer sehr klugen Frau, die schon immer den Blick für das große Ganze hatte.

Astrid Lindgren

Die Menschheit hat den Verstand verloren
Tagebücher 1939-1945

Aus dem Schwedischen von
Angelika Kutsch und Gabriele Haefs.
Taschenbuch.
Auch als E-Book erhältlich.
www.ullstein-buchverlage.de

Ein einzigartiges Zeitdokument von Astrid Lindgren

Astrid Lindgren hat mit *Pippi Langstrumpf* und *Wir Kinder aus Bullerbü* unseren Blick auf die Welt verändert. Lange bevor diese Bücher entstanden, schrieb sie ihre Gedanken über das dunkelste Kapitel des 20. Jahrhunderts nieder: den Zweiten Weltkrieg.

Astrid Lindgren stellt in ihren Tagebüchern wichtige Fragen, die heute wieder erschreckend aktuell sind: Was ist gut und was ist böse? Was tun, wenn Fremdenfeindlichkeit und Rassismus das Denken und Handeln der Menschen bestimmen? Neben dem Kriegsgeschehen erzählt sie von ihrem Familienleben und den ersten Schreibversuchen.

Das persönliche Zeitdokument einer sehr klugen Frau, die schon immer den Blick für das große Ganze hatte.